COLLECTION FOLIO

Marlena de Blasi

Un palais à Orvieto

Traduit de l'américain par Marie-Pierre Bay
et Nicolas Castelnau-Bay

Mercure de France

Titre original :
THE LADY IN THE PALAZZO: AN UMBRIAN LOVE STORY

Marlena de Blasi vit en Italie. Elle est l'auteur de deux livres de cuisine et de trois récits, traduits dans douze langues.

Pour mon amour, Fernando Filiberto Maria
Il gran bel gentiluomo di Venezia
Pour Alberto Romizi
Il gran bel gentiluomo di Perugia
Pour Chuck Adams
Il gran bel gentiluomo di Chapel Hill
Pour Alberto Bettini
Il gran bel gentiluomo di Savigno
Pour Rosalie Siegel
La gran bella donna di Pennington

Per Edna Tromans
Dolcezza con occhi blu

C'était l'anniversaire de Don Paolo et les habitants du village étaient rassemblés sur la piazza pour fêter l'événement. Un orchestre jouait, le vin coulait à flots, les enfants dansaient et alors qu'il se trouvait un instant seul sous la pergola, une petite fille s'est approchée du prêtre que tout le monde aimait :

« Mais, Don Paolo, vous n'êtes pas heureux ? lui a-t-elle demandé.

— Bien sûr que si, a-t-il répondu.

— Alors, pourquoi ne pleurez-vous pas ? »

Première partie

LA MAISON D'APRÈS

1

Une vie bien vécue repart en marche arrière

Les saucisses ont été mises à rôtir dans le four du boulanger au début de l'après-midi. Maintenant, bien gonflées, la peau croustillante, elles mijotent sur les braises d'un réchaud à charbon de bois, alignées au fond de grands plats métalliques. Juste à côté, une énorme marmite remplie de plusieurs litres d'un vin rouge de la région est posée sur un autre réchaud, à gaz celui-là. Des oranges piquetées de clous de girofle flottent dans les profondeurs pourpres qu'une femme remue à l'aide d'une longue cuiller en bois. Une toque de fourrure sur la tête, un cardigan par-dessus sa robe, elle est perchée sur un escabeau et tous ceux et celles qui passent devant elle lui disent la même chose : « Surtout, ne laisse pas bouillir, Mariuccia. *Per carità, non farla bollire.* Pour l'amour du ciel, il ne faut pas que ça bout. »

Tout en surveillant jalousement son breuvage, Mariuccia bavarde avec le préposé à la polenta, qui se trouve, lui, de l'autre côté de la piazza. Il s'affaire devant un chaudron de cuivre cabossé et noirci, suspendu au-dessus d'un tas de braises rougeoyantes et de cendres blanches, entouré d'un petit cercle de pierres. Il porte un jeans, un long tablier blanc par-dessus et pour se protéger du froid de cette fin janvier, un simple tee-shirt à l'effigie du groupe U2. Armé d'un manche à balai, il le fait tourner dans son savoureux mélange rigoureusement dans le sens des aiguilles d'une montre. Aller soudain à l'envers serait courtiser le désastre. N'importe quel Ombrien vous le dira. Vérité numéro un.

« *Polenta incatenata stasera* », dit-il à Mariuccia, ce soir, donc, ce sera « de la polenta enchaînée ». Et il désigne du doigt un gros bol rempli de haricots qu'il va verser dans la bouillie de farine de maïs dès qu'elle aura suffisamment épaissi. Il y a cent ans — ou peut-être plus —, quelqu'un a fait remarquer que les haricots blancs se détachant sur la crémeuse purée jaune dessinaient une sorte de chaîne. La formule est restée et ce plat s'est depuis toujours appelé « de la polenta enchaînée ».

Sur un côté de la piazza, il y a un mur de pierre avec, au milieu, une porte en bois assez basse, donnant sur quelques marches qui descendent vers une sorte de grotte, disons une cave, transformée en cuisine pour tout le village, avec générateur et éclairage électrique. Posée sur des tréteaux, une plaque de marbre fait office de table de travail, recouverte de farine.

De l'huile frémit dans deux grandes poêles qui chauffent au coin d'un fourneau à bois. Ce soir, des femmes en tablier à fleurs, châle ou tricot sur les épaules, bonnet de laine ou fichu sur la tête, s'affairent à pétrir, rouler, étaler et faire cuire du pain. Elles habitent toutes à quelques mètres de la piazza, certaines dans des appartements des vieux palazzi qui l'entourent. Mais plutôt que cuisiner seules, chacune chez elle, elles préfèrent se réunir dans cette cave pour préparer les fêtes du village, ou stocker des fruits et des tomates, mettre des fromages à sécher ou peut-être des morceaux de leurs porcs, préalablement marinés dans du vin. Et on devine que l'endroit fait un peu office de club, de lieu de réunion, comme un bar pour les hommes. Voici deux d'entre elles qui arrivent, chargées d'un gros sac de farine. Deux autres sortent, portant à quatre mains un cageot rempli de pains très plats tout juste dorés à la poêle, qu'on appelle des « *tortucce* ». Une troisième les suit bientôt, avec en équilibre sur la tête un panier débordant des mêmes « *tortucce* ». Balançant ses larges hanches, ses seins dignes de Junon jaillissant presque de son corsage, elle déclenche des cris de joie dans la foule. Un homme se mord le doigt pour exprimer son désir et son admiration à sa vue.

« *Ciao, bellezza, ciao, Miranda, bella mia* », s'exclament plusieurs voix, « salut, beauté, salut, Miranda, ma belle ».

Miranda pose son panier à côté des saucisses et pour amuser un peu la galerie, elle soulève à bout de bras un des spectateurs — un des moins grands — et lui promet qu'il grillera en enfer s'il ne se conduit pas bien. Précisons qu'elle doit avoir soixante-dix ans et sa victime plus de quatre-vingts. Tous deux vous diront que maintenant qu'ils sont vieux, ils rajeunissent et qu'une vie bien vécue repart en marche arrière. Vérité ombrienne numéro deux.

Le dîner d'anniversaire de Sant'Antonio va bientôt être prêt. Il s'agit du saint patron de ce village. Sa présence et son image sont aussi familières aux habitants que celles d'un bon vieil oncle, qui vivrait là, avec eux. Cette relation un peu mystérieuse, on n'a pas besoin de l'expliquer. Et je commence à me dire qu'il doit s'agir de la vérité ombrienne numéro trois.

Maintenant, les cuisinières au grand complet émergent de leur cave. Elles s'essuient les mains sur leur tablier, boutonnent leur cardigan, s'enveloppent dans leur châle, et rejoignent la centaine environ de curieux qui se pressent sur la place, dans l'attente de ce qui va se passer. Ceux, comme nous, qui viennent d'autres villages d'Ombrie ou de Toscane, sont chaleureusement accueillis et on les présente à la ronde. On sent que c'est bientôt l'heure. Il y a du suspense dans l'air. Comme si un vieux rideau de satin rouge se déchirait d'un coup, le soleil couchant darde soudain ses derniers rayons dorés sur le décor qui nous entoure. La foule ressemble à une troupe d'enfants attendant que la fête commence, ou aux fidèles qui, dans une église, guettent l'arrivée de la mariée. Mais voilà qu'il fait de plus en plus froid et qu'on s'impatiente un peu...

Alors surgissent du fond de la piazza trois hommes qui brandissent au-dessus de leur tête des petits fagots. Ils représentent trois générations d'une même famille et s'appellent Antonio, le grand-père, le père et le fils. Un personnage de taille moyenne, en chasuble rouge, tête nue, vient à leur rencontre. C'est l'évêque, tout souriant, une torche à la main. Tels des enfants de chœur, Antonio 1, 2 et 3 s'agenouillent devant lui sur le sol pavé. L'évêque pose un baiser sur les trois têtes inclinées, met le feu à chacun des fagots avec sa torche et ensemble, d'un mouvement semblable à celui du discobole, ils jettent leurs branches enflammées sur un énorme tas de bûches arrosées d'essence qui s'embrase à son tour. La foule s'anime et, dans les volutes de fumée rouge, se met à chanter des psaumes à la gloire de saint Antoine. Une tribu païenne sacrifiant un agneau ou une vierge à la peau blanche ne devait pas être tellement différente, ce qui montre à quel point nous sommes petits dans le déroulement de l'histoire du monde. Et ce doit être la vérité ombrienne numéro quatre.

« *Ti piacciono, heh* ? Tu aimes ça, hein ? » demande le boulanger à un homme qui dévore un gros morceau de pain frit surmonté d'une saucisse appétissante.

« *Le ho arrostite io*, c'est moi qui ai fait rôtir les saucisses. »

« *Ma, io le ho preparate*, mais c'est moi qui les ai préparées », dit le boucher.

« *Ma, guardate, ragazzi, sono io che ho ammazzato il maiale*, mais attention, les gars, c'est moi qui ai tué le porc », dit un fermier, ce qui déclenche une série de claques dans le dos et de tintements de verres qu'on entrechoque.

Telle une relique dans une châsse, une grande roue de fromage est posée sur une table nappée de blanc, flanquée de bougies. Quelqu'un m'informe que c'est du « *pecorino ignorante* », du pecorino « ignorant ». Cela signifie un fromage de lait de brebis fabriqué à l'ancienne, en « ignorant » les nouvelles réglementations sanitaires, bien trop compliquées. Il s'agit donc d'un pecorino de contrebande, préparé par un berger qui l'a façonné à la main, tel un sculpteur qui travaille un bloc de pierre.

Pourquoi s'attend-on toujours à ce qu'un berger soit âgé, édenté, vêtu de peaux de mouton et coiffé d'un béret enfoncé jusqu'aux yeux ? Celui-ci n'a pas plus de trente ans, un visage en forme de cœur et des yeux du même vert que l'huile d'olive qu'on vient de presser. Il porte un pull à col roulé couleur crème, d'élégantes bottes, et il appartient à la sixième génération de bergers et producteurs de fromages vivant dans la même maison de pierres du dix-huitième siècle, au milieu des prés où paissent les moutons. Il roule en Harley Davidson mais gare son engin dans un hangar à l'écart pour ne pas déranger ses troupeaux. Son fromage, ce soir-là, pèse au moins trois kilos et a deux ans d'âge. Il le découpe à l'aide d'un large couteau et d'un petit marteau. Les villageois font la queue pour être servis, tenant tous à la main un gobelet en carton contenant du miel très foncé, dans lequel chacun va tremper son morceau, avant de le déguster comme si c'était la seule friandise existant au monde. Du fromage « ignorant » — vraiment !

Sur une autre table, on a posé neuf ou dix gâteaux à l'orange et à l'huile d'olive, différents les uns des autres suivant l'art de celui ou celle qui les a confectionnés. À la fois par politesse et par gourmandise, nombreux sont ceux qui les goûtent tous. Pendant ce temps, Mariuccia s'affaire toujours devant sa marmite dans laquelle elle verse du vin frais chaque fois qu'une bulle apparaît. Quant à Miranda à l'opulente poitrine, elle raconte les miracles de saint Antoine à un groupe d'enfants qui se bagarrent en même temps pour s'emparer d'un ballon.

Nous avions découvert que cette fête avait lieu en lisant les panneaux — rédigés à la main — accrochés aux arbres et aux barrières le long de la route : FESTA DI SANT'ANTONIO ABATE, 17 GENNAIO.

« Tu as vu? C'est ce soir. Tu as envie d'y aller? »

Je m'étais risquée à poser la question en dépit du mauvais pli aux coins de la bouche de mon mari, de la teinte bilieuse de ses joues et des petits coups réguliers dont il frappait le volant de la voiture. Nous étions en train de rentrer à San Casciano, le village de Toscane où nous vivions depuis plus de deux ans, au soir d'une journée de plus passée à chercher, sans aucun succès, une maison à acheter. « La maison d'après », comme l'appelait notre ami Barlozzo.

Au fil du temps, nous pensions nous être endurcis contre les fausses promesses, les mensonges, les poignées de poudre aux yeux et le subtil mépris à notre égard de tous ceux qui ont pour métier de vendre ou de louer quelque chose d'aussi subjectif que des murs et l'espace qu'ils contiennent. Mais cette fois, on s'était vraiment moqué de nous. Aussi, quand Fernando n'a pas répondu à ma question concernant la fête de saint Antoine, je n'ai pas insisté. Je comprenais qu'il voulait avant tout mettre le maximum de distance entre ses envies de meurtre et un certain agent immobilier à la barbe rousse.

Ledit agent nous avait emmenés visiter ce qu'il appelait une « maison de campagne » dans un des villages proches de Todi, une ravissante petite ville. Tout en conduisant, il rapsodiait sur la lumière, une lumière d'une douceur extrême qui illuminait ladite maison, à n'importe quelle heure du jour.

« *Luminosissima* », répétait-il. Et nous avons constaté très vite que c'était vrai, puisqu'il n'y avait pas de toit pour arrêter la fameuse lumière.

« Ah oui, le toit. Mais tout est arrangé. Nous n'attendons plus que les *permessi*, les autorisations de la mairie. Vous savez bien que nous ne contrôlons pas ces choses-là mais on nous a assurés que les travaux peuvent commencer dans moins d'une semaine et que tout sera fini en quelques mois à peine. »

Combien de fois ne nous avait-on pas seriné le refrain des « *permessi* », en réponse à nos questions, pour préciser que c'était de la responsabilité du maire.

Barberousse a insisté :

« En attendant, regardez, on pourrait créer deux chambres de plus dans le cellier. »

Et il a ouvert une porte complètement vermoulue donnant sur une cave encombrée de vieux outils et de pots cassés d'où montait une odeur fétide. D'un seul coup, je me suis sentie complètement épuisée. Je n'avais qu'une envie, m'enfuir loin de ce personnage et de ses « *permessi* » — sans oublier le maire.

« Voyons, a-t-il ajouté, madame, monsieur, reconnaissez que pour des étrangers, cette maison est un rêve devenu réalité. Vivre sous le soleil d'Italie... »

Tout en parlant, il arrachait les pétales desséchés d'un gros hortensia et on voyait bien que même pour lui, la comédie avait assez duré. Il nous a reconduits en silence jusqu'au centre-ville, après avoir dénoué la ravissante écharpe verte qu'il portait autour du cou. On aurait dit un acteur ôtant son costume de scène. En fait, il venait de jouer le dernier acte d'une comédie ayant commencé pour nous tôt ce matin-là.

À notre premier rendez-vous, nous devions visiter un appartement à louer dans le centre historique de Todi, « *terzo piano di un palazzo prestigioso del settecento, restaurato in modo pittoresco* », au troisième étage d'un prestigieux palais du dix-septième siècle, restauré de façon pittoresque. Et nous avons été sous le charme en franchissant le portail d'entrée donnant sur un long hall bordé de colonnes de marbre rouge. Le cœur battant, nous avons échangé un sourire ravi avant de grimper les marches de l'escalier à vive allure jusqu'au troisième et nous arrêter devant une double porte en bois, poli, verni, surmontée d'une corniche sculptée, le tout couleur de raisin noir bien mûr. En retenant mon souffle, j'ai empoigné une des deux têtes de Maures en bronze faisant office de heurtoir et j'ai frappé, une fois, deux fois, trois fois. Puis j'ai reculé d'un pas avant de pénétrer dans ma nouvelle maison, dès que le signor Luca, l'agent immobilier qui venait d'arriver, nous a ouvert, après force salutations et serrements de mains.

Mais voilà que seul le seuil peut être défini comme « *pittoresco* ». À l'intérieur, les murs ont été passés à la chaux, les plafonds surbaissés, il y a partout des abat-jour blafards à pois, et dans le « *salone* », des plaques de formica aux murs. Tout ce qui date de la Renaissance a été cliniquement détruit, vandalisé. Je me dis que cela va sûrement être différent dans les autres pièces et après avoir gémi intérieurement, j'ai poussé une porte, puis une autre, encore une autre, d'abord lentement, puis de plus en plus vite, et j'ai constaté que le massacre est complet. Il y a six chambres, six cubes de quatre mètres sur quatre, deux salles de douches pourvues de toilettes lilliputiennes, bonnes pour une classe de maternelle, et cerise sur le gâteau, une minuscule cuisine dissimulée dans un coin sombre, derrière une cloison à mi-hauteur en plastique jaune. Fernando, qui sait se montrer plus poli que moi, écoute le signor Luca nous vanter les charmes de l'appartement et nous expliquer que nous pourrons louer des chambres à des étudiants étrangers qui viennent à Todi suivre des cours d'italien, ou de musique, de peinture et peut-être de sculpture. Mieux encore, il conviendra de nous entendre avec la direction du théâtre municipal pour qu'on nous adresse des acteurs et des stars du rock à loger. Des techniciens aussi. Savons-nous combien il faut d'électriciens et d'ingénieurs du son pour monter un spectacle, même modeste ? Il nous suffira de proposer des locations de mille ou deux mille lires (il ne compte pas en euros...) moins chères que les tarifs hôteliers et *pfffi* ! Ça marchera. Tout en parlant, il agite les bras comme s'il dirigeait l'*Appassionata.* Que nous cherchions un appartement pour notre usage personnel et certainement pas pour y héberger des violoncellistes en tournée, cela ne l'a pas effleuré.

Apparaît alors le comparse du signor Luca, qui s'appelle Adolfo. Tous deux semblent absolument certains de réussir à nous louer l'appartement ce matin même. Si ce n'est pas à nous, ce sera à l'un des douze clients potentiels répertoriés dans le carnet de rendez-vous de Luca. Fernando continue à faire semblant d'écouter avec intérêt, sans avoir l'air de sentir que je lui pince le bras très fort. Nos deux interlocuteurs — un chat et un renard, voilà comment je les vois — veulent, avant l'heure du déjeuner, nos signatures et des chèques d'arrhes, après quoi ils pourront tamponner chacune des pages d'un dossier qui doit bien en compter trois cents. Il leur suffira ensuite d'ajouter nos références bancaires.

Je vais imiter Fernando, faire semblant d'écouter, si cela peut nous permettre de partir d'ici plus vite. J'arrête de jurer à voix basse en anglais et en français. Je n'ai qu'une envie :

redescendre le si bel escalier, traverser la magnifique cour et me retrouver dans le froid glacial de l'hiver ombrien. Ensuite, je voudrais bien un *espresso.*

*

Nous sommes attablés dans un café, nos tasses vides devant nous. Je sens que mon mari se prépare pour une belle tirade sur le mode théâtral :

« Laisse-moi te relire le texte exact de l'annonce. »

Et c'est ce qu'il fait, d'une voix doucereuse, en m'expliquant que chacun des mots est le reflet exact de la réalité. L'appartement n'est-il pas situé dans le centre historique de Todi ? Ne se trouve-t-il pas au troisième étage d'un prestigieux palais du dix-septième siècle ? Et comme le style est quelque chose de subjectif, on pourrait très bien accepter le terme « pittoresque » pour qualifier la façon dont ce lieu a été « restauré » — pittoresque, en tout cas, aux yeux du maître d'œuvre et personne d'autre.

Fernando poursuit :

« Si tout ce que tu as vu te rend malade, cela ne signifie pas qu'on s'est moqué de toi. Tu t'attendais à tout à fait autre chose, sorti de ton imagination. Un jour, quelqu'un viendra qui trouvera cet appartement absolument parfait. Les rénovations architecturales *extérieures* sont de la responsabilité des employés municipaux, chargés de la protection du patrimoine. Ce qu'un propriétaire fait à l'*intérieur* de son habitation ne les concerne pas. Si on ne peut pas toucher abusivement à un seul encadrement de fenêtre, aucun angle de toit, aucune hauteur de cheminée, pour le reste, on a carte blanche. Si tu acceptes de le reconnaître une fois pour toutes, la recherche d'une maison dans cette partie du monde deviendra beaucoup plus facile pour toi. »

Il termine son discours par un geste horizontal de la main, comme s'il aspergeait de l'eau bénite autour de lui. Signe qu'il n'y a rien à ajouter. Et surtout pas par moi.

Je reste assise à méditer sur ce que je viens d'entendre et sur les vérités premières débitées par les agents immobiliers italiens — auxquelles j'ai fini par m'habituer depuis longtemps déjà. En fait, il existe une grande cohérence dans tout ce qui touche aux achats et ventes de maisons, peut-être plus que dans n'importe quel autre secteur de la culture italienne. Quelqu'un achète une ruine et la restaure pour son usage personnel. Ou alors, quelqu'un loue une ancienne maison amoureusement retapée par un propriétaire qui s'aperçoit après coup qu'il n'a pas les moyens d'y vivre mais ne veut pas y renoncer complètement. Or ces maisons-là sont presque toujours à louer pour l'été seulement. Cela devient de plus en plus rare de trouver quelque chose de disponible sur le long terme. Les plus beaux appartements, les plus jolies demeures, en ville ou à la campagne sont cédés « contre rançon » à la période des vacances, pas plus. L'expérience que nous venons de vivre n'est qu'une variation supplémentaire sur ce qu'on est susceptible de trouver non seulement en Ombrie ou en Toscane, mais dans toute l'Italie.

Les arguments raisonnés de Fernando finissent par disparaître au fil des heures dans l'air froid du mois de janvier. Barberousse a épuisé les réserves de patience de mon Vénitien de mari qui, dès que nous remontons en voiture, se met à conduire trop vite en fulminant contre l'Italie entière et ses habitants au complet. Je n'essaye pas de le réconforter. Il est italien et il a eu droit aujourd'hui à toutes les bonnes raisons d'être furieux. Il va déverser sa rage et jurer dans cet espace clos, avec moi comme seule auditrice. Il y a un certain plaisir à se défouler ainsi et je ne vais pas l'en priver. Fernando a franchi tous les obstacles rencontrés depuis ce matin sans se départir de sa *bella figura* — disons qu'il veut le croire —, sans même froncer les sourcils. Moi, au contraire, je n'ai pas cessé de manifester mon mécontentement, en donnant une mauvaise image de moi, la *figuraccia.* Fernando se soucie de l'impression qu'il souhaite donner de lui. Et moi, de ce que je ressens. Je sais bien qu'il va encore frapper le volant de la paume d'une main. Après quoi, il va peut-être invoquer un désir de vengeance.

Je me demande si ensuite, il ne serait pas prêt à savourer une bonne saucisse grillée, suivie d'un gobelet de vin chaud aux épices. À apprécier un feu d'artifice.

Et c'est ce qui s'est passé. La succulente nourriture, la gentillesse des villageois, le rire de Mariuccia ont réussi à le calmer. Fernando est une fois de plus amoureux de son pays. Et de ses compatriotes.

*

L'évêque a ôté sa chasuble rouge. Désormais en pantalon de velours côtelé et parka fourrée, il demande l'attention du public : on va procéder au tirage de la loterie. Une brouette en métal noir trône au milieu de la place, remplie à ras bord de *salame*, de fromages, de guirlandes de figues sèches, de grenades, de paquets de pâtes maison, enveloppés dans des torchons. Il y a aussi des gâteaux, des biscuits, des litres et des litres de vin — maison, lui aussi. Tout cela a été offert par les habitants du village, leur contribution à la soirée. En outre, chacun a acheté un billet de loterie et la somme ainsi collectée a été remise aux femmes, pour les frais du repas — et s'il reste quelque chose, pour préparer une autre fête.

Voici le gagnant. C'est un petit garçon aux grands yeux bruns et aux joues bien rouges. Il semble d'abord très timide et ne veut pas lâcher la main de sa maman quand il va chercher son prix. L'évêque fait avancer un peu la brouette vers lui, sous les acclamations du public, puis le gamin s'en saisit à son tour et la roule tout autour de la piazza. Il a décidé d'offrir aux autres ce qu'il a gagné et demande à chacun de choisir ce qui lui plaît. Parfois il s'arrête, pour expliquer comment cuire ceci ou découper cela. Je demande son âge à sa mère qui a les larmes aux yeux et tire sur ses épaisses boucles noires. Elle me dit qu'il a dix ans. Personne, ce soir-là, ne parlera du cercle enchanté que son fils a tracé dans ce village d'Ombrie, à la lueur du grand feu de saint Antoine.

*

Dans la salle paroissiale, il y a bal. Un accordéoniste et un pianiste (sur un clavier électrique) jouent, les yeux fermés, juchés sur une table drapée de papier rouge et ils chantent un même air mais avec des paroles différentes. Un tromboniste les accompagne. Ce doit être une sorte de polka antillaise et cela me donne envie de danser, moi aussi. Fernando me dit qu'après une journée pareille, il n'a vraiment pas besoin que je me donne en spectacle. Je lui réponds qu'il n'a qu'à ne pas regarder.

Ce sont surtout des enfants et des femmes déjà âgées qui tournoient gentiment, en se risquant à quelques pas plus élaborés ici et là. J'attends qu'on vienne m'inviter mais comme personne ne se présente, j'attrape la main d'une danseuse qui, sans s'arrêter, m'entraîne au milieu de la petite troupe. Je virevolte avec elle, puis peu à peu, je me mets à inventer mon propre rythme, les autres m'observent, commencent à m'imiter, jusqu'au fou rire final !

Après cela, je vais à la recherche de Fernando et le vois dehors, appuyé contre un mur. Il esquisse un sourire quand je m'approche et hoche la tête comme pour me signifier « je n'arrive pas à croire que tu puisses te comporter ainsi, mais je suis content que tu le fasses ». Et il esquisse un baiser, avant de me serrer contre lui. Nous regardons tous ces gens autour de nous qui semblent tirer leur force autant de la fragilité que de l'éternité des choses. Et je repense à la vérité ombrienne numéro quatre : ne jamais oublier à quel point nous sommes petits dans le grand tourbillon du monde.

La cohorte des cuisinières entreprend maintenant une sorte de marche victorieuse autour de la piazza. Miranda — celle qui a une si opulente poitrine — s'arrête devant nous et demande si la *festa* nous a plu. Nous l'accompagnons quand elle rejoint les autres héroïnes en tablier et elle nous explique qu'elle vient d'Orvieto et qu'elle est la veuve d'un homme de ce village où elle a vécu vingt ans avec lui. Quand il est mort, elle est retournée à Orvieto pour s'occuper de ses vieux parents.

« Ils sont morts eux aussi, il y a dix ans, dit-elle, mais je suis restée à Orvieto. Je n'ai plus voulu quitter la maison où je suis née, et ma mère et ma grand-mère avant moi. Je viens ici voir des amis pratiquement tous les dimanches, mais "*io sono nata Orvietana e morirò Orvietana*". »

Elle ajoute qu'elle est *tuttofare*, bonne à tout faire, dans une famille dont sa mère a été la cuisinière pendant cinquante ans et son père le jardinier pour plus longtemps encore. Elle nous serre la main, nous dévisage comme si elle allait dire autre chose, peut-être poser une question, puis se contente de sourire et s'en va retrouver ses amies.

Je la regarde s'éloigner dans un imposant balancement des hanches et fais remarquer à Fernando que si j'ouvre un jour la petite *taverna* de mes rêves, avec table d'hôte pour douze personnes, je lui demanderai de venir travailler avec moi. Elle me plaît.

« Pas question d'avoir une *taverna*, réplique-t-il. En tout cas, pas maintenant. Nous devons d'abord trouver une maison où habiter.

— Et pourquoi pas habiter et travailler au même endroit ?

— Parce qu'il existe toutes sortes de choses très ennuyeuses qui ne t'intéressent pas du tout, comme un permis de travail, des autorisations diverses, des lois. Et à la plus petite infraction, tu aurais la *finanza* à la porte pour te contrôler.

— Eh bien, j'ouvrirais ma porte en grand

et inviterais ces braves gens à dîner. Même chaussés de grandes bottes et le pistolet à la ceinture, ils doivent aimer manger. En outre ici, tout le monde trouve un moyen d'acheter leur silence. Moi, ce sera avec un bon pain chaud aux noisettes et une succulente viande braisée au vin rouge.

— Ce qui m'inquiète avec tes idées, c'est qu'elles sont toujours — ou presque — aussi astucieuses que folles... Et souvent, ça pourrait marcher. »

Je me garde bien d'ajouter quelque chose, mais je n'oublierai pas de lui répéter ce qu'il vient de dire quand cela me sera utile. Lui-même se tait, peut-être inquiet de cette petite concession qu'il vient de m'accorder. Le vent s'est levé, les feuilles frémissent, les étoiles jouent à cache-cache avec les nuages. Je crois sentir une odeur sucrée qui vient de la cuisine, de friture aussi. Est-ce le fruit de mon imagination ? Nous nous préparons à reprendre la route pour rentrer chez nous, ayant pratiquement oublié Barberousse et la maison sans toit. Nous disons au revoir à la ronde, à bientôt, et voilà que surgit une des cuisinières, un sac à la main, un sac en papier taché d'huile : « *Ciambelle di Sant'Antonio* », annonce-t-elle. On peut donc imaginer que saint Antoine, lui aussi, aimait les beignets.

2

Certaines vérités, même dures à entendre, peuvent être agréables aussi

Nous habitons le village de San Casciano depuis plus de deux ans et cela fait maintenant presque un an que Floriana est morte. Dès notre arrivée, elle était devenue notre amie, chaleureuse, discrète, efficace, souvent accompagnée de Barlozzo, avec qui nous avons énormément et très vite sympathisé aussi. Nous nous doutions dès le début qu'ils s'aimaient et avons appris plus tard qu'un drame familial ancien avait empêché autrefois leur mariage[1]. Mais ils étaient restés très proches. Et puis Floriana a eu un cancer. On l'a crue sauvée, après de lourds traitements. Le répit a été bref. Elle est morte chez elle, à San Casciano. Les mois qui ont suivi, nous les avons passés assez isolés, très au calme, dans la vieille ferme rénovée à la sortie du village louée sans trop savoir au départ combien de temps nous aurions envie d'y rester.

1. Voir *Mille jours en Toscane* de Marlena de Blasi, Mercure de France. *(Toutes les notes sont des traducteurs.)*

Dès le début, Barlozzo avait pris l'habitude de venir nous rendre visite presque tous les jours à quatre heures. Et nous faisons désormais en sorte d'être toujours là, au cas où il sonnerait à la porte. Mais cela arrive de plus en plus rarement. Quand il vient, il nous sourit, nous dit que nous avons l'air en forme. Il a l'air distant, ailleurs. Il passe presque tout son temps à retaper une vieille maison en ruine achetée à quelques kilomètres de San Casciano. Il répare le toit, refait l'électricité, plante une vigne. Au début, nous sommes allés le voir là-bas, prêts à l'aider. Or cette demeure, il nous avait expliqué qu'il la voyait comme un endroit où nous aimerions nous réunir tous les quatre, Fernando, moi, Floriana et lui, une sorte de refuge amical. Maintenant que Floriana n'est plus là, il continue à y travailler, un peu avec l'énergie du désespoir. Pour noyer sa peine.

Comme nous n'avons pas le téléphone et lui non plus, nous nous laissons des messages au bar du village, le « Centrale ». Par exemple : « 6 juin. Voulez-vous venir dîner ce soir? Du ragoût de bœuf avec une purée de haricots. Pas de dessert. Affectueusement, Marlena. » On ne peut jamais savoir ce qu'il décidera de faire. Il a toujours un appartement à San Casciano mais il lui arrive de dormir sur son chantier, dans sa camionnette ou dans ce qui sera la cuisine, où il installe un four à bois. On dirait un animal sauvage dans son antre. Il travaille jusqu'à l'épuisement, souvent trop fatigué pour rentrer au village, manger et se déshabiller pour la nuit — se laver n'a jamais été son principal souci. Quand il est tellement las, Floriana lui manque peut-être moins. S'il ne nous donne pas de nouvelles pendant plusieurs jours de suite, nous prenons la voiture, allons là-bas et le trouvons endormi, roulé en boule sur un tas de vieilles couvertures et de vieux coussins crasseux. Il n'a plus que la peau sur les os, le teint livide, les yeux noirs où passent des ombres. Même quand il rit, on sent à quel point il souffre. Floriana reste proche, même absente.

« Elle ne s'en va pas, Marlena. J'essaye de ne plus la regarder et puis voilà qu'elle est devant moi. Quand je me réveille, en pleine nuit, il arrive que je ne la retrouve plus et c'est encore pire. Écoutez, je ne suis pas de très bonne compagnie, en ce moment. Je ne sais même pas si je le serai à nouveau un jour. Mais ce dont je suis sûr, c'est que le moment est venu de quitter cette espèce de passerelle que San Casciano aura été pour vous deux. »

Ce genre de métaphore qu'il utilise souvent me prend toujours au dépourvu. J'essaye de comprendre de quelle passerelle il peut bien s'agir. Je remarque au passage que sa voix a changé, il parle de plus en plus bas, sur un ton de plus en plus monotone, avec soudain quelque chose de guttural, après quoi il semble essoufflé.

« Je veux dire, explique-t-il alors, que votre séjour à San Casciano devait dès le départ n'être que cela : un pont entre Venise[2], où vous viviez avant et, oh, je ne sais pas trop quoi, mais en tout cas votre maison d'*après*. Or maintenant, j'ai peur que vous vouliez rester à cause de moi. Et j'ai autant peur d'en avoir envie. Je vous aime beaucoup tous les deux, comme si vous étiez mes enfants. C'est pour cela qu'il faut que vous partiez, vous n'avez plus vraiment besoin de moi. Il ne faut pas que vous deveniez "ce couple un peu excentrique installé à la sortie du village". Vous avez réussi à quitter Venise, Fernando a choisi de quitter son travail dans une banque. Maintenant, éloignez-vous d'ici. San Casciano di Bagni va changer. Il est question de remettre les anciens thermes en état. On verra alors arriver de grosses voitures noires pleines de femmes bronzées et d'hommes en chaussures à sept cents dollars la paire. Ce sera une véritable invasion chic et chère qui ne vous plaira pas. Vous voyez ce que je veux dire, des gens qui se soigneront avec les boues chaudes et du champagne bien frais. Vous serez obligés de changer votre mode de vie, sinon vous passerez pour une extra-terrestre.

— J'en suis une. »

2. Voir *Mille jours à Venise* (Mercure de France) où Marlena de Blasi raconte sa rencontre avec Fernando dans un bar de Venise, leur coup de foudre, leur mariage, leurs trois années là-bas, avant d'aller s'installer en Toscane.

Je vois qu'il a envie de rire, mais il se reprend aussitôt :

« Chaque commerçant voudra devenir riche, le prix des maisons va être multiplié par quatre. Et tous les vestiges du passé, ce que nous appelons les traditions et que nous nous transmettons s'en iront en morceaux. C'est déjà commencé, au cas où vous ne l'auriez pas remarqué. Vous savez ce que je pense ? Vous avez eu ici le meilleur. Ce qu'il en reste, en tout cas. Il est temps de partir. En outre, vous payez un loyer beaucoup trop élevé. Vos propriétaires, les Lucci, doivent se moquer de vous quand ils boivent un bon coup devant leur cheminée. »

Là-dessus, je me lève. J'étais assise depuis un moment sur les marches devant notre porte, à prendre le soleil. Je veux regarder Barlozzo bien en face :

« Vous ai-je déjà dit que vous êtes le pire bavard que je connaisse ? Vous ne croyez pas que vous allez un peu vite en besogne ? San Casciano ne va pas se transformer du jour au lendemain simplement parce qu'on veut rouvrir les thermes. D'ailleurs, certains changements seront peut-être bénéfiques. Pourquoi voulez-vous nous faire croire que nous devrons nous enfuir et nous réfugier dans les bois ? Je n'ai pas du tout peur des grosses voitures, pas plus que des chaussures très chères.

— Mais vous ne craignez pas de ne plus être un jour la bienvenue ici ?

— Que voulez-vous dire ? Ne plus être la bienvenue pour qui ? Pour vous ?

— Non, bien sûr. Mais ne plus vous sentir aussi bien qu'à votre arrivée dans notre village. Vous semblez avoir toujours su quand arriver et quand partir. Il me semble que vous avez trop tardé, cette fois. Que vous êtes restée trop longtemps. Même sans ces thermes de malheur, je ne peux pas imaginer que Fernando et vous vivrez ici pour toujours. Cela n'aurait aucun sens. »

J'ai le sentiment qu'il me tisonne comme des braises d'où il voudrait faire jaillir des étincelles. Je lui dis que je ne comprends pas :

« Pourquoi faudrait-il que tout ait un sens ? Ni Fernando ni moi n'avons jamais pensé passer la fin de notre vie au palais Barlozzo[3]. Mais pour l'instant, nous y sommes bien. Nous ne cherchons ni à nous cacher, ni à faire semblant. Nous y vivons pour nous. Un peu pour vous aussi. »

J'ai baissé la voix, mais je le fixe.

« Marlena, certaines vérités, même dures à entendre, peuvent être agréables aussi. Je ne suggère pas que vous vous embarquiez pour la Tasmanie. Je parle d'un appartement, d'une maison, dans une ville, même petite. En Tos-

3. Marlena et son mari appellent le bâtiment de ferme rénové qu'ils louent à San Casciano « le palais Barlozzo » parce que leur ami y est né. Et — hors de sa présence — ils surnomment celui-ci « le duc ».

cane aussi, pourquoi pas. Mais où il y aurait plus qu'ici.

— Plus de quoi ?

— Plus de gens, de possibilités, de distractions. Et j'imagine qu'après deux hivers sans chauffage, vous aimeriez en avoir un peu. Et une vraie cuisine.

— Je suis contente de celle que j'ai ici.

— Disons que vous vous y êtes habituée. Comme à tout ce qui n'est pas satisfaisant dans cette maison. Ou dans votre vie ici. »

Et s'il avait raison ? Pourtant, nous nous plaisons beaucoup à San Casciano. Il me demande ensuite si je suis en train d'écrire quelque chose. D'habitude, il ne cherche jamais à savoir si j'ai fini un livre ou si j'en commence un autre. Ni si nous développons notre petite entreprise de voyages organisés sur mesure pour des groupes de touristes américains. Sa question me prend donc au dépourvu. Je réponds brièvement :

« J'envoie bientôt un deuxième manuscrit à mon éditeur, sur la cuisine du sud de l'Italie. Il me demande ensuite un livre de souvenirs. Comment j'ai rencontré Fernando. Ce que cela fait de changer de culture, de vie, de tout quitter pour aller s'installer avec un étranger sur les bords de l'Adriatique, etc.

— D'après ce que je sais, vos livres de recettes sont remplis d'anecdotes personnelles, donc cela ne vous changera pas beaucoup, n'est-ce pas ? »

Il me surprend, encore une fois. Nous n'avions jamais parlé de ce que j'écrivais. Il ajoute :

« Et vous vous en sortez, financièrement ? Et Fernando ? Il va bien ? »

Je me contente de hocher affirmativement la tête. Puis je réalise peu à peu qu'il y a des mots qu'il n'arrive pas à prononcer. Je mentionne simplement que lorsqu'il voudra m'en dire plus, je serai prête à l'écouter.

« Et plus, c'est quoi, à votre avis ? demande-t-il.

— Quelque chose sur vous. »

Après un instant de silence, il chuchote :

« J'aurais voulu faire ce que vous avez fait. Aimer quelqu'un plus que moi-même. Ne pas me laisser envahir par une tristesse telle que je ne puisse plus lutter contre elle, simplement m'y habituer. J'en suis venu à la chérir, à m'y soumettre. Je l'ai suivie où elle me menait. J'ai cru que j'étais obligé de protéger le passé, de ne pas le laisser s'éteindre. À l'exception des moments de bonheur avec Floriana, je n'ai vécu ma vie qu'à travers celles des autres. Sans en avoir une vraiment à moi. C'est pour ça que je vous dis de protéger la vôtre, de la diriger comme lorsque vous avez décidé de quitter Venise. Ne cédez pas à un certain confort, Marlena. Vous vous rappelez à quel point c'est dangereux ? »

*

Je crois que c'est à partir de là que nous avons commencé à parler sérieusement, Fernando et moi, d'aller nous installer ailleurs. C'est vrai que nous recevions de plus en plus régulièrement d'Américains désireux de bien manger et bien boire dans les jolis villages de Toscane. Mais San Casciano n'avait rien pour les attirer particulièrement. Ils voulaient voir Montepulciano, Montalcino, Pienza, Sienne, San Gimignano, Volterra, le Chianti, où nous les logions dans de beaux hôtels, assez loin de notre « base », même si ce n'était qu'à une cinquantaine de kilomètres. Nous avions compris qu'il vaudrait mieux habiter et travailler au même endroit, pour être plus proches de nos clients, leur donner le sentiment d'être un peu nos invités.

Mais nous ne voulions pas abandonner notre ami, notre vieux « duc ». Ce matin-là, après cette discussion-là, nous avons su qu'il était peut-être temps de partir.

*

Nous avons demandé à Barlozzo de nous aider à chercher « la maison d'après », ce qui nous permettrait de passer plus de temps avec lui. Et c'est devenu une habitude tous les samedis.

D'abord, petit déjeuner au bar le « Centrale », puis aller acheter du pain frais, du prosciutto, du pecorino, et en route. Une semaine, nous allons à Montalcino, une autre à Montepulciano. Le scénario est chaque fois le même. On frappe à la porte de l'agent immobilier local, on a une conversation « à cœur ouvert » avec un notaire ou deux. Chacun d'entre eux a une belle-sœur ou un cousin possédant une maison à louer. Un marchand de fruits et légumes connaît un fermier qui a une superbe bâtisse à vendre — enfin, si son fils décide de ne pas se marier. Nous allons à trois reprises à Pienza pour nous entendre répéter que la propriétaire d'un appartement à louer est désolée, affreusement désolée, de ne pas pouvoir nous recevoir. Et puis un jour, nous avons été sûrs d'avoir trouvé exactement ce qu'il nous fallait à Sienne.

C'était dans une petite rue sinueuse, au deuxième étage d'un palazzo à la façade austère, le genre à devenir spectaculaire sous la pluie ou les rayons de lune. Un dédale de couloirs et de cours intérieures menait à la porte de l'appartement. Nous sommes entrés directement dans le *salone*, aux murs tapissés de taffetas vert pâle — et j'étais prête à signer le bail tout de suite, après avoir étouffé des cris d'admiration à la vue du sol en marbre noir et du plafond décoré de fresques. Chaque pièce s'est avérée être magnifique. Il y avait même une cheminée en marbre rouge *dans la cuisine.* J'ai vite jeté un coup d'œil à la liste des rendez-vous pris pour ce jour-là et vérifié les prix. Cet endroit-là était beaucoup moins cher à la location que notre ferme à moitié rénovée de San Casciano. Ça y est, ai-je pensé, nous avons trouvé. Je n'ai pas remarqué tout de suite que Barlozzo et Fernando restaient silencieux — un silence lourd de sous-entendus.

J'ai eu envie de me mettre à chanter et de me jeter dans les bras de l'agent immobilier en lui demandant vite, vite, son stylo, quand le duc a déclaré :

« Et l'absence de fenêtres, Marlena, ça ne vous dérange pas ? Je sais que vous adorez les murs recouverts de taffetas et que vous avez bien supporté l'absence de chauffage depuis deux hivers, mais vous croyez pouvoir vivre dans une maison sans fenêtres ?

— Qu'est-ce que vous voulez dire, sans fenêtres ? »

Il n'y en avait aucune. Astucieusement, cet appartement était niché à l'intérieur d'une ou deux grandes pièces, à la manière des poupées russes qui s'emboîtent les unes dans les autres. Derrière le taffetas vert, il n'y avait en réalité aucun mur extérieur. J'allais poser des questions mais Fernando m'a entraînée dehors. Barlozzo, lui, était déjà dans la rue.

Au bout de plus de trois mois d'équipées du samedi, il a déclaré forfait, préférant se consacrer à plein temps à la rénovation de sa ruine au milieu des vignes et des troupeaux de moutons.

« Tenez-moi au courant, nous a-t-il dit. Vous allez sûrement bientôt dénicher quelque chose. Après avoir cherché partout, il vous reste l'île d'Elbe à explorer, le seul endroit de Toscane où vous n'êtes pas encore allé. Peut-être que Napoléon vous y a laissé quelque chose, une jolie maison décorée de têtes de chérubins. Ne baissez pas les bras. Quand vous aurez trouvé celle qui vous convient, vous le saurez tout de suite. Et puis, vous pourrez toujours venir vous installer chez moi... »

3

De temps à autre, la vie prend un cours imprévu

Plusieurs mois s'écoulent et nous allons finir par croire qu'en effet, il ne nous reste plus que l'île d'Elbe à explorer. Nous décidons alors d'élargir notre champ d'action à l'Ombrie, voisine de la Toscane. Nous avons déjà visité Pérouse, Spolète, puis Gubbio, Foligno, Bevagna, Spello, Assise — et le scénario reste immuable : se rendre dans le *centro storico*, repérer une agence immobilière, raconter notre histoire à un individu qui ne fait même pas semblant de nous écouter, ou à peine, et qui, à travers la fumée de nos cigarettes à tous les trois, va essayer de nous vendre une église abandonnée ou nous louer des chambres dans un château en cours de rénovation par d'anciens drogués. Nous disons non et nous levons pour partir, avec la promesse qu'un jour ou l'autre quelque chose de magnifique, un vrai trésor sera sur le marché et qu'on nous contactera.

« *D'accordo ?*

— *D'accordo !!* »

Et puis un matin, le destin va se manifester à San Casciano même, au bar le « Centrale », sous la forme d'un peintre hollandais vivant à Rome. Il est accompagné d'une Anglaise, peintre elle aussi. Ils sont en route pour Castel Viscardo, un village en Ombrie, à proximité duquel ils viennent d'acheter une vieille ferme. Jan se présente spontanément, comme le font souvent les expatriés dès qu'ils repèrent un étranger. Nous lui expliquons que nous aussi, nous cherchons une maison. Quand il a fini de boire sa bière — il est à peine huit heures du matin —, il sort son portefeuille et en tire une très grande carte de visite :

« Celle de Samuele Ugolino, nous dit-il, mon agent à Orvieto. C'est l'homme que vous devez voir. Il sait tout. Oh, et c'est un comte, le comte Monaldeschi. Un type correct. »

Là-dessus, il soulève son énorme carcasse de sa chaise et nous tend la main en guise d'au revoir. Mais sa compagne qui jusqu'alors n'a rien dit veut ajouter quelque chose :

« Quoi que vous fassiez, déclare-t-elle, n'allez surtout pas habiter là-bas. Je m'appelle Katherine.

— Et moi, Marlena. »

Je suis intriguée par le ton féroce qu'elle a pris pour dire cela.

« Si tu as envie de parler d'Orvieto, moi, je vais prendre une autre bière dehors. » Et Jan entraîne Fernando sur la terrasse. Je reste avec Katherine.

« Bon, veut-elle savoir, vous êtes déjà allée à Orvieto ?

— Oui, bien sûr, c'est très beau.

— Peut-être la plus belle ville de la région, que ce soit en Toscane ou en Ombrie. Elle a l'air de flotter dans le ciel, posée sur son énorme socle de tuf volcanique, comme un mirage. Et elle est d'une taille parfaite, ni trop petite, ni trop grande. D'un point de vue architectural, c'est très rare de trouver comme c'est le cas ici des restes romains au cœur de palais du Moyen Âge et de la Renaissance. Savez-vous qu'Orvieto a été aussi un des deux grands centres de la nation étrusque ? C'est vrai, on y voit des traces indubitables datant d'avant Rome, comme nulle part ailleurs dans le centre de l'Italie. »

Je ne sais pas si c'est l'artiste en elle qui s'exprime. Peut-être cherche-t-elle à se faire élire maire ? Étant donné sa féroce mise en garde en ouverture, je ne m'attendais pas à ce commentaire enthousiaste.

« Nous avons rayé Orvieto de notre liste, lui dis-je, remis, puis supprimé à nouveau. Parce qu'on sait que tout y est très cher.

— C'est vrai, mais ce n'est pas le pire. C'est un endroit refermé sur lui-même, prétentieux, *un isola infelice*, une île malheureuse. Il y a quelques années, nous avions loué une vieille ferme pour l'été, dans un des villages proches.

Nous y sommes retournés l'hiver dernier, quand nous cherchions à acheter quelque chose. Tous les jours nous allions en ville faire nos courses et je ne m'y suis jamais sentie à l'aise. J'avais l'impression qu'on me tournait le dos. Il n'y a que les commerçants qui vous sourient. Et encore, seulement si vous dépensez assez. C'est l'argent qui règne, là-bas, que les habitants entassent sous leurs lits datant du quinzième siècle. En tout cas, ils en donnent l'impression. Écoutez, même au marché, il y a des femmes en manteau de fourrure qui discutent les prix. J'en ai vu une, drapée dans du lynx de la tête aux pieds, essayant d'extorquer *qualcosa in omaggio,* un petit quelque chose de gratuit d'une marchande qui avait enfilé un vieux cardigan de son mari pour se réchauffer. Ces gens-là vivent enfermés chez eux, ils ne se fréquentent que dans les bars ou dans la rue. Une race bizarre, qui ne ressemble à aucune autre en Italie, ni dans le nord, ni dans le sud. Ils ne s'aiment même pas entre eux. Ils ne feront jamais l'effort de vous tendre la main. Orvieto ressemble en fait à une caisse enregistreuse médiévale. »

Là-dessus, Katherine se lève et s'en va.

Je ne m'étonne même plus de la violence des expatriés envers l'Italie. Chaque fois que j'entends ce genre de discours, j'ai envie de demander : « Mais pourquoi y restez-vous ? Retournez en Angleterre, à Berlin, à New York. » Pourquoi quelqu'un qui a choisi d'aller vivre dans un autre pays que le sien méprise-t-il ainsi sa culture et les façons de faire de ses habitants ? La femme au manteau de lynx de Katherine m'a rappelé une Vénitienne que j'ai connue.

Elle aussi demandait — et obtenait — des petits cadeaux sur le marché, un bouquet de fines herbes, une poire bien mûre, deux beaux poireaux en plus de ceux qu'elle venait d'acheter. Avec les poissonniers, elle se montrait presque brutale. Et pourtant, c'était elle qui, dans la plus grande discrétion, payait les leçons de violon d'un ou plusieurs de leurs enfants avec un professeur de Padoue. Elle également qui s'occupait des formalités compliquées pour que quelqu'un de leur famille obtienne un poste au Conservatoire Benedetto Marcello. En réalité, elle adorait ce sentiment de fraternité avec tous ces gens et eux l'aimaient aussi, chacun prouvant son affection à sa manière. La Vénitienne se comportait comme elle devait le faire, elle prenait et elle donnait suivant les règles qu'on observe à Venise. Quand quelqu'un s'offusque des comportements d'une autre société, c'est parce qu'il les compare avec ses façons de faire à lui. Il ne cherche absolument pas à s'adapter. Katherine et les siens en font autant. C'est du pur colonialisme.

« Nous avons rendez-vous ce soir à six heures avec le signor Ugolino. Jan a tout arrangé. On ne risque rien à aller lui parler, n'est-ce pas ? me dit Fernando.

— Non, rien du tout. »

*

Et nous voilà en train de grimper un autre escalier de marbre jusqu'au bureau d'un autre agent immobilier. Les yeux dissimulés derrière des lunettes d'aviateur, une main fourrageant dans son épaisse chevelure noire, chaussé de Converse délacés, Samuele Ugolino nous ouvre la porte. Oui, il a exactement ce qu'il nous faut. Sans l'ombre d'une discussion. Il nous décrète cela avant que nous ayons prononcé un mot.

D'un seul coup, nous nous sentons mieux. Il nous donne presque envie de rire et nous le bombardons de questions : où est-ce ? Avez-vous une photo à nous montrer ? C'est une vieille maison ? Quelle surface ? Quel prix ? Est-ce à louer ou à vendre ? À chaque fois, il hoche un peu la tête. De toute évidence, nous ne nous comportons pas comme il convient. Si nous restons calmes, tout ira bien. L'impatience est l'œuvre du diable, déclare le signor Ugolino d'une voix rauque, comme imprégnée de whisky et aussi comme s'il venait de se réveiller. Il appelle un jeune homme qui se trouvait dans la pièce voisine, lui tend deux grosses clés enfilées sur un bout de corde — l'une d'elles aussi longue et rouillée que celle d'une porte de château — et lui demande de nous accompagner jusqu'au 34 via del Duomo, c'est-à-dire à quelques mètres du bureau. Notre guide s'appelle Nicola, il a des yeux couleur caramel et des cils épais comme ceux d'un poney. Dehors, à la lueur incertaine d'un ciel d'orage, il nous prend chacun par un bras. Le tonnerre gronde au loin.

Au rez-de-chaussée du 34, il y a un bar-tabac, une petite épicerie, un artisan bijoutier, une trattoria et un comptoir de pizzas à emporter.

« Voilà, nous déclare Nicola, c'est le palazzo Ubaldini, à l'origine, résidence d'été d'une famille noble de Rome. »

Fernando et moi ne disons rien. Nous regardons ce qui se passe, en fin de journée, via del Duomo. Des gens entrent et sortent d'une petite chapelle située à deux mètres, d'où s'échappent, par la porte grande ouverte, des odeurs d'encens qui se mêlent à celles de café et de vin venant du bar juste à côté. Les habitants d'Orvieto font leurs courses pour le dîner, sacs de légumes et boîtes de gâteaux à la main. Certains se reposent un moment sur un banc pour échanger les nouvelles du jour. D'autres, debout au bar, avalent jusqu'à la dernière goutte un verre de *prosecco*. À quoi cela ressemblerait-il de vivre au cœur de ce va-et-vient permanent, après plus de deux ans dans notre paisible refuge au cœur des collines de Toscane ? Et de ne plus être ici en touristes, en simples visiteurs, mais d'y habiter pour de bon.

Tout en nous racontant rapidement l'histoire du palazzo, Nicola ouvre une grande porte vermoulue et nous pénétrons dans une cour sombre et humide. Je lève les yeux sur toute la hauteur des quatre étages, jusqu'au toit, une voûte romaine à ciel ouvert. La pluie qui a commencé à tomber éclabousse les dalles au sol. C'est beau. En mauvais état, mais beau quand même. Nicola parle à Fernando de compteurs électriques et d'endroits où stocker des meubles. Moi, j'entreprends de grimper l'escalier jusqu'au *piano nobile*, l'étage « noble » et je leur crie par-dessus la balustrade de se dépêcher un peu.

Une fois devant la porte, Nicola examine les clés avant d'en introduire une dans la serrure :

« S'il vous plaît, signora, reculez un instant », me dit-il. Puis il pousse un des battants et se penche vers l'intérieur. Je me demande s'il y a quelqu'un dans l'appartement ? Ou un fantôme que nous risquons de déranger ?

« *Ecco, guarda, signora, guarda il tuo salone*, regardez votre salon. »

D'un geste plein de galanterie, il m'invite à me pencher à mon tour. À part quelques planches squelettiques, il n'y a pas de parquet. Je repense brusquement à la maison sans toit, à l'appartement sans fenêtres. Mais ceci est complètement différent. La pièce est extrêmement vaste. Peut-être soixante-dix ou quatre-vingts mètres carrés. Les murs sont nus, jusqu'aux briques d'origine médiévale. Là où devait être accroché un lustre, une chaîne en métal pend, suspendue à une coupole recouverte d'une fresque. Après un tumultueux calcul du potentiel de cette demeure, je me tourne vers Nicola et lui dis :

« Je prends. »

Fernando s'attarde encore dans la cour. Finalement, il se décide à monter. Hors d'haleine, une cigarette ornée d'un long bout de cendres entre les lèvres, il se penche à son tour — et reste immobile longtemps. Puis il se redresse et se tourne vers moi :

« Bienvenue chez nous », me dit-il.

Nicola sort alors un plan de sa poche et le déplie contre le bois craquelé marron de la porte. Outre le salon, il y a trois chambres, deux salles de bains, une cuisine, un office, un *studiolo* et deux petites terrasses. C'est grand. Nous pouvons être assurés qu'en deux mois, peut-être trois, les travaux seront réalisés. Les permis ont déjà été accordés et les ouvriers engagés.

« *È tutta una fesseria*, c'est un travail facile », précise Nicola.

Fernando comprend que c'est un mensonge et moi aussi. Mais je vis depuis assez longtemps au milieu de gentilshommes italiens pour savoir que si Nicola a dit cela, c'est parce qu'il a envie que nous soyons heureux — à cet instant précis. Pourquoi jouer au rabat-joie en évoquant tout de suite les problèmes qui se poseront inévitablement, les tours et les détours qu'il faudra affronter en cours de route ? Les yeux couleur caramel disent « *perché no*? pourquoi pas? » — et aussi que seul un fou hésiterait en découvrant ce lieu splendide. Je sais aussi que son désir de nous faire plaisir est bien plus fort que la nécessité pour lui d'estimer ce que tout cela va coûter — et sur quelle durée. Mais je me dis aussi qu'il ne ment peut-être pas tant que cela. Après tout, ces travaux *pourraient* ne prendre que trois mois, et si c'était plus, Nicola sait que nous nous adapterions à la situation — quelle qu'elle puisse être. En outre, quel plaisir y a-t-il à être trop prudent? À vouloir être sûr de tout? Même si c'était possible? De temps à autre, la vie prend un cours imprévu.

Nous repartons en courant jusqu'au bureau de Samuele pour lui dire qu'il avait raison. Bizarrement, il a toujours l'air de venir de se réveiller. Il esquisse un timide sourire et nous prie de nous asseoir. Il a des choses à nous expliquer. *Piccoli problemi*, des petits problèmes concernant le palazzo Ubaldini. Il faut d'abord en passer par le rituel des cigarettes à offrir et à allumer, après quoi on souffle la fumée par le nez. Fernando et moi brûlons d'impatience. Mais Samuele ne se presse pas et tire sur sa Gitane sans filtre. Naturellement, je suis la première à rompre le silence :

« Combien coûte cet appartement? Je n'ai pas compris s'il est à vendre ou à louer.

— Je crois que c'est les deux. En partie à vendre. En partie à louer. »

C'est peut-être un jeu typique de l'Ombrie. Je continue à fumer, en fixant Fernando, puis Samuele, qui prend son temps et allume une deuxième Gitane. Après quoi, il commence à nous dire qu'il y a *una bega familiare*, une très vieille querelle entre deux branches de la famille propriétaire. Cela fait treize ans que l'appartement est à l'abandon. La matriarche qui vivait-là jusqu'à sa mort, à cent sept ans, l'a légué aux deux. Un clan napolitain qui veut la louer et un clan romain qui veut la vendre. Et depuis treize ans, chacun est resté sur ses positions.

« En ce cas, qu'est-ce qu'on achète et qu'est-ce qu'on loue ? Et les travaux, qui va les payer ? »

Samuele ôte ses lunettes pour la première fois, de façon à mieux me manifester qu'il n'approuve pas ma façon de me comporter. Encore une fois, je vais trop vite. Je vais être punie par un nouveau long silence.

Quand il recommence à parler, la solution qu'il préconise semble rigoureusement médiévale. Il va établir un contrat très particulier, rédigé dans une langue archaïque, où il sera précisé que bien que cet appartement ne nous appartient pas, il sera à nous tout à fait légalement, et à nos héritiers après nous. Samuele s'arrête pour réfléchir. Non, non, dit-il. Non, il vaut mieux écrire que nous serons effectivement les propriétaires, mais que le bien doit rester au nom des deux branches rivales de la famille pour les cent prochaines années. Il nous assure qu'il ne s'agit là que d'une astuce et qu'une fois que les fonds auront été versés par nous, nous n'entendrons plus jamais parler des Ubaldini. Il ajoute qu'en réalité, les deux clans seraient finalement d'accord soit pour vendre, soit pour louer, mais qu'aucun ne veut céder sur sa position. Ce serait une forme de défaite. Ce qui est aussi impensable que se montrer trop impatient.

Je me risque quand même à demander combien cela va coûter ?

« Cela coûtera ce que nous voulons que cela coûte. »

En enfonçant les ongles dans mes paumes, je tente :

« Voulez-vous dire que la famille aura une hypothèque sur l'appartement ?

— Quelle hypothèque ? Il n'y aura pas d'hypothèque. Vous ferez un chèque, disons, pour *tot*, qui sera le début d'une longue et heureuse histoire entre vous et la famille. Les deux branches de la famille. Tous les mois, après cela, et jusqu'à votre mort, vous ferez un chèque pour *tot*. Appelez ça comme vous voulez, un loyer, une hypothèque. Un chèque mensuel. »

Mais qu'est-ce que nous achetons ? Et combien cela coûtera ? Et pourquoi Fernando ne dit rien ? Et que diable peut bien être ce *tot* ? Mais je me garde de poser ces questions à voix haute, de peur de voir mon impertinence punie par un nouveau silence. Je me sens frustrée, impuissante. Fernando, tout sourire, se lève, serre la main de Samuele, fixe avec lui un rendez-vous pour le lendemain. Je me lève à mon tour, ai droit à un baisemain parfumé à la Gitane et à un regard m'enjoignant de ne pas m'inquiéter. Je sais que cette fois-ci, nous n'avons pas devant nous un autre Barberousse, mais quelqu'un qui a compris que nous voulons cet appartement et que nous le voudrons encore plus demain.

*

« Veux-tu bien me dire ce qui s'est passé tout à l'heure ? »

Nous redescendons le corso Cavour et je sais que Fernando est en train de mettre de l'ordre dans les événements de la soirée, ce que je suis incapable de faire. Il me fait asseoir sur un banc de pierre sur la piazza della Repubblica.

« Je crois que la situation est la suivante : hier, quand Jan a téléphoné à Samuele, je l'ai entendu lui expliquer que tu étais un chef et un écrivain et moi un banquier à la retraite. Que nous avons vécu d'abord à Venise, puis depuis deux ans à San Casciano. Que nous accompagnons à l'occasion des petits groupes de touristes américains qui s'intéressent tout particulièrement à la gastronomie et aux vins italiens.

— Il lui a dit tout ça ?

— Oui, bien sûr. Jan veut toucher sa commission. Il voulait que Samuele ait un à priori favorable et il savait très bien ce qui pourrait l'intéresser dans nos curriculums respectifs.

— Il ne lui a donc pas dit que nous étions pauvres ?

— Je ne crois pas avoir parlé de ça à Jan.

— Alors, de quoi voulait-il persuader Samuele ?

— De ce que nous étions, disons, "intéressants", suffisamment en tout cas pour qu'il nous trouve quelque chose. Chaque fois que quelqu'un achète ou loue en Italie, il devient une sorte de tête chercheuse pour son agent immobilier. C'est ce que Jan a été pour Samuele dans notre cas. Après quoi, Samuele est allé persuader le représentant ou la représentante des Ubaldini et ensemble, ils ont mis au point des paramètres modulables. Je crois que les deux "clans" cherchent de l'argent pour remettre l'appartement en état. Ensuite, un modeste chèque tous les mois devrait suffire. Souviens-toi qu'un endroit pareil ne leur a rien rapporté depuis treize ans. Il est clair qu'ils ne veulent pas le vendre. De toutes les façons, nous n'aurions jamais eu de quoi l'acheter. Donc les choses se présentent bien. En fait, si tout se passe comme je le pense, nous venons d'avoir un sacré coup de chance.

— Comment peux-tu dire ça sans rien savoir de ces fameux "paramètres modulables" ? Combien faut-il pour rénover complètement cet endroit ? Ça doit représenter soit la totalité de ce dont nous disposons, soit plus. Et qu'est-ce qui empêcherait ces gens de nous prendre nos économies pour payer les travaux, puis de nous mettre à la porte six mois après ? Quelqu'un doit bien se faire l'avocat du diable, dans cette histoire.

— Rien n'empêcherait quoi que ce soit. Sauf l'entente qui s'est établie entre Samuele et nous.

— Quelle entente ? Chaque fois que j'ai ouvert la bouche, je me suis fait rembarrer.

— Les accords, les contrats peuvent être conclus autrement qu'en paroles ou par écrit. Samuele et moi, nous nous sommes serré la main et je suis persuadé qu'il fera tout ce qu'il peut pour que nous vivions dans cet appartement aussi longtemps que nous le voudrons. Ce que les propriétaires vont toucher, c'est une certaine somme pour couvrir les travaux, après quoi nous disposerons d'un merveilleux logement avec, soit un loyer mensuel très bas, soit pas de loyer du tout, jusqu'à ce que nous aurons payé — appelons ça une avance — soit amorti. Et même ensuite, nous ne paierons jamais ce qu'un endroit pareil vaudrait vraiment. Nous avons plu à Samuele. Tu ne l'as pas senti ? Il nous a instinctivement trouvés sympathiques. Et réciproquement, en ce qui me concerne.

— Mais comment déduis-tu tout cela d'un nuage de fumée de cigarettes, de longs silences et de quelques phrases à propos de deux clans rivaux et d'une attente qui menace d'être interminable ?

— Écoute-moi : l'Italie est la nation la plus corrompue d'Europe. Étant italien, je peux en témoigner. Mais quand ce genre d'"*arrangement*" est établi entre deux personnes, il a plus de force que n'importe quel contrat légal. C'est comme prononcer un vœu. Établir une sorte de conspiration. On se retrouve du même côté de la table. En fait, c'est peut-être la forme de collaboration qui a le plus de chance d'aboutir dans ce pays d'individualistes. Tu me suis ?

— Non, pas encore, pas vraiment. Ce qui me semble très curieux, c'est qu'un peintre hollandais téléphone à un comte orviétan pour lui dire qu'une critique gastronomique américaine et un ex-banquier vénitien pourraient avoir envie de venir vivre à Orvieto et voilà que d'un seul coup, le comte fait apparaître un plan vertigineux comme quoi la critique et le banquier pourraient entrer en possession d'un appartement laissé à l'abandon depuis treize ans. À part essayer de comprendre ça, tout va bien. Tu crois que Samuele a essayé la même chose avec d'autres clients ?

— Peut-être que oui, peut-être que non. Il a des douzaines d'endroits semblables répertoriés dans sa tête. Des appartements, des palazzi entiers, des villas, peut-être même un château ou deux, sûrement un monastère et un moulin à vent — tous ayant besoin d'être restaurés et dont les propriétaires ne peuvent pas payer les travaux, mais ne veulent pas vendre. Donc ils vont trouver Samuele et lui racontent leur histoire. Ledit Samuele ouvre un dossier et attend que le client adéquat surgisse. Personne n'est pressé. Peu importe si cela prend cinquante ou cent ans. Le bien, plus ou moins en ruine, fera partie du patrimoine de la génération suivante. Posséder quelque chose compte davantage pour un Italien qu'en tirer un profit quelconque. Plus qu'un agent, Samuele est un marieur. La "remise des clés" est en général effectuée par des hommes comme lui. Laissons les choses suivre leur cours. Après, nous déciderons.

— Mais dis-moi, pourquoi Nicola a-t-il prétendu que les permis étaient accordés et les ouvriers déjà engagés ?

— Il ne voulait pas nous perdre en tant que clients. Il savait que Samuele pouvait régler ça en un rien de temps. Tu oublies que lorsque je travaillais à la banque, je concluais autant d'affaires dans des bars ou des salons que dans mon bureau. Samuele comprend ça mieux que toi. »

*

À partir de là, nous voyons Samuele presque tous les jours et chaque fois, comme des miettes à des oiseaux, il nous donne quelques bribes de ce qu'il va faire. Un architecte est présent un après-midi, qui étale devant nous les plans pour la réfection du plancher et nous explique ce que désirent les Ubaldini. Le salon est en fait la seule pièce à refaire entièrement, les autres ne nécessitent que des plus petits travaux. Il faut refaire en partie l'électricité dans la cuisine et la salle de bains, installer des luminaires. Ce n'est pas énorme. Les Ubaldini nous consulteront à chaque étape. Tout peut démarrer très vite. La date d'achèvement est prévue pour dans six mois. Personne n'a encore parlé d'argent.

Mais maintenant, j'ai réussi à me blinder et à suivre le mouvement. J'aimerais parler à notre vieil ami Barlozzo, lui demander conseil, mais j'ai peur qu'il me dise de foncer.

En veste de velours noir et jeans, chaussé cette fois en Ferragamo, Samuele nous accueille un après-midi avec un grand sourire — le premier qu'il nous ait jamais adressé. Il dit que nous avons rendez-vous avec les Ubaldini au bar de l'hôtel Palazzo Piccolomini pour l'apéritif. Mais pourquoi ne pas nous avoir prévenus avant? J'aurais mis une autre robe. Et pourquoi rencontrer ces gens, finalement? Mais je sais que je ferais mieux de garder ces questions pour moi. Nous descendons l'escalier presque en courant et je m'efforce de suivre Samuele et Fernando qui dévalent le *corso* en discutant football. Je me dis que je préférerais une escroquerie en bonne et due forme, bien évidente, à cette opacité polie. Mais Fernando connaît ces façons de faire. Et je range mon épée dans son fourreau, pour l'instant.

J'ai droit à un baisemain napolitain, puis romain. Ces deux messieurs, qui doivent avoir plus de soixante-dix ans, pourraient être jumeaux. Leurs cheveux sentent la brillantine au citron et ils ont la peau couleur d'amandes grillées. J'avais décidé de ne pas me laisser séduire trop vite, mais leurs manières courtoises me font ronronner de plaisir. Leurs deux femmes, blondes et élégantes, s'approchent à leur tour :

« Ah, Marlena, *finalmente ci incontriamo.* Nous nous rencontrons enfin. »

En grosses bottes et robe de ville, je me sens lourde et maladroite devant ces créatures d'un chic parfait, en gilet de cachemire sur robe Armani et talons aiguilles. Je ne sais pas si je dois faire la révérence ou les serrer contre moi. Je décide que ce ne sera ni l'un ni l'autre. Elles se présentent comme s'appelant Ubaldini et je me demande si elles ne sont pas plutôt les sœurs des deux messieurs. Le Romain, qui a pour prénom Tommaso, comprend mon hésitation :

« Ah, signora, c'est que nous sommes tous des Ubaldini. Voici Lidia, mon épouse. Et voici Concetta, l'épouse de Ciro, qui lui, est napolitain. Nous sommes cousins, nés de frères Ubaldini. Nous venions à Orvieto l'été, chez Zia Beatrice. Ah, nous avons tant de souvenirs au 34 via del Duomo ! »

Et un regard un peu salace dans ses yeux bleus, Ciro s'approche pour me chuchoter : « Disons que nous avons tous été conçus au palazzo. Oui, et je crois que nos enfants l'ont été aussi. »

Chargés de protéger les richesses ancestrales, les Ubaldini se sont toujours mariés entre eux, pratique assez courante dans la noblesse. C'est pour cela qu'ils s'appellent tous Ubaldini. Ils vont s'ingénier à nous charmer. Et quand Fernando et moi retournons à notre voiture, je vois qu'il brûle de me raconter ce que j'ai manqué pendant que j'écoutais les deux femmes me parler de la Zia Beatrice qui vivait dans cet appartement, « bientôt le vôtre », m'ont-elles répété.

Concetta m'a dit à quel point elle était spéciale, aussi indulgente que sévère : « Au rez-de-chaussée, il y avait un boucher qui tuait et découpait lui-même ses bêtes — là où est installé aujourd'hui un bijoutier. Beatrice avait un panier, au bout d'une poulie et elle le faisait descendre en criant : "Si vous ne m'envoyez pas les meilleurs morceaux, j'irai fracasser votre vilaine tête." Enfin, plus ou moins ça. Elle portait toujours des robes en soie, comme une reine. Mais quand elle a eu près de quatre-vingt-dix ans, il ne lui est pratiquement plus resté d'argent. La vie qu'elle avait connue n'existait plus. Il avait fallu vendre les bijoux, encore qu'il ne restait presque personne pour les acheter. »

Là, Lidia a voulu compléter l'histoire :

« Quand nos grands-parents sont morts, ils ont légué le palazzo à Beatrice qui avait renoncé à une vie à elle pour rester et s'occuper d'eux. Pour survivre, à partir des années cinquante, elle a dû découper le palais en appartements. Nous étions encore très jeunes mais je me rappelle à quel point elle a alors changé. Elle s'est fanée d'un seul coup. Après tout, le bâtiment appartenait à la famille depuis le seizième siècle. Elle n'était plus qu'une *locandiera*, disait-elle, une sorte d'aubergiste, tout en lissant son impeccable coiffure et en effleurant son unique rang de perles. Elle a quand même gardé le plus bel étage pour elle. Ce qui va être votre appartement. Savez-vous que c'était autrefois une immense salle de bal ? De plus de cent quatre-vingts mètres carrés ? Imaginez les souvenirs historiques qui vous attendent là... »

Je suis enchantée de ce que j'entends. Oui, ce serait merveilleux de vivre dans un lieu pareil...

« Alors, qu'est-ce que tu en penses ? veut savoir Fernando.

— Je les ai trouvés gentils. Et je suppose qu'ils ont vraiment envie que nous nous installions dans leur maison. Mais sera-ce vraiment la nôtre ? Ou alors la nôtre, avec eux ? Et si Lidia et Concetta voulaient revenir passer l'été à Orvieto ? On pourrait alors simplement changer de nom, devenir des Ubaldini. Mais ils n'ont pas l'air d'être dans le besoin, ni en guerre les uns contre les autres.

— Les choses ne sont pas toujours aussi évidentes. Peut-être qu'ils ne préféreraient pas payer les travaux. Ou alors, que ce soir, nous avons assisté à une démonstration de *bella figura.* Ils portaient peut-être tous les quatre leurs seuls beaux vêtements. Il n'en reste pas moins que nous avons parlé de ce que la restauration va coûter et c'est dans nos moyens. »

Je reste silencieuse.

« Et nous ne commencerons à payer un loyer chaque mois qu'au bout de sept ans. Le montant en sera fixé maintenant pour éviter les caprices de l'inflation. Tu te rappelles que Barlozzo a souvent dit que nous payons trop cher notre bâtiment de ferme rénové de San Casciano. Il a raison.

— Mais tu as vu comme moi qu'ils ne sont jeunes ni les uns ni les autres. Que peuvent réclamer un jour leurs enfants, leurs héritiers ?

— Cela a été réglé aussi. Tant que nous vivons, cet appartement est à nous. Leurs héritiers deviendront les nôtres ensuite.

— Mais pourquoi aucun d'entre eux n'a jamais voulu venir s'installer ici ?

— Peut-être qu'ils n'ont pas envie de vivre à Orvieto. Rappelle-toi qu'ils sont romains et napolitains. Tu te casses trop la tête. Laisse aller un peu.

— Mais si nous acceptons cet arrangement,

nous sommes obligés de rester ici pour très longtemps, peut-être pour toujours. Comment être sûr que ce sera ce que nous voulons ? Je veux dire, si brusquement nous avons envie de nous installer à Barcelone ?

— *Amore mio,* est-ce qu'on ne peut pas laisser Barcelone de côté pour l'instant ? »

Je vois que sa fatigue est sur le point de se transformer en exaspération. Il reste assis, le visage enfoui entre les mains. Il a semblé tellement content jusqu'ici que je n'ai pas réalisé que mes angoisses lui pesaient trop.

Je pose une main sur son bras :

« Barcelone n'était "qu'au cas où".

— Je sais. Comme tu es une princesse vagabonde, tu aurais aussi bien pu dire Budapest. Et je suis d'accord avec toi : nous ne savons pas si nous voudrons habiter via del Duomo jusqu'à notre mort. Nous sommes seulement sûrs de vouloir rester toujours ensemble.

— Je sais, je sais. De temps à autre, la vie suit un cours imprévu. En même temps, tout ceci est si étrange...

— Oh, et puis, Samuele nous a trouvé une autre maison. Un *intervallo.* Une maison intermédiaire, juste au pied de la colline du Duomo. Elle appartient à un médecin, qui la loue au mois. Il paraît qu'il y a un joli jardin planté d'abricotiers. Nous pourrons y passer l'été et surveiller les travaux. Ce sera beaucoup mieux que de faire sans cesse des allées et venues avec

San Casciano. Samuele m'a aussi déniché un entrepôt où nous stockerons nos affaires, en attendant. C'est un excellent plan. Nous pouvons donner congé à nos propriétaires dès demain. Chérie, tu le veux, cet appartement ? J'ai fait ce que j'avais promis : tirer cette affaire au clair. Maintenant, nous devons prendre notre décision. Réfléchissons encore un peu.

— D'accord. Tu savais que l'appartement entier était autrefois une seule et immense salle de bal ? Nous allons passer d'une étable à une salle de bal.

— Et si on dansait ? »

4

Dans la vie, il y a des pages qui se tournent

Nous donnons notre accord à Samuele pour qu'il fasse avancer les choses. Nous préparons un chèque, il prépare les contrats. Nous emportons un pique-nique chez Barlozzo, toujours occupé à travailler sur sa maison en ruine, pour lui apprendre que nous aurons bientôt une ruine à nous. Je me garde de lui avouer que je me suis laissé charmer par deux vieux comtes qui utilisent de l'eau de toilette au citron et savent très bien faire le baisemain. Nous ne lui donnons aucun détail sur la transaction en cours, il suffit qu'il sache que nous partons, que nous quittons la vieille ferme où il est né et que nous serons — selon son expression — « en sécurité » ailleurs. Le rôle de père qu'il a plus ou moins joué auprès de nous depuis plus de deux ans est terminé.

J'essaye de lui dire que dans notre « maison intermédiaire », nous aurons besoin de lui pour le jardin, mais il me coupe la parole :

« Arrêtez de vous inquiéter pour moi, Marlena. J'ai tout ce qu'il me faut ici. Je ne vais pas mourir de faim. Nous ne nous quitterons pas. Chacun va continuer à vivre sa vie, c'est tout. Je vais bien, je vous assure. »

Nous remplissons des caisses et des cartons et faisons appel au transporteur qui s'était chargé de notre déménagement depuis Venise. À l'époque, il employait des sans-papiers albanais. Cette fois, ce sont des Tunisiens, sans-papiers eux aussi. Leur gros camion noir va emporter nos meubles directement à l'entrepôt choisi par Samuele. Nous empilons dans notre BMW tout ce dont nous aurons besoin dans la « maison intermédiaire ». Je vais de pièce en pièce une dernière fois, comme pour vérifier que je n'ai rien oublié. En réalité c'est pour revoir encore l'image de notre amie Floriana qui aimait venir coudre près d'une certaine fenêtre, croire que j'entends sa voix. J'imagine aussi Barlozzo petit garçon, son père, sa mère, qui ont vécu ici et dont je connais la douloureuse histoire[4]. Et voilà que j'entends le bruit de sa camionnette dehors.

« Je ne voulais pas que vous partiez chez les Étrusques sans un peu de bon vin », dit-il. Et il ouvre notre coffre pour y glisser une bouteille par-ci, une autre par-là, entre les valises. Je lui demande s'il accepte de venir dîner le samedi suivant :

« Dans huit jours, d'accord ? Je vous laisserai

4. Voir *Mille jours en Toscane*, Mercure de France.

un message au "Centrale", pour que vous ne risquiez pas d'oublier. Mais nous passerons peut-être vous voir avant. Nous ne serons qu'à une heure de voiture de votre chantier. Bon, je vais aller éteindre les lumières. »

Mais il me dit qu'il va s'en charger :

« Partez, vous deux. Je m'occupe du reste. »

Je sais qu'il se revoit ici enfant, lui aussi, qu'il revit certaines scènes, que certains cris résonnent encore. Le fait que nous quittions la maison va peut-être lui permettre d'en faire définitivement autant. Est-ce la raison pour laquelle il nous incitait autant à aller vivre ailleurs ?

Par les petites routes, l'embranchement de l'autoroute pour Orvieto n'est qu'à trente-six kilomètres. Mais nous abordons là-bas un autre monde. Nous quittons un paisible hameau toscan entouré de pâturages pour une grande île de pierre surgie des convulsions de l'histoire. Quand on s'en approche, on dirait un palanquin noyé dans une brume dorée. En dépit du nombre de fois où nous avons grimpé jusque-là ces dernières semaines, je ne suis toujours pas habituée à une si étrange beauté. Et aujourd'hui, nous allons y rester. Nous sommes venus pour y vivre.

Bien sûr, pour une raison inconnue, il y a eu un problème de dernière minute. Samuele nous a fait savoir que nous n'aurions que le lendemain les clés de la fameuse « maison intermédiaire ». Il a laissé un message au « Centrale », ajoutant qu'il a une surprise en réserve. Notre chère Vera, la propriétaire du bar, a soigneusement tout noté, y compris que nous devons passer à l'agence à sept heures. Nous n'avons prévenu personne de notre départ et promettons de revenir souvent en visite. Mais je sais que depuis plus de deux ans, nous ne sommes jamais retournés à Venise. Dans la vie, il y a des pages qui se tournent.

Quand nous garons la voiture au parking derrière la *biblioteca comunale* d'Orvieto, je me sens brusquement à la fois très triste et très fatiguée — et je me moque bien de savoir quelle surprise Samuele a bien pu nous préparer.

Il nous attend dehors, devant son bureau. Comme je m'en doutais, il ne nous explique pas le changement de programme mais nous informe qu'il a retenu pour nous une jolie chambre à l'hôtel Piccolomini, ainsi qu'une table pour le dîner dans une trattoria juste au pied du palazzo Ubaldini, qui s'appelle La Grottina. Il nous y accompagne et nous présente à Franco, le patron, un petit homme très agité, drapé dans un tablier blanc depuis le col de sa chemise bleu pâle jusqu'au bout de ses mocassins de cuir. Il sent à la fois le musc et les tomates longuement mijotées et il me plaît aussitôt. Il nous explique que son cuisinier a une otite, que son maître d'hôtel n'est pas encore arrivé et qu'il doit donc faire à la fois la cuisine et le service. À part nous, il n'y a que deux autres clients, mais Franco assure le spectacle, virevoltant, le couteau à la main, pour couper du pain, puis des tranches d'un rôti de porc, entrechoquant ses casseroles et chantant *Don Giovanni* d'une voix de fausset. Il écarte le rideau qui nous sépare de la cuisine, s'en va, puis revient brusquement en portant à bout de bras un plat de pasta. Il ne tient pas en place.

La salle est petite et les murs blancs sont décorés de fresques très colorées, œuvre d'un peintre japonais affamé qui vivait à Orvieto voici quelques années et ne pouvait pas payer. Sur des étagères s'entassent des bouteilles de vin, une roue de parmigiano d'une belle couleur dorée, des paniers de pêches, de prunes et d'artichauts. Une bonbonne d'huile d'olive trône près de la porte. Sur un comptoir de chêne, il y a une superbe tarte aux mûres et un petit saladier de cristal rempli de crème fraîche, avec un morceau d'écorce de cannelle planté au milieu. Sur chacune des tables — pas plus de dix en tout — sont négligemment posés des bouquets de violettes. Je lève les yeux vers la voûte du plafond et me dis : « Là-haut, juste au-dessus de nous, ce qui était autrefois une salle de bal va bientôt récupérer un plancher, enfin je l'espère, et nous y ferons de délicieux dîners, arrosés de bons vins, à la lueur de bougies et d'un bon feu et nous vivrons notre vie. »

Ce soir, tout me semble exquis et surprenant

et je n'arrive pas à savoir si je veux que ce qui ressemble à un rêve continue — ou si j'ai envie de repartir en courant dans notre ferme de San Casciano. Mais là-bas, la porte est désormais close.

Nous savourons la bonne cuisine rustique de Franco, qui nous serre dans ses bras quand nous partons — et rentrons à pied à l'hôtel. Fernando lève les yeux vers ce qui sera une de nos deux petites terrasses. Un chat se faufile devant nous. Tout est calme dans le vicolo Signorelli.

Deuxième partie

EN ATTENDANT NOTRE SALLE DE BAL

5

L'Ombrie est là, à notre porte

Le lendemain matin, nous retrouvons Samuele à la « maison intermédiaire ». Nous y étions venus brièvement une semaine plus tôt et n'avions jeté qu'un coup d'œil à l'intérieur. J'éprouvais alors la plus grande méfiance à l'égard de tout ce projet et me souvenais seulement que l'endroit m'avait paru en bon état et sentant fort l'encaustique. Notre agent nous tend les clés et dit qu'il est pressé. Il doit courir quelque part. Si nous avons besoin de quoi que ce soit, il suffit de l'appeler. Puis il nous envoie un baiser du bout des doigts et nous plante là. J'ai l'impression qu'en réalité, il a très envie de retourner se coucher.

Mais elle est charmante cette petite maison, *una casa povera* du dix-septième siècle, reste d'un monastère dominicain, aux murs de stuc jaune, volets noirs et grille de fer forgé à l'entrée. Le salon, la salle à manger et le bureau sont légèrement en contrebas de la rue. Un escalier de pierre mène à l'étage où sont les chambres et deux salles de bains. Il y a du parquet bien ciré partout et sur les murs peints en blanc sont accrochés toutes sortes de tableaux. Dans le salon, des canapés de part et d'autre de la cheminée sont drapés de blanc aussi. Deux armoires en bois de noisetier débordent de poteries anciennes, de plats d'argent et de carafes en cristal. Un immense miroir recouvre tout un pan de mur. Dans la salle à manger, aux jolis tapis kilim rouges, une longue table en acajou est flanquée de six fauteuils recouverts de velours noir. Dans la plus grande chambre, tout est à nouveau blanc, rideaux, draps, coussins, plus un édredon en satin jaune. Je découvre une baignoire en marbre dans la salle de bains et pousse un cri de joie quand je tourne les robinets de cuivre et me fais arroser par la douche. Un vrai baptême « ombrien » ! Sur la terrasse, tout est prévu, table et chaises en fer forgé plus coussins, pour qu'on y prenne son petit déjeuner. Les toilettes sont simples mais impeccables. Je demande à Fernando :

« Pourquoi ne resterions-nous pas ici pour toujours ?

— Parce que cette maison n'est à louer que pour de courtes périodes. Samuele m'a dit qu'elle venait tout juste d'être restaurée et que nous étions les premiers locataires. Le propriétaire la destine aux touristes, à la semaine, tout au plus au mois, mais pour nous, elle est disponible tout l'été et jusqu'à l'automne. Il doit s'agir d'un arrangement particulier entre lui et les Ubaldini.

— Bon, et où est donc la cuisine ? »

Au milieu de toutes ces merveilles, nous n'avons pas encore trouvé la cuisine. Nous recommençons à ouvrir chaque porte, découvrons une salle d'eau pour invités, un débarras, puis — la voilà, la cuisine : à peine un recoin, une sorte de placard où tout s'emboîte, l'évier, le fourneau, le frigidaire. C'est ce qui fait rage à Milan, nous expliquera-t-on plus tard.

Après mes microscopiques cuisines de Venise et de San Casciano, je dois me résoudre au mauvais sort qui me prive, moi, chef réputé, d'un vrai outil de travail. Le regard mauvais, je tourne la clé et voilà ce que je découvre : un évier minuscule, une seule plaque électrique, une machine à vaisselle qui ne doit pas contenir plus de quatre assiettes, un réfrigérateur pour maison de poupée. Deux étagères. Mais trois fours à micro-ondes. Je referme brutalement ce fichu placard — laqué noir — et me jure que, cet été, nous nous contenterons souvent de plats préparés. Nous pratiquerons une sorte de camping de luxe. Ou non, mieux que ça : nous ferons griller des bonnes choses dans la cheminée et laverons la vaisselle au jet dans le jardin. Seulement voilà : notre vaisselle est bien emballée et stockée dans l'entrepôt. Nous n'avons pris avec nous que nos vêtements d'été, des cartons de livres, l'ordinateur, des draps et des serviettes, plus des rouleaux de tissu dans lesquels je vais tailler des rideaux pour le palazzo Ubaldini.

Bon, ce n'est pas grave, tout ira bien. Nous nous le répétons à plusieurs reprises, comme si nous nous forcions à y croire. Et puis, ce n'est que pour peu de temps, l'été, un mois d'automne, peut-être.

Je remarque alors que Fernando est le dos plaqué au mur de la salle à manger. Il cache quelque chose. Il essaye de détourner mon attention en me répétant que la maison est parfaite et il continue à rapsodier tandis que je le tire vers moi et découvre derrière lui une énorme tache de moisi, d'un vert acide, et d'où sortent des poils noirs.

« On va gratter ça et peindre par-dessus.

— Tu te rappelles que je suis vénitien ? Je suis expert en matière de moisi. Ces murs ont été peints voici à peine un mois. Si on les lave et que, *Dio bueno*, on les repeint, le moisi se développera encore plus. »

Je vais vérifier dans toutes les pièces, derrière chaque tableau, derrière l'immense miroir : l'hydre est partout.

« Nous ne pouvons pas habiter cette maison !

— Oh si, nous pouvons. Si tu laisses tout en place, tu ne t'apercevras de rien. Je ne vais sûrement pas me mettre à chercher une autre maison à louer pour une aussi brève période à cause d'un peu de moisi. Enfin, de beaucoup de moisi.

— C'est un décor de théâtre, Fernando ! Pas un endroit où des gens peuvent *vivre* ! »

J'ai hurlé — mais il s'est enfui dans le jardin pour fumer une cigarette.

Je retourne jeter un coup d'œil derrière le miroir, prends la mesure de l'ennemi à abattre, trouve une brosse et me mets au travail. Je sais que je suis vaincue d'avance. Après tout, qu'importe ? Cette maison est décorée de fresques exécutées avec les ancêtres des antibiotiques. Les tableaux sont jolis, le reste aussi. Je vais quand même tendre des draps sur les deux seuls murs restés nus. Cela accentuera gentiment l'effet camping de notre installation. Et puis, quand je sors sur la terrasse, plus rien n'a d'importance : l'Ombrie est là, à notre porte.

Des champs de blé et de tabac ondulent sous la brise, des rangées de maïs descendent vers des carrés de choux aux feuilles soyeuses. Des coquelicots viennent se mêler à des touffes de lavande et s'épanouissent dans l'herbe folle des pâturages. Des figuiers et des mûriers tendent leurs branches couvertes de feuilles au-dessus des pieds de vigne. Les fermiers étrusques en cultivaient déjà. Des roses grimpent jusqu'au toit rouge des maisons. On entend les cris des oies qui répondent à ceux des jars et ressemblent à ceux de vieux qui rient ou se disputent. Et tout près, dans notre petit jardin clos, il y a deux superbes abricotiers, un magnolia, un tilleul d'âge vénérable, un parterre de fleurs contre la grille d'entrée. Et à cinquante mètres plus haut, la plus splendide église gothique d'Italie. « Ce n'est qu'un peu de moisi », dis-je tout haut.

*

Il est midi et nous lorgnons en direction du pain et du fromage que Franco nous a offerts la veille quand nous avons quitté son restaurant.

« Tu veux bien aller chercher du vin ? » me demande Fernando, les bras chargés de vêtements qu'il va suspendre dans une armoire. À Orvieto, cela équivaut à dire : fais vingt pas soit vers la droite, soit vers la gauche. Ou alors soit en montant, soit en descendant. Et effectivement, je compte dix-neuf pas jusqu'à la première *enoteca*, une minuscule boutique remplie de casiers à bouteilles et de cartons. Orvieto est une ville construite par le vin autant que par les pierres. Deux chiens dorment à l'entrée. Le patron, en tablier de cuir, ne relève pas la tête quand j'entre — il est occupé à fermer une boîte, mais déclare : « *Buongiorno, signora.*

— *Buongiorno, signore. Volevo un classico. Bello fresco.*

— *Ah, siete già sistemati. Una bella casa, quella. Benvenuti.* »

Il sait que nous venons d'emménager, même si cela ne fait qu'à peine deux heures et il nous souhaite la bienvenue. Il va sortir de son réfrigérateur une bouteille verte qu'il enroule dans un épais papier blanc.

« *Ci vediamo, signora. Ci vediamo, senz'altro.* Sans aucun doute, on va se revoir. »

Je cherche de l'argent dans une de mes poches. Il pose deux doigts sur ses lèvres :

« *Ancora, benvenuti a Orvieto.* »

Mais qu'est-ce que me racontait la compagne de Jan à propos des habitants d'Orvieto ?

Assis à la terrasse, avec pain, fromage et vin, nous établissons la liste de ce que nous devons faire, de ce que nous avons envie de faire. Nous nous décidons pour tout un mois de délicieuse indolence. Je n'ouvrirai même pas mon ordinateur avant le mois d'août, quand je dois recevoir le manuscrit mis au point par mon éditeur. Nous attendons notre prochain groupe de touristes seulement en septembre, au moment des vendanges à Montalcino. Toutes ces dates ont été fixées. Nous consacrerons donc nos journées à mieux connaître Orvieto, à aller voir les ouvriers au travail au palazzo Ubaldini, à visiter les marchés le jeudi et le samedi et à découvrir les villages des environs. Nous tracerons notre carte sentimentale de la ville, avec nos itinéraires à nous, pour nous y sentir chez nous. Donnons-nous le temps.

Après avoir pris toutes ces décisions, bu tout ce vin, nous fermons les yeux, le visage tourné vers le soleil et nous nous endormons. C'est la brise du soir qui nous réveille. Direction la baignoire de marbre. Après quoi, nous nous habillons pour la *passeggiata* et le dîner chez Franco.

6

Il y a partout à Orvieto des souvenirs d'un passé glorieux

Le ciel est couleur lilas, saupoudré de légers nuages rouges. Vite, un peu d'eau froide sur la figure, du parfum, les mêmes vêtements que la veille. Il n'est pas encore sept heures.

« *Sei pronta, amore ?* Tu es prête, mon amour ?

— Je suis prête. »

Et nous courons dehors à la recherche d'un bon café. C'est notre première journée complète à Orvieto.

Des cars venant de Rome ou y allant sont déjà garés sur la piazza Cahen, en face de chez nous, déversant leurs hordes de touristes en short et casquette de base-ball qui serrent contre eux des sacs en papier kraft contenant leurs dernières acquisitions, bouteilles de vin, chaussures ou poterie à bec verseur en forme de coq. Depuis Venise, nous savons que ces objets, preuves qu'ils sont bien partis en voyage, comptent souvent plus pour eux que le voyage lui-même ! Bon, eh bien en route vers la piazza del Duomo. En chemin, nous passons devant le palazzo Ubaldini. Je lève la tête vers le *piano nobile* où j'aimerais bien voir un échafaudage, plus une armée d'ouvriers au travail. Mais tout est silencieux.

« Ils vont vraiment s'y mettre bientôt, n'est-ce pas ? D'un jour à l'autre, tu ne crois pas ? »

Je n'en suis pas sûre du tout, mais si je viens de dire cela, c'est pour que Fernando me rassure. Il se contente d'esquisser un sourire et de prendre un air vague.

« Tiens, essayons ce bar-là », suggère-t-il.

Musique latino lancinante dès que nous entrons. Le barman, grand, le visage blafard, la moustache noire, se dandine discrètement en mesure. Il nous tend la carte où figure un choix entre cinq crus de café. « *Buongiorno* », dit-il. Nous avons atterri dans un établissement de la chaîne Starbucks et j'ai aussitôt envie de m'enfuir. Mais Fernando commande « deux Éthiopiens », comme si c'était ce que nous voulions absolument. Quand nous ressortons, il me fait remarquer qu'il doit y avoir au moins une vingtaine de bars dans la ville, nous en avons simplement choisi un pour touristes. « Rappelle-toi qu'il y a ici plus de quatre mille habitants et pas deux cents comme à San Casciano. Nous trouverons celui qui nous convient. »

Nous achetons des parts de pizza blanche à une boutique sur le corso et allons nous asseoir au soleil devant l'église Sant'Andrea. Une très jolie scène se déroule alors devant nous : une petite troupe de femmes âgées s'est installée piazza della Repubblica et une jeune touriste leur parle dans un excellent italien, mâtiné d'un non moins excellent accent australien. Elle tient une poussette d'où émergent des minuscules bras et jambes qui s'agitent. Voilà ce qu'elle déclare :

« Je voudrais bien aller acheter du vin et peut-être aussi des chaussures. Mon mari est en train de dessiner à la cathédrale et j'ai pensé que mon bébé ne serait nulle part aussi bien qu'avec vous. Elle a sept mois, elle s'appelle Sabine. Elle adore qu'on la prenne dans les bras et si on lui chante quelque chose, elle répond. Je reviendrai dans une demi-heure. *Va bene?*

— *Va benissimo* », répondent les grands-mères d'une seule voix.

Et elles se mettent toutes à chanter, en se passant et se repassant le bébé comme s'il s'agissait d'une précieuse relique. Chacune embrasse, qui un petit pied, qui un petit coude, qui une petite cuisse dodue. Sabine accompagne la mélodie générale de toute sa voix. Fernando et moi échangeons un regard, avant de nous dire, l'un à l'autre, « bienvenue chez nous ». Nous savons que nous sommes exactement là où il va faire bon commencer une nouvelle vie.

C'est dans cette église que le pape Innocent III a béni la quatrième croisade et envoyé ses cavaliers tuer et violer au nom de la Sainte Église romaine. Il s'agit d'un événement récent, à l'échelle de l'histoire de la ville car sous les marches sur lesquelles nous sommes assis se trouvent les restes d'un temple étrusque dont les conquérants romains se sont emparés pour y installer leurs dieux païens. Et au-dessus des têtes de Jupiter, d'Apollon, de Minerve et de Diane, les chrétiens du Moyen Âge ont édifié un chef-d'œuvre de l'art roman — gratifié de quelques embellissements à la Renaissance — et c'est ce qui constitue aujourd'hui la façade de Sant'Andrea. Le passage de chaque civilisation a laissé son empreinte à Orvieto, même si c'est celle du Moyen Âge qui reste la plus visible.

L'héritage des guildes d'artisans et des riches familles nobles se voit partout et à travers les siècles, la culture de la vigne et le développement de l'agriculture l'ont fait prospérer. De solides tours médiévales montent la garde autour des palais Renaissance, des arcs de triomphe s'élèvent à l'entrée de sombres ruelles, elles-mêmes débouchant tantôt sur une vaste *piazza,* tantôt une petite place, où une bonne odeur de cuisine s'échappe d'une *osteria* qui n'a même pas de nom. On appelle souvent Orvieto *La Divina.* Partout, on y trouve des souvenirs d'un passé glorieux.

Nous apprenons que le lundi, le jeudi et le samedi, on fait griller du café sur du feu de bois dans la cave d'une boutique nommée Gli Svizzeri. Chaque fois que nous y allons, nous demandons à la patronne aux joues rougies par la chaleur de nous moudre juste cinquante grammes des grains noirs si parfumés — exactement de quoi alimenter pour deux jours notre vieille cafetière Bialetti. Le reste du temps, on vend là des épices en quantité. Nous faisons la queue au milieu de femmes venues acheter vingt grammes de fleurs de fenouil séchées, ou « *un pizzico di cannella* », une pincée de cannelle. Elles ne prennent que ce dont elles ont besoin dans l'immédiat, simplement pour pouvoir revenir le lendemain, attendre en bavardant et en se plaignant de tout et de rien étant partie intégrante de leur vie sociale.

Les yeux extasiés, nous visitons chaque *pasticceria* en goûtant leurs merveilleux gâteaux — et en essayant de garder un peu d'appétit pour le *salame* aux truffes et le *pecorino* du déjeuner, accompagnés d'épaisses tranches de pain frais que nous achetons chez un boulanger nommé Giovanni.

Qu'existe-t-il de plus agréable que la caresse du soleil ou le sifflement de la machine à *espresso* qui, trois fois par jour, nous prépare notre ration bien sucrée, bien épaisse ? Ou alors, à dix heures pile, un morceau de pâte à pizza bien chaude parfumée au romarin et saupoudrée de sel marin ? Tous les habitants d'Orvieto l'attendent aussi, les bébés dans leur poussette, les écoliers à l'heure de la récréation qui courent en acheter, les ménagères en train de faire leurs courses, les vieux aux terrasses des cafés et même les élégants qui sortent un instant de leur bureau et protègent leur cravate Gucci de l'huile qui risque de couler.

Il ne faut pas être en retard pour passer chez le boulanger chercher *una pagnotta ben cotta*, une miche bien croustillante — et ensuite, chez Piero, l'épicier, *piazza de la Repubblica, due palline di burrata*, deux boules de mozzarella tendre comme du beurre, arrivées à l'aube des Pouilles, à cinq heures de voiture, de chez son fournisseur préféré. Chaque boutique a ses spécialités, traditionnellement ombriennes. Et chaque jour, des queues se forment où on scrute ce qu'a acheté son voisin — s'il y a un plus gros morceau de parmigiano que d'habitude, c'est qu'un ami vient déjeuner, s'il y a moins de pâté, c'est que la belle-fille a la grippe. Attention, il va être midi, l'heure de l'apéritif.

À midi et demi pile, on dirait qu'un signal d'alarme a retenti car les rues se remplissent instantanément d'une foule qui se précipite dans les bars. Il est grand temps de se remettre des rigueurs du travail avec une boisson fraîche, alcoolisée ou pas. Sur les comptoirs se succèdent des petites assiettes de noisettes grillées, d'olives vertes bien charnues, de morceaux de fromage, de biscuits salés et de tranches de prosciutto au bout d'une pique. Il s'agit juste de se mettre en appétit, le déjeuner proprement dit étant à une heure. Après quoi il y aura la sieste — c'est sacré —, un petit tour jusqu'au bureau ou à la boutique, un *espresso* vers cinq heures, avec un gâteau ou une glace, et en fin de journée, retour dans les bars pour les *aperitivi*, puis la *passeggiata* avant le dîner à la maison. On se couche tôt et le lendemain, on recommence le même programme. Nous décidons de le suivre, de faire exactement comme les habitants d'Orvieto, mais de toute évidence, nous restons des étrangers.

Nous sentons bien que nous ne sommes pas acceptés dans ce petit paradis et nous avançons avec précaution. À notre arrivée à San Casciano, il y avait tout de suite eu la présence de Barlozzo et de Floriana pour nous aider à nous installer, à être « chez nous ». Ici, seuls ont droit de cité ceux qui sont nés sur place, dont la vie a commencé en fait il y a longtemps, au travers de générations entières qui se sont succédé sur ce rocher altier, appartenant à la noblesse, à la « *alta borghesia* » ou à des familles plus modestes. On dit qu'à Orvieto, la vie est « *a misura d'uomo* », à l'échelle de l'homme. Elle l'aide, l'entoure, le réconforte. Les parents, les grands-parents, les oncles, les tantes, les cousins sont là, pour lui rappeler les richesses dont il dispose, ici, chez lui, dans cette ville.

*

Dès les premiers jours, on nous regarde en coin. On ne nous adresse la parole qu'à travers les mêmes répliques rythmées :

« *Buongiorno.*
— *Buongiorno, signori.*
— *Un caffè, per piacere.*
— *Eccolo.*
— *Buena sera.*
— *Buena sera, signori.*
— *Due prosecchi, per piacere.*
— *Ecco, due prosecchi.* »

Mais qui sont donc ces gens, ce type à l'air « normal » et cette femme avec autant de cheveux et ces jupes si larges ? Voilà ce que j'ai l'impression d'entendre partout. Certains savent déjà qui nous sommes, d'où nous venons, quels projets nous avons, quel contrat a été conclu avec Samuele. Cela se dit à voix basse, quand nous entrons dans un restaurant ou sortons d'un bar. Je pourrais, bien sûr, discipliner un peu mes cheveux, jeter mon rouge à lèvres trop vif, porter des jupes droites et des souliers à talons plutôt que des bottes, mais cela ne changerait rien. Il paraît que je suis la première Américaine à venir habiter dans le *centro storico.* Depuis l'invasion des Lombards, au quinzième siècle, aucun étranger n'est *resté* ici. Les touristes, les vacanciers déferlent, dépensent leur argent dans les boutiques, puis repartent en courant vers leurs trains, leurs cars, leurs chauffeurs. Bien sûr, il y a des Américains, des Anglais, des Hollandais, des Allemands qui vivent dans des villages alentour. Ils viennent parfois faire des courses à Orvieto, ou dîner au restaurant. Ils font un petit tour, puis ils repartent.

Nous apprenons que les Ubaldini ont été critiqués pour avoir fait affaire avec nous. Ils auraient dû laisser leur palazzo aux chauves-souris et aux fantômes plutôt que permettre à des étrangers de s'y installer.

Quand j'ai épousé Fernando et me suis retrouvée livrée à moi-même à Venise, j'ai eu le sentiment de n'être chez moi nulle part. Pourtant, je savais ce que signifiait ne pas être acceptée. J'avais vécu cela enfant. J'ai décidé alors de donner, afin de recevoir. Pour trouver du plaisir à être là, Fernando étant à son travail toute la journée, j'ai cherché tous les petits bonheurs qui pouvaient s'offrir à moi. Cinq jours par semaine, je suis allée à la découverte de la ville, à ma façon, comme si je redevenais une gamine de dix ans qui découvre comment les gens parlent, mangent, boivent, coupent leur pain, rêvent, pensent, dans un pays nouveau pour elle. Je n'ai pas voulu ressembler à ces vieilles *contessas* en tailleur de tweed en train de déjeuner au Harry's bar tout en échangeant des ragots. Je me suis mise à fréquenter presque tous les jours le marché du Rialto et je me suis fait peu à peu des amis parmi les marchands et les fermiers venus vendre leur production. C'est comme cela que j'ai apprivoisé Venise.

Ici, à Orvieto, c'est différent : je suis mon mari et il ne voit pas l'effort que cela représente pour moi d'afficher comme lui *una bella figura*. Au bout de plus de cinq ans de vie en Italie, je me sens maladroite, telle une nouvelle expatriée. Le silence des habitants, autant que leurs chuchotements, me pèse. Je me récite du Rilke, quelques pages d'André Gide. Il faut absolument que j'apprenne à voir ce que la vie ici peut avoir de beau, sans tout ramener à moi, comme le font généralement les expatriés.

Ah, certes, les commerçants sont très galants, ils me tiennent la porte quand je suis chargée de paquets. « *Buongiorno, signora, buona passeggiata.* » Je me dis que c'est peut-être parce qu'ils sont contents de me voir partir. Ils doivent me considérer comme une sorte de barbare. Ils grimacent d'avance comme si j'allais leur demander quelque chose d'extravagant. Quand je me lance et leur parle en italien — un italien parfois plus châtié que le leur —, ils ne me répondent pas, ils préfèrent s'adresser à Fernando. À moi, ils se contentent de dire au revoir, avec une sorte de soulagement. Et si j'ai regardé pendant une demi-heure ce qui est exposé dans une boutique où l'on vend des céramiques et repars sans avoir ouvert mon porte-monnaie, la patronne me foudroie du regard, bras croisés, menton en avant — même si j'ai poliment dit : « *Grazie, arrivederci.* » Si j'avais acheté quelque chose, j'aurais eu droit à un sourire forcé, un point c'est tout. Là, c'est à un regard à quatorze centimètres au-dessus de ma tête. Cette forme d'indifférence me blesse. Même Franco, chez qui nous dînons souvent, se détourne un peu quand nous le croisons dans la rue.

Nous nous disons, Fernando et moi, que ce genre d'attitude est inévitable, que nous représentons un cas à part, qu'avec le temps, cela va s'arranger. Mais nous nous demandons aussi si le genre de vie qui convient aux habitants d'Orvieto va finalement nous convenir à nous. Ces gens somme toute privilégiés, insouciants, ai-je envie de vivre comme eux, parmi eux ? Je regrette les villageoises en tablier à fleurs et pantoufles, avec qui je pouvais bavarder, les paysans aux mains rugueuses qui viennent d'arracher à la terre les pommes de terre qu'ils cuiront pour leur repas du soir.

N'aurions-nous pas mieux fait de trouver une autre vieille ferme un peu retapée que nous aurions arrangée à notre goût ? Barberousse avait-il finalement raison de nous proposer sa malheureuse maison sans toit ? Peut-être que ce qui me manque le plus, c'est une vraie cuisine, avec des gens affamés autour de ma table. Je crains que nous soyons plutôt des rats des champs que des villes. Nous serions plus à l'aise dans un des villages de la vallée qu'ici. Mais enfin, nous ne sommes pas venus pour être accueillis à bras ouverts par les habitants d'Orvieto. Notre bonheur ne dépend pas de leur bénédiction. Nous avons du travail à faire, des livres à écrire, des clients à satisfaire, nous avons notre amour, notre vie à nous.

Même Samuele qui aurait pu, je trouve, nous faciliter des rencontres avec des « *Orvietani* » nous laisse tomber. Il a dû retourner au lit. Quand nous le croisons, il ne s'arrête même pas pour nous saluer. Les baisemains, c'est fini. Nous ne l'intéressons plus. Jusqu'au matin où il frappe à notre porte, via Postierla.

*

« Il y a eu des changements dans ce que nous avions prévu. Les travaux au palazzo Ubaldini ne pourront pas commencer avant septembre. Des difficultés ont surgi sur d'autres chantiers et les ouvriers seront occupés jusqu'à cette date. Rien d'inquiétant, nous rattraperons le temps perdu en doublant les effectifs le moment venu. Ces choses arrivent. N'êtes-vous pas bien ici ? Bien sûr, vous pouvez y rester aussi longtemps qu'il le faudra. Des années, si nécessaire. J'y ai veillé. »

Les deux dernières phrases de ce discours ont pour effet de me faire monter en courant dans ma chambre. Si j'étais restée une minute de plus à écouter Samuele, je l'aurais étranglé. Pourquoi ne me suis-je pas fiée à *mon* instinct plutôt qu'à celui des autres ? Pourquoi ai-je accepté de me laisser berner par ce nobliau à moitié endormi sans protester ? « Vous pouvez rester aussi longtemps qu'il le faudra. J'y ai veillé. » Il se moque de nous, cet arrogant personnage. Et comme j'aurais préféré que nous dépensions notre argent pour louer et décorer une petite maison où nous aurions pu travailler et vivre. Oui, j'en reviens toujours à mon rêve d'une petite *taverna* bien à moi, avec une grande cheminée et une table pour douze convives. Qui aurait envie d'habiter une salle de bal, en fait ? Une salle de bal dépourvue de plancher. N'est-ce pas une métaphore de ma vie ?

À San Casciano, nous avons déjà été exploités par des propriétaires qui nous faisaient payer un loyer extravagant pour un bâtiment de ferme mal restauré, sans chauffage, alors qu'ils touchaient des aides de l'État pour en faire un très beau centre culturel. Et maintenant, voilà que l'avance pour mon prochain livre et les arrhes de nos prochains clients ont été empochées par une famille de nobles natifs d'Orvieto qui ont, pour autant que je sache, pu acheter avec des terres au Costa Rica. J'essaye de me calmer en me rappelant les paroles de Fernando quand nous avons décidé de nous installer au palazzo Ubaldini :

« Écoute, l'Italie est la nation la plus corrompue d'Europe. Étant italien, je le sais très bien. Mais quand ce genre d'arrangement se fait entre des personnes, cela devient plus qu'un contrat en bonne et due forme... Les deux parties sont liées en une sorte de conspiration. Elles se retrouvent du même côté de la table. Tu comprends ? »

Non, depuis le début, je ne comprends rien. Tout ce que j'arrive à me dire, c'est que je suis une cuisinière sans cuisine qui habite une maison mangée de moisissures. Je me demande ce que dirait notre ami Barlozzo...

J'entends le pas de Fernando dans l'escalier.

« Il est parti ?

— Oui. »

Mon mari me prend dans ses bras. Il suffit qu'il le fasse pour que j'arrête de pleurer.

« Écoute, Samuele m'a donné sa parole qu'il va tout arranger. Rappelle-toi qu'il est de notre côté.

— J'essaye. »

J'essaye, mais j'ai perdu ma gaieté, mon goût des défis. Je ne suis plus celle qui aimait le sucré et le salé à la fois dans l'existence, qui savait que la vie peut être difficile, puis devenir meilleure.

On frappe à nouveau à la porte. Fernando va ouvrir et je me hâte de me passer un peu d'eau sur le visage. J'entends la voix de Barlozzo.

Je descends l'embrasser, je lui dis qu'il a grossi, mais c'est un mensonge, il n'a que la peau sur les os. Et à l'idée que je ne peux même pas lui préparer un dîner, je recommence à pleurer.

Fernando lit les lettres qu'il nous a apportées. Le groupe de clients de septembre annule son voyage et demande qu'on veuille bien lui rendre ses arrhes. Mon éditeur m'informe

« qu'en raison de changements éditoriaux, mon manuscrit est refusé. Nous regrettons beaucoup, etc. ».

Pas de maison. Pas de travail. Pas de livre. Je ne crois plus du tout à des mois de délicieuse indolence.

7

Moral au beau fixe à nouveau

Barlozzo est assis au jardin avec nous et nous lui déversons toute l'histoire de nos démêlées avec les Ubaldini. Jusque-là, nous lui en avions caché une bonne partie. Il est *d'accord* avec Fernando : dans la vie, il y a parfois des tours et des détours imprévus. Les clients qui annulent, l'éditeur qui renonce à publier mon livre — des digressions banales. Les solutions sont simples : il faut rembourser les arrhes d'une part, et de l'autre, ne plus écrire sans avoir un agent littéraire. Ensuite, pourquoi ne pas aller faire un tour dans les collines des environs.

J'obéis, même si je me sens encore assez mal. Je vais dans un bar téléphoner à quatre personnes à New York en qui j'ai confiance et leur demande de me recommander un agent. Trois me suggèrent le même nom. J'appelle aussitôt et une charmante jeune femme me répond qu'elle aimerait lire mon premier livre, pour se rendre compte de ce que je fais et voir ensuite le manuscrit du deuxième. Elle a besoin de quelques jours pour se former une opinion.

Je rentre plutôt ragaillardie via Postierla et trouve Fernando et Barlozzo au salon, noyés dans une épaisse fumée de cigarette, en train de consulter une carte de l'Ombrie.

« Nous regardons l'itinéraire pour aller à Trevi, me dit Barlozzo, la fête a bien lieu ce week-end, n'est-ce pas ?

— *Salsicce e sedano nero*, la fête de la saucisse et du céleri noir — qui, en fait, n'est pas noir du tout mais vert très foncé. Il pousse à l'état sauvage entre les oliviers et une seule tige peut être tellement large qu'il faut au moins une livre de chair à saucisse pour la farcir. En tout cas, c'est ce que prétend la brochure de l'office du tourisme de Trevi. Après quoi, on met au four avec des tomates, du vin blanc, de l'huile d'olive et du pecorino. »

J'ai pris ma voix de « chef » pour répondre.

Barlozzo ajoute alors :

« Mais non, il ne pousse pas à l'état sauvage. On doit semer des graines, qui coûtent une fortune et moi, j'en ai quelques-unes. Une sorte d'héritage.

— Vraiment ? En rêve ou en réalité ?

— Elles sont dans ma camionnette. Enfin, je crois. Un habitant de Todi me les a données l'année dernière contre quelques bouteilles de vin. Je les avais oubliées. De toute façon, je préfère manger ma saucisse sans céleri. Ce plat soi-disant typique de Trevi ne me tente absolument pas.

— Ce que vous essayez de nous dire, c'est que vous ne nous accompagnerez pas là-bas.

— Oh, j'irai peut-être vous y retrouver. Trevi n'est pas tellement loin de la maison que je retape. Mais aujourd'hui, nous sommes mardi et ce ne sera pas avant vendredi. J'ai encore besoin d'être de longs moments seul. »

Nous allons nous promener jusqu'au Duomo, et une fois à l'intérieur, allumons des cierges dans toutes les chapelles. Ensuite, nous présentons Barlozzo à Franco qui nous fait asseoir et nous apporte d'épaisses tranches de pain grillé et de la purée de pois chiches crémeuse, avec du lard fumé et des feuilles de sauge frites. Il débouche une bouteille de falanghina bien glacé qu'il verse dans des grands verres en visant de très haut. Son petit numéro est plus ou moins à l'intention de Barlozzo qui lève les yeux vers le plafond voûté du petit restaurant — notre « salle de bal » sans plancher est juste au-dessus — et boit à notre santé, à celle de notre hôte et à celle des Ubaldini, présents et passés.

De retour via Postierla, nous nous installons sur la terrasse et mangeons des abricots cueillis sur une branche que Barlozzo vient de casser. Je vois qu'il met les noyaux dans ses poches.

Fernando et moi lisons à tour de rôle à voix haute des passages des *Croquis étrusques* de D.H. Lawrence dans la traduction italienne.

« Pas mal, déclare notre ami, mais je soupçonne qu'il a écrit ça au coin de son feu, à Londres, sans avoir jamais mis les pieds en Étrurie. » Je le traite de vilain moqueur et il dit qu'il est d'accord.

Un peu plus tard, je vais lui préparer une chambre, pose des serviettes et un savon à la cannelle sur le bord de la minuscule baignoire et un peignoir de Fernando sur une chaise. J'allume une bougie et dépose un petit verre de grappa sur la table de nuit. Pendant que Fernando fait couler un bain dans notre salle de bains et ouvre la fenêtre pour profiter du clair de lune, je m'active un peu dans la maison, heureuse qu'elle soit en quelque sorte pleine à nouveau, que tous les morceaux du puzzle soient bien emboîtés les uns dans les autres. Quand j'entends l'eau couler du côté de Barlozzo, je me faufile dans sa chambre m'empare de ses vêtements et les mets dans la machine à laver, avec une double dose de détergent. Puis je programme le déjeuner du lendemain. Je sais que notre vieil ami ne restera pas longtemps et qu'il ne viendra pas souvent. Mais pour l'instant, il est là. Et cela suffit pour que mon moral soit au beau fixe à nouveau.

8

L'Ombrie, c'est l'Italie à l'état pur

Depuis des millénaires, des saints et des serpents ont régné sur l'Ombrie. Ces terres souvent austères, chargées de secrets, sont aussi parfaitement adaptées aux escapades des dieux et des déesses d'autrefois qu'aux méditations solitaires des mystiques qui leur ont succédé. Saint François a vécu là où des brigands se livraient au pillage, le sacré et le profane ont longtemps cohabité, soit en paix, soit en guerre. Le *chiaroscuro* est la tonalité qui convient à l'Ombrie.

Parce qu'elle se trouve exactement au centre de la Péninsule, elle n'est ni du nord, ni du sud. Ou alors, les deux à la fois, suivant l'humeur du jour. C'est la seule région d'Italie qui n'a pas d'accès à la mer, ni aucune frontière avec un autre pays. C'est l'Italie à l'état pur.

Pendant longtemps, ceux qui ont écrit sur l'Italie, gastronomiquement parlant, s'entend, l'ont coupée en deux, un peu avant Rome, le nord étant au beurre et à la crème, le sud à l'ail et à l'huile. Nous savons aujourd'hui que c'est bien plus complexe que cela. Vers le nord, il reste l'empreinte de la sobriété et de la discipline autrichiennes, alors que le sud est plus languide, plus rusé, plus sous l'influence du soleil. L'Ombrie est exactement entre les deux, ce qui en fait une région très différente de sa célèbre voisine, la Toscane, de loin plus belle qu'elle — aux teintes pastel, aux collines de sable rose, où coulent l'huile et le vin. L'Ombrie est plus rude, pas vraiment apprivoisée. Ses vignes sont moins bien taillées, ses couleurs plus sombres, jusque dans la laine de ses moutons. Elle porte en elle une mélancolie très ancienne. On dirait qu'elle nous met en garde : prenez-moi telle que je suis. Et si l'atmosphère générale est différente, les façons de se comporter doivent l'être aussi. Jusqu'à maintenant, les seuls Toscans que j'ai bien connus ont été des paysans. En Ombrie, je n'ai encore fréquenté que quelques habitants d'Orvieto. Et je constate qu'entre les deux, il y a un abîme qui dépasse l'aspect, disons, « régionaliste ». J'ai tout à apprendre. Et comme je l'ai toujours fait, partout, je vais commencer à table.

*

Nous décidons, Fernando et moi, d'aller assister à toutes les fêtes de la gastronomie et du vin d'Ombrie et de Toscane. On les appelle des « *sagre* ». Il y en a dans chaque région, chaque commune, chaque village, ou presque, quand tel ou tel produit local est de saison. La période la plus intense s'étend de mi-juillet à fin septembre.

Des pancartes rustiques sont disposées le long des routes, annonçant les délices culinaires qui nous attendent. Bien sûr, il y a les grandes fêtes, celles des vendanges, celles de la cueillette des olives, sans oublier la chasse aux truffes, mais il existe aussi celle des gnocchis de pommes de terre, celle des champignons sauvages, celle du canard sauvage, celle du sanglier, du lièvre, de l'agneau de lait et du cochon, de lait, lui aussi. N'oublions pas celles des escargots et des truites, ni surtout celle des anguilles, grillées au feu de bois entre des feuilles de laurier. Également celles des saucisses, des châtaignes, des noisettes et des amandes. Celle des petits poulets rôtis, avec ail et fenouil...

Ces événements rythment la vie des paysans et font office de brefs répits dans leur année de travail. Le calendrier de toutes ces petites fêtes, les « *locandine* », est publié dans la presse locale et chacun en garde un exemplaire dans son portefeuille, son sac, sa voiture ou son tracteur.

Les Ombriens vous préciseront qu'il ne faut pas les confondre avec les fêtes en l'honneur de tel ou tel saint, non, elles sont purement gastronomiques, lointaines descendantes des sacrifices païens aux dieux des moissons. Après la relative amélioration des conditions de vie qui a suivi la Deuxième Guerre mondiale, les fêtes se sont développées entre villages et petites villes et des échanges culinaires ont eu lieu qui n'existaient pas auparavant. En effet, un paysan pouvait passer son existence entière sur son petit lopin de terre et ne jamais s'en éloigner, même de quelques kilomètres. D'où des recettes extrêmement locales, si bien qu'on ne peut pas parler de cuisine véritablement « ombrienne ».

Prenons par exemple les dix-huit communes autour d'Orvieto, dans un rayon de vingt-cinq kilomètres, pas plus. On peut y trouver pas moins de douze façons différentes de confectionner et cuire les « *umbrichelli* », les grosses pâtes rustiques typiques du coin. Chaque famille ou presque a sa préférée. On entendra dire que « celles de Sugano sont meilleures que celles d'Alviano ». Et les *sagre* sont devenues l'endroit où on peut faire la démonstration de son talent.

En ce qui concerne l'organisation des *sagre*, voilà à peu près comment cela se passe en général :

Chaque commune choisit un double espace, à l'extérieur et à l'intérieur, où cela va avoir lieu. Suivant les moyens dont on dispose, il y aura des tables et des bancs un peu de bric et de broc ou meubles conçus par des artisans locaux. Il y a toujours des éclairages autour des portes et dans les arbres — qu'on laisse parfois sur place, battus par le vent, jusqu'à Noël où on les rallume. On prévoit bien sûr ce qu'il faut pour griller de la viande, soit au bois, soit au charbon de bois. Si le village est assez riche, une sorte de cuisine est installée dans une grange désaffectée. C'est là qu'on va préparer la pasta, les sauces, le pain. On y bavarde ferme... En outre, il y a toujours un grand feu en plein air, indispensable pour mettre de l'ambiance dans chaque *sagra* qui se respecte.

Arrivent un accordéoniste, le plus souvent, et un ou deux mandolinistes. Ils jouent avec fougue, désireux d'inciter tout le monde à danser. Ce n'est qu'après le dîner, quand les cruches de vin ont été remplies pour la quatrième ou cinquième fois que la musique devient plus douce et qu'on commence à chanter sous le feuillage des sycomores.

Il va être question d'amour enfui, de solitude, de mauvaises récoltes, d'enfants abandonnés — ces chansons servant à repousser le malheur. Un tango va suivre. Puis une sorte de flamenco rustique dont les femmes sont les vedettes incontestées — en tablier et chaussons du docteur Scholl. Se lèvent alors les grands-pères, qui dansent avec leurs petits-enfants, et les enfants qui dansent entre eux. Leur succède enfin, sans bruit, le plus vieux couple du village. Lui revoit la fille d'autrefois — et elle le garçon. Ils se regardent fièrement, mais avec tendresse et se mettent à tournoyer comme quand ils étaient jeunes, peut-être mieux encore, et la musique les accompagne, les suit, les porte, plus fort, encore plus fort. À toutes les tables, on applaudit, on crie « *viva le sposi* », vive les mariés, vive les mariés !

Après tant d'émotions, on ranime le feu, on remplit encore les verres et on procède au tirage de la tombola. Et plus tard, très tard, on va retrouver dans le noir sa voiture au parking improvisé, pour rentrer chez soi. Voilà comment se passent en général les *sagre.*

Il y a une spectaculaire exception : la série de fêtes ayant lieu dans un petit village ombrien, Città delle Pieve, sous le nom générique de *Le Taverne dei Barbacane.* Cela se passe dans une prairie tout en longueur, à l'intérieur des murailles d'enceinte, et ressemble plus à un divertissement folklorique qu'à un pique-nique de fermiers. Les habitants portent des costumes d'autrefois, transmis précieusement de génération en génération, les enfants compris. Bien sûr, il y a les grandes tables, les cruches de vin, le feu en plein air, les plats traditionnels, mais l'atmosphère est plus calme. On joue du luth et de la harpe à l'ombre des cyprès...

Notre *sagra* préférée, à Fernando et à moi, est peut-être celle des fèves, à Monterubiaglio. Traditionnellement, cela a lieu tous les dimanches, depuis la mi-mars jusqu'à la fin de la récolte, vers fin juin. Il se trouve que cette année, les fèves poussent encore en août. On fait circuler des grands paniers de cosses non encore ouvertes, des plats chargés de pecorino nouveau, du sel, des moulins à poivre, de l'huile d'olive et des morceaux de pain grillés. Les tonneaux d'un excellent rouge local ne sont pas loin... Et c'est avec volupté que les convives dégustent cet humble repas, trempant les fèves fraîches et craquantes sous la dent dans l'huile, puis le sel. Le vin coule à flots... Il s'agit peut-être de la plus ancienne des *sagre*, qui a inspiré pas mal d'histoires. Par exemple, celle-ci :

« Parfois, non, très souvent, quand arrivait le mois de mars, les réserves de haricots, de fruits et de légumes secs étaient épuisées. Et rien ne poussait encore dans les champs — à part les premières fèves. Et il y avait juste assez d'herbe pour les moutons et donc le lait des brebis était juste assez gras pour qu'on fasse du fromage. Personne n'avait la force d'attendre que le pecorino sèche un peu. Nous le mangions tout de suite, accompagné de fèves et d'un morceau de pain arrosé d'un filet d'huile, s'il nous en restait. Par contre, le vin ne manquait pas. C'était notre ordinaire en mars et il l'est encore aujourd'hui. Et nous aimons tellement ça que nous continuons en avril, en mai, en juin, aussi longtemps qu'il y a des fèves. Ce qui était bon hier reste bon maintenant. »

Voilà ce que nous déclare un homme de petite taille en chemise du dimanche et costume de velours côtelé, assis en face de nous. Il nous dit qu'il s'appelle Neddo et son voisin de table, au visage sombre creusé de rides profondes et encadré d'une barbe brune, Gaspare.

Neddo cultive avec ses fils un lopin de terre près de Canonica, non loin d'Orvieto. Si nous le souhaitons, lui et Gaspare sont prêts à nous guider sur la route des meilleures *sagre* en Ombrie, en Toscane et dans le Latium. Ils les connaissent toutes, savent lesquelles éviter — par exemple celle où un horrible individu qui préparait des escargots empilait des coquilles vides au fond du plat pour donner l'impression de servir de plus grosses portions. Neddo assortit ce souvenir d'injures bien senties. Gaspare qui n'a pas proféré un son jusque-là semble se réveiller :

« À vrai dire, c'est arrivé il y a plus de cinquante ans et il s'agissait peut-être d'une erreur. Ça m'étonne que tu t'en souviennes encore. »

Neddo ne daigne pas commenter, mais il ajoute s'adressant à nous :

« Il y a une histoire dont je me souviens encore mieux, où il s'agit d'une pêche. Rappelez-moi de vous la raconter un jour. »

Il a l'air sûr que nous allons nous revoir et devenir amis.

« Non, s'exclame Gaspare, je vous en supplie, ne parlez jamais de pêches devant lui ! » Et il braque sur moi ses yeux noirs.

Neddo esquisse un drôle de sourire et je ne peux pas m'empêcher de penser que ce dialogue, au-dessus de nos gobelets en carton de vin rouge, assis sur des bancs autour d'une table recouverte d'une toile cirée, sous une pergola couverte de vigne vierge, est le plus long et le plus étrange que nous ayons entendu depuis notre arrivée à Orvieto.

Et donc, les vendredis, les samedis et les dimanches, nous voilà à la chasse aux *sagre*, de village en village. Nous retrouvons souvent des couples et des familles entières qui effectuent le même pèlerinage et parfois nous nous asseyons ensemble. Ou nous nous contentons d'un bonjour ou d'un signe de la main. Il y a des habitants d'Orvieto, en général en groupe, et qui restent entre eux. On dirait presque qu'ils sont arrivés et vont repartir par le même car. Si nous les rencontrons ensuite dans la rue, ils prennent un air embarrassé, comme si nous avions été trop familiers les uns avec les autres la veille. Mais cela n'a guère d'importance. Et puis un dimanche, à la *sagra* de Baschi, nous revoyons la belle Miranda. Fernando la reconnaît le premier : « N'est-ce pas elle qui était à la *festa di Sant'Antonio*? »

Impossible de se tromper, c'est bien la déesse dorée de ce soir-là, au rire aussi sonore qu'une volée de cloches. Je me lève pour lui parler mais quelqu'un l'entraîne de côté et je me rassieds. Plus tard, à la nuit tombée, quand le bal commence, elle surgit à nouveau et sans préambule me dit : « Je me souviens que vous aimez danser. Suivez-moi, tous les deux. »

Et nous dansons avec elle et je demande à Miranda pourquoi je ne la rencontre jamais à

Orvieto. Elle me répond qu'elle travaille maintenant à son compte :

« J'ai transformé la vieille cuisine d'été de ma mère en *osteria.* Dix tables, pas plus. C'est là que mes sœurs et moi faisions nos conserves de fruits et de légumes pour l'hiver. Mon père allait y dormir quand il faisait trop chaud à Orvieto. Cela se trouve au hameau de Buon Respiro. Venez un soir. C'est la bicoque entourée de filets en plastique orange. »

Puis Miranda s'éloigne, se retourne et me sourit — un vrai sourire de déesse. Buon Respiro... Elle ouvre une *osteria* là-bas... C'est merveilleux. Peut-être me donnera-t-elle du travail chez elle un jour.

*

Un samedi soir, en rentrant via Postierla après une *sagra,* je trouve une lettre de l'agent littéraire à qui j'avais parlé quelques semaines auparavant. Elle m'écrit qu'elle veut bien s'occuper de mes livres. Elle a lu et aimé le premier, envoyé le manuscrit du deuxième à plusieurs maisons d'édition, reçu déjà une offre ferme et deux ou trois réponses encourageantes. Elle a décidé de ne pas accepter la première proposition mais d'attendre, de réfléchir un peu et elle me tiendra au courant. D'autre part, elle est allée voir l'éditeur qui a refusé mon texte et l'a convaincu de ne me demander le remboursement que d'une petite partie de l'avance déjà versée. Elle a l'air contente, enthousiaste, même. Et elle m'adresse un contrat à signer avec son agence. À partir de là, nous naviguerons ensemble. Et comme si cette bonne nouvelle ne suffisait pas, voilà qu'on nous attend dans le jardin.

« *Permesso*? *C'é qualcuno*? S'il vous plaît? Il y a quelqu'un ? »

Concetta et Ciro, deux des cousins Ubaldini sont là. Fernando les prie d'entrer et j'ai envie de me cacher derrière un canapé pour qu'ils ne me voient pas une fois encore en grosses bottes et jupe taillée dans un vieux rideau. Mais je fais un effort, je les salue et tout en essayant de me recoiffer un peu, vais chercher du prosecco et le reste des délicieuses olives noires que nous avons eues la veille au déjeuner.

Mais comme cela prend trop de temps, Concetta vient me donner un coup de main. Elle entoure mes épaules de son bras et déclare :

« Marlena, *sono mortificata*, je suis pleine de honte pour ce délai. Nous le sommes tous, Ciro et moi en avons discuté ce matin avec Lidia et Tomasso et décidé de vous proposer de rompre votre contrat. Ciro est en train d'en parler avec Fernando. Nous ne disposons actuellement d'aucun moyen — et Samuele non plus — de faire avancer les choses. Et ne me demandez pas pourquoi nous ne pouvons tout simplement pas engager un nouveau chef de chantier et des ouvriers. Je ne connais pas la réponse et je ne la comprendrais pas, ne l'accepterais d'ailleurs pas si on me la donnait. Marlena, il faut que vous réalisiez qu'un petit subterfuge, un soupçon de mensonge, une minuscule vendetta ou un début de complot font partie des façons de faire et des besoins d'un Italien, autant que le pain et le vin. Pour la plupart, nous faisons avec, plus ou moins bien — quelquefois beaucoup moins bien. Je sais au moins une chose, c'est que nous, les Ubaldini, ne vous laisserons pas, Fernando et vous, vous sentir victimes de tout cela. Ciro a apporté un chèque. Si vous préférez tous les deux rompre notre accord, nous le comprendrons très bien. On vous rendra votre argent. »

J'ai l'impression de recevoir une succession de coups, tandis que Concetta poursuit :

« Prenez votre temps, réfléchissez, nous restons pour la nuit à Orvieto, nous ne retournerons à Rome qu'en fin d'après-midi demain. Voulez-vous que nous revenions vous voir vers cinq heures ? »

Je me contente de hocher la tête en répétant : « certainement, certainement », bien que je ne me sente certaine d'absolument rien. Je ne sais plus si je dois être ravie de pouvoir nous dégager aussi facilement d'une affaire pareille — ou plonger dans le désespoir.

Concetta retourne sur la terrasse, je la suis et nous y trouvons Ciro et Fernando parfaitement silencieux. Ils se lèvent à notre arrivée et

Ciro déclare : « *Fate una bella dormita e ne parliamo domani pomeriggio,* dormez bien, nous nous reparlerons demain après-midi. »

Fernando accompagne les Ubaldini jusque dans la rue et je me sers une rasade de prosecco en pensant que tout cela serait parfait si ce n'était pas aussi terrible. Mon mari revient, il rit.

« Mais qu'est-ce qui t'arrive ? Comment peux-tu rire avec tout ce qui est en jeu ?

— Tu veux dire que tu les as crus ?

— Oui, bien sûr. Concetta a été très directe. Elle ne veut pas que nous soyons pénalisés par cet interminable délai.

— Est-ce qu'elle t'a dit que Ciro avait un chèque sur lui ?

— Oui, elle me l'a dit. Elle a précisé qu'ils étaient tous prêts à annuler notre contrat, qu'ils regrettaient infiniment et que...

— Et tu as cru ça aussi ? Tu es bien crédule. Viens t'asseoir avec moi. »

Il m'attire jusqu'au canapé, puis sur ses genoux, et je vois qu'il a du mal à ne pas rire encore. Cela me semble stupide, presque cruel. Je me lève, vais claquer la porte de la terrasse en marmonnant : « Ah, l'Italie et les Italiens... » Pour faire bonne mesure, je le répète en français, en allemand, et à nouveau en anglais. Fernando s'approche de moi :

« C'était du bluff, mon chou, tout simplement du bluff. Ciro et Concetta sont venus ce soir nous aider à comprendre à quel point nous avons envie de vivre au palazzo Ubaldini et que le fait d'attendre, au bout du compte, n'y changera rien. Ils ont divisé pour mieux vaincre, lui avec moi, elle avec toi. Et ils ont parfaitement réussi. N'as-tu pas été très malheureuse quand elle t'a dit que nous pouvions rompre le contrat ? Est-ce que tu n'as pas reçu comme un coup sur la tête le souvenir de nos recherches précédentes et l'idée qu'il allait falloir recommencer de zéro ? Et les charmes du palazzo Ubaldini ne sont-ils pas devenus plus merveilleux encore à la simple pensée que tout cela pouvait disparaître ? N'as-tu pas été contrariée par leur arrogance à prétendre avoir apporté un chèque ? Car avions-nous jamais dit que nous voulions nous dégager de cette histoire ?

— Oui, oui, je comprends, mais j'ai cru qu'ils se comportaient avec beaucoup de dignité et d'élégance.

— C'est vrai, beaucoup de dignité et d'élégance mais pas d'une façon désintéressée. Pourquoi attendre que nous leur téléphonions et commencions à discuter alors qu'ils pouvaient nous faire croire à leur petite comédie ? Leur proposition, tellement inattendue, paraissait d'autant plus innocente. Elle nous plaçait en position de force — en apparence, bien sûr. Nous semblions avoir le contrôle. Nous pouvions déchirer le contrat, récupérer notre mise et partir. Mais je peux te dire que leur offre n'aurait jamais été suivie d'effort. Ça n'a d'ailleurs pas d'importance. Ils savaient bien que nous n'avions pas de plan B. Ils escomptaient simplement que nous allions nous dire que le contrat d'origine n'était pas mauvais du tout, que le palazzo reste merveilleux, que ce que nous payons pour sa réfection est raisonnable, que nous serons contents de pouvoir donner notre avis sur la décoration et qu'une fois l'avance amortie, nous ne verserons plus qu'un loyer mensuel très correct jusqu'à notre mort ou jusqu'au jour où nous ne voudrons plus vivre là.

— Pour aller à Barcelone. Ou Budapest. »

J'ai chuchoté. Mais Fernando n'a pas fini :

« Ils savent que nous savons que ce ne serait pas simple de retrouver ailleurs une affaire pareille. »

Un silence suit. J'insiste un peu :

« Alors, tout cela, c'était du théâtre ? Pourquoi n'as-tu rien dit ? Pas fait comprendre que tu avais deviné leur manœuvre ?

— À quoi cela aurait-il servi ? Ils le savaient parfaitement. Ils étaient moins sûrs en ce qui te concerne.

— Mais c'est pervers. Ça n'a aucun sens.

— Comment peux-tu dire une chose pareille alors qu'ils ont obtenu exactement ce qu'ils voulaient ? Avons-nous sauté sur l'occasion de nous dégager de ce contrat ? Réclamé le chèque séance tenante, avec un soupir de soulagement ? S'ils s'y attendaient, ils auraient choisi un autre moment et surtout proposé un délai plus long

— dix jours, peut-être quinze. Le temps que nous réfléchissions vraiment. Mais fixer demain — qui, incidemment, est un dimanche — ne nous laissait aucun délai pour nous retourner, même si nous l'avions voulu. Au mieux, nous pouvions aller voir Samuele, mais il est sûrement au courant de cette visite. Peut-être même que l'idée vient de lui. Ce sont les tours et les détours d'une négociation qui stimulent les Italiens. Exercer son pouvoir sur l'adversaire ne les amuse pas.

— Mais que se serait-il passé si moi, j'avais demandé le chèque tout de suite ?

— Ciro aurait inventé une astuce quelconque, qu'il fallait attendre que Samuele vienne avec le contrat. Ou aurait prétendu qu'il ne s'agissait que d'une figure de style et qu'il s'adresserait plus tard à sa banque pour qu'on nous transfère l'argent dans quelque temps.

— Et alors ?

— Et alors des problèmes de toutes sortes auraient surgi, par exemple que si Ciro et Concetta étaient d'accord pour nous rembourser, Lidia et Tommaso ne le voulaient pas. On nous aurait brandi une histoire de vieille querelle entre les deux branches de la famille... Bref, cela pouvait durer un an ou deux et à ce moment-là, les travaux seraient non seulement commencés mais peut-être même finis.

— Et tu continues à m'affirmer que tu avais tout compris dès le début et que eux le savaient ?

— Oui. Mais pourquoi es-tu en colère ? Quel mal t'ont-ils fait ? Les Italiens disent : "Pour que les choses ne changent pas, changez-les. Agitez l'eau jusqu'à ce qu'elle devienne trouble. Puis attendez. Vous verrez à quel point elle redeviendra claire." Allons, leurs intentions n'étaient pas mauvaises. Ils ne se sont pas moqués de nous. Pas du tout. Ils ont dû déjà repartir pour Rome en se sentant rajeunis de vingt ans et en se disant : "*Vedi, sono tutti tranquilli*", vous voyez, tout est calme maintenant. »

Je réfléchis à ce que j'ai déjà appris sur la vie à Orvieto, ce qu'elle a de bon et de moins bon. À l'inconnu absolu où nous nous trouvons en ce qui concerne le début des travaux. Et je dis tout haut :

« Et si on recommençait de zéro ?

— Non, je crois que nous avons enfin trouvé ce que nous cherchions. J'admets qu'il y a des surprises à la clé. Mais rappelle-toi ce que tu as éprouvé quand l'assistant de Samuele, Nicola, a ouvert la porte de l'appartement. C'est à cela que tu dois t'accrocher. Je reconnais que le chemin qui mène au palazzo Ubaldini est plus tortueux que prévu, plus long aussi.

— Plus quelques rencontres avec des mauvais génies.

— Ce n'est pas important. Montre-moi donc où il existe des chemins non semés d'embûches. »

*

Le lendemain, en fin d'après-midi, Samuele frappe à notre porte, un paquet à la main :

« Ciro et Concetta ont dû repartir très vite pour Rome. Ils m'ont demandé de vous apporter ceci, avec leurs excuses. Ce sont des gâteaux de chez Scarponi. »

Fernando a l'élégance de ne pas me jeter un regard triomphant. Il fait entrer Samuele au salon et lui sert un petit verre de grappa. Je m'assois devant eux, la boîte de pâtisseries sur les genoux. Il s'agit du dernier acte de la pièce qu'on vient de nous jouer et je ne veux pas en manquer un seul mot.

« Écoutez, commence Samuele, qui va s'interrompre plusieurs fois pour siroter sa grappa, nous sommes tous absolument désolés pour ces retards. Mais, en accord avec les Ubaldini, j'ai fait en sorte que vous n'ayez aucun loyer à payer tant que vous resterez ici, via Postierla, et ce, jusqu'à ce que les travaux au palazzo Ubaldini soient achevés. Nous espérons que ce petit geste vous facilitera les choses. Bon, eh bien, il faut que j'y aille. Dès qu'il y aura des nouvelles, je vous préviendrai. En attendant, portez-vous bien. »

Fernando et moi n'avons pas prononcé un seul mot. Je vois que mon Vénitien de mari est quand même stupéfait de ce qu'il vient d'entendre. Peut-être est-ce le début d'un nouvel acte dans la comédie qu'on nous joue. Soudain, je me demande si notre ami Barlozzo n'a pas eu un rôle dans cette succession d'intrigues. Mais non. Non, probablement pas. Et je sursaute en me disant que je commence à penser en véritable ombrienne.

9

D'après elle, les gens ont autant besoin d'être ensemble que de manger

On est presque à la fin de septembre et rien n'a vraiment changé depuis juin. Nous attendons toujours. À part quelques heures où des ouvriers sont venus donner des coups de marteau dans la salle de bal du palazzo Ubaldini, rien ne s'est vraiment passé. Nous n'avons aucune nouvelle de Samuele. Ceci étant, la vie continue. Je dois tester différentes recettes pour des articles commandés par des magazines et, bien sûr, pour mon prochain livre. Mon agent a réussi à vendre à un éditeur prestigieux le manuscrit refusé précédemment. Mais le contrat que je viens de signer prévoit une remise du texte le 1er décembre. J'ai donc absolument besoin de disposer d'une vraie cuisine. Il faut que j'en trouve une.

Je pense d'abord à louer celle de Franco, le patron du restaurant où nous allons souvent, par exemple, les jours de fermeture. « Même s'il s'est montré assez distant ces temps-ci, il sait que nous allons bientôt vivre juste au-dessus de son établissement. Cela devrait l'inciter à m'aider... »

Je monologue ainsi à voix haute, devant la cheminée où Fernando vient d'allumer la première flambée de la saison, tandis que nous replantons du basilic en pot. Mais je sais bien que je me forge des idées. Je sais parfaitement à quel point un « chef » est attaché à son domaine. Partager sa chambre, pourquoi pas, mais sa cuisine, jamais.

Comme la cheminée fume, nous mettons un pull et sortons dans le jardin, avec du bon vin et deux verres, pour regarder le coucher de soleil. Nous ne sommes qu'à quelques mètres de la citadelle en ruine, datant du quatorzième siècle. Il n'en reste qu'une grille, un pan de mur et un fragment de tour. Des silhouettes se détachent contre le ciel rougeoyant, celles de touristes venus admirer la vue. Quelques cris d'émerveillement résonnent...

Je décide de faire campagne auprès de plusieurs patrons de « trattorias », mais je n'ai même pas fini d'expliquer qu'il s'agirait uniquement de venir les *giorni di chiusura*, on me dit non, sans appel. Le cœur gros, j'écris aux responsables des différents magazines pour lesquels je travaille et demande un sursis. Certains acceptent. Quant au livre, impossible de faire attendre l'éditeur trop longtemps, m'informe mon agent. Si je ne peux pas fixer une autre date et m'y tenir, mieux vaut renoncer au projet. Je réponds qu'en ce cas, je vais respecter ce qui a été convenu dès le départ — mais que non, nous n'avons pas encore de téléphone, ni d'adresse mail...

Je m'adresse alors à la mairie où un bureaucrate me reçoit. Je lui explique être à la recherche d'une cuisine encore en état de marche, mais inutilisée quelque part, dans un café ou un restaurant qui a fermé, par exemple, et que je pourrais louer. « *Ma, signora,* fuse la réponse, la mairie n'est pas une agence d'aide aux réfugiés. Adressez-vous à la Croix-Rouge ou à Caritas. » Je comprends que l'audience est terminée, mais je proteste quand même, en bonne Américaine :

« Une réfugiée, moi ? J'ai une carte d'identité italienne, un permis de séjour illimité en Italie, je suis mariée à un Italien et j'ai un passeport de citoyenne des États-Unis d'Amérique ! Je viens de m'installer à Orvieto et c'est en toute bonne foi que je vous demande de m'aider. Comment osez-vous me parler sur ce ton ? »

Deux yeux noirs comme dans un tableau de Goya me dévisagent, d'un regard totalement inexpressif. Je tourne donc les talons, rouge de colère, le souffle court. Un employé très occupé à faire des mots croisés près de la porte d'entrée me souhaite « *buongiorno, signora, buona giornata* », sur un ton moqueur.

À partir de là, mon destin est scellé : pour les habitants d'Orvieto, je serai une fois pour toutes

« cette bizarre Américaine ». Mais en descendant l'escalier de marbre de la mairie, je me jure de réussir à dénicher un fourneau dans cette vieille ville étrusque.

*

« Je suis presque prête, m'annonce la belle Miranda. J'ouvrirai à la Toussaint, dans trois jours. Vous viendrez, n'est-ce pas ? Il n'y aura de la place que pour trente et un convives. Téléphonez-moi avant et nous prendrons un bon café ensemble. »

Nous venons de la rencontrer au supermarché de la partie moderne d'Orvieto, en contrebas du centre historique. Elle pousse un Caddie rempli de rouleaux d'alu, de flacons de décape-four et de serviettes en papier, plus deux sacs de farine de cinq kilos chacun. Je suis jalouse... Elle est à l'âge où la plupart des gens aspirent au repos et voilà qu'elle ouvre un restaurant ! Ce que je rêve de faire moi-même. Elle nous dit qu'elle doit se dépêcher, qu'elle a d'autres courses à terminer avant d'aller retrouver le peintre qui est en train de peindre en vert les murs de la salle — vert comme les feuilles d'olivier, précise-t-elle. Il attend son déjeuner. Après, il faudra qu'elle nettoie le fourneau acheté d'occasion à un couvent voisin. Les bonnes sœurs ne se souciaient guère de propreté, semble-t-il...

Nous souhaitons « *buona fortuna,* bonne chance », à Miranda, que je regarde s'éloigner.

« Je crois que j'ai trouvé ma cuisine, Fernando !

— Eh bien, allons dîner chez elle le soir de l'ouverture et tu verras bien. Cela me paraît être une bonne idée, mais ne t'emballe quand même pas trop vite. »

Fernando m'a suggéré plusieurs fois de retourner quelque temps à San Casciano et d'utiliser aux heures de fermeture la cuisine du « Centrale », le café où nous allions tous les jours. Nous pourrions louer une chambre d'hôte quelque part. Mais je ne sais pas trop pourquoi, cela ne me semble pas être une bonne idée. Je sais que nous serions bien reçus — mais je n'ai pas envie de revenir en arrière, de m'avouer battue, en quelque sorte. Non, je n'ai pas envie de cela. Par contre, cela ne me gêne pas du tout de demander de l'aide à notre nouvelle amie.

Une enseigne en cuivre délicatement gravée au nom de Miranda se balance au mur d'une petite maison de pierre. On aperçoit de la lumière derrière les volets fermés à l'étage. Une vieille porte vermoulue a été repeinte en vert foncé. Une branche d'olivier y est fixée, comme une invitation à entrer. Ce que nous faisons, pour tomber sur une partie de cartes animée. Autour d'une table ronde, six hommes en béret et gros tricots crient tous en même temps. Ils jouent à la « *briscola* », les enjeux étant des verres à eau remplis de vin rouge. Ils ont déjà dîné.

« *Sera, sera, buona sera,* bonsoir, bonsoir », nous disent-ils sans pratiquement lever la tête. Qui sont donc ces gens qui viennent manger à neuf heures, quand n'importe quel individu normal est déjà au lit — sauf, bien sûr, s'il joue aux cartes, ont-ils l'air de penser.

Un pan de tissu fané sépare cette première pièce de la salle à manger et le passage est si bas que nous devons nous courber tout en soulevant ce bout de rideau. Au plafond, peint à la chaux, il y a des poutres d'où pendent encore des branches d'olivier, si bien qu'il faut s'asseoir pour ne pas s'y cogner, au choix sur un banc, un tabouret ou une chaise paillée, à une table recouverte de toile cirée verte à carreaux. Sur un petit réchaud, dans un coin, des saucisses mijotent. Miranda surgit, en pantalon de polyester, tablier et sabots de plastique. Elle a noué un torchon blanc en turban sur ses cheveux et elle a l'air d'une fée, une longue fourchette à la main en guise de baguette magique.

« *Venite, venite, ragazzi, benvenuti,* venez, venez, les enfants, bienvenue », dit-elle en nous faisant asseoir à côté de deux hommes. Elle expédie rapidement les présentations, « Fernando et Marlena, Orfeo et Luca ». Puis elle annonce en repartant vers la cuisine que le lapin va être prêt. Avec elle, tout semble si facile... Nous serrons la main de nos nouveaux compagnons, leur faisons signe de continuer à manger leurs pâtes. Ils poussent vers nous la corbeille de pain et nous versent du vin. Ils exhalent une bonne odeur de lait et d'herbe.

Une joyeuse troupe de petits-neveux et arrière-petits-neveux de Miranda — âgés de cinq à seize ans — s'affaire autour de nous. L'un apporte un supplément de pain, un autre va remplir la cruche de vin, un troisième, avec presque un regard d'excuse, propose de l'eau. Les plus jeunes servent des assiettes de prosciutto finement tranché. Il n'y a pas de menu. On sirote son vin et on attend. Cet endroit m'enchante, comme si c'était le foyer que je n'ai jamais eu, qui m'a toujours manqué, sans même que je m'en rende compte. Oui, c'est exactement là que j'ai envie d'être.

Miranda revient avec un plat de lapin rôti qu'elle sert à une tablée de cinq convives déjà très occupés à faire un sort à des cardons gratinés. Un neveu suit avec une poêlée de pommes de terre sautées, parfumées au fenouil. Nos deux voisins sont partis, laissant derrière eux de riches effluves.

On nous apporte une grande quantité de pâtes jaune pâle aux champignons sauvages et à l'ail. Je tourne et retourne ma fourchette avec délice et sauce avec du pain. Je bois mon vin avec application, au point de me faire une moustache sur la lèvre supérieure. Mais je n'ai pas le temps de l'essuyer, voilà qu'arrivent des saucisses bien grillées, le fameux lapin et les meilleures pommes de terre. Et davantage de pain et de vin. Trop ravie pour parler, j'adresse un sourire d'extase à Fernando qui a l'air totalement sous le charme, lui aussi.

Personne ne demande l'addition. Les gens ont l'air de savoir ce que leur dîner coûte et ils laissent des billets sur la table en partant — je remarque plus pour certains, moins pour d'autres. Comment est-ce calculé ? Au nombre de plats ? Personne n'a l'air de s'en soucier à part moi. Est-ce que chacun paye selon ses moyens ? Mais nos deux voisins n'ont rien laissé du tout. Miranda a-t-elle mis au point une sorte de système au mérite ? Est-ce possible ?

La salle est maintenant presque vide et les neveux sont partis faire la vaisselle. Miranda, toujours aussi exubérante, arrive avec une grosse boule de fromage frais qu'elle partage avec nous, en buvant un peu de vin. Elle a son éternel large sourire, chantonne à mi-voix et tape un peu du pied comme pour exprimer sa joie.

« C'est un endroit merveilleux, lui dit Fernando, tandis que j'approuve du regard.

— Oh, merveilleux, je ne sais pas. Tout ce que je peux dire, c'est que c'est exactement ce que je voulais. Vous voyez ces joueurs de cartes, dans la pièce à côté, eh bien, leurs pères jouaient à la même place quand j'étais gamine. D'aussi loin que je me souvienne, ils s'éclairaient à la lampe à pétrole, ou à la bougie, ou à la lueur du feu dans la cheminée. Je les ai tous connus vieux et voilà que je les vois rajeunir les uns après les autres, d'une manière ou d'une autre.

— Vous croyez que c'est vrai ? Je veux dire, qu'on peut naître vieux et rajeunir après ?

— Certains diront que non, mais oui, je pense que si on mène bien sa barque, on peut se sentir plus jeune en vieillissant. Regardez un gosse de trois ans qui conduit une auto miniature dans un parc d'attractions, la façon dont il agrippe son volant, le dos tendu comme un arc, et regardez un vieux de quatre-vingt-cinq ans sur son tracteur : les mêmes gestes, la même posture. Les gamins et leurs grands-pères semblent avoir les mêmes réactions devant la vie : un mélange d'excitation et de crainte.

— En somme, vos amis ne viennent pas simplement jouer ici aux cartes, en attendant de mourir ?

— Peut-être que oui, peut-être que non, pour se sentir jeunes à nouveau, ou tout simplement pour dîner. Vous posez trop de questions. Tout ce que je sais, c'est que cet endroit existe depuis très longtemps. Ma mère en avait fait un lieu de rencontre pour tous, dans nos collines. L'été, chaque famille apportait son repas, le dimanche, et on mangeait ensemble à l'ombre des châtaigniers. Quand j'ai commencé à parler de moderniser la maison, d'y installer une vraie cuisine, mes voisins m'en ont un peu voulu. "À son âge, disaient-ils, pourquoi vouloir changer les choses ?" Mais je les ai rassurés en me contentant d'améliorer ce qui existait déjà. Et tous m'ont donné un coup de main, les femmes aussi. Ils ont refait le toit, avec des vieilles tuiles dont ils n'avaient pas l'usage, un peu retapé le plancher, mais pas trop, il reste toujours en pente. Et ils m'ont aménagé un petit appartement à l'étage, ce qui permet à une de mes sœurs, sa fille et ses petits-enfants de s'installer dans la maison que je possède en ville. »

Miranda est comme une femme qui vient d'accoucher, elle a besoin de parler, le visage rose d'excitation :

« Vous savez, ma mère et moi envisagions d'ouvrir un jour ce genre de restaurant, mais nous ne l'avons jamais fait. Alors je me suis dit, pourquoi pas maintenant, sinon ce sera jamais. Vous voulez voir la cuisine ? »

Fernando s'empresse de dire qu'il va m'attendre dans l'autre pièce.

« Va, ma chérie, va voir la cuisine. »

Et dans le dos de Miranda, il croise les doigts et m'envoie un baiser.

*

« Tout est arrangé, et elle est si contente ! »

Je crie presque en venant le retrouver près des joueurs de *briscola*.

« Chut, chut ! dit-il, ne les dérange pas, allons dehors. »

Nous retournons à la voiture et une fois à l'intérieur, je lui demande une cigarette, signe que j'ai quelque chose d'un peu compliqué à lui annoncer. Il en allume une aussi pour lui.

« Bon, voilà. J'ai payé l'addition. Enfin, j'ai laissé trente euros sur la table.

— Comment ça, laissé trente euros ? C'était suffisant ?

— Quand j'ai demandé à Miranda ce que nous lui devions, elle a répondu qu'elle n'allait pas s'ennuyer à calculer des additions. Plus qu'un restaurant, elle avait ouvert une sorte de lieu de rencontre, de club amical, si tu veux. Les gens sont censés payer une souscription, à l'année. Un repas complet chez elle est estimé à une quinzaine d'euros. Moins si on vient tous les soirs, ou si on ne mange que des pâtes. Et si on ne peut pas payer, tant pis, on sera servi quand même. On réglera quand on pourra. Elle dit qu'il y a des gens qui passent juste pour boire un verre et manger quelques tranches de prosciutto. D'après elle, les gens ont autant besoin d'être ensemble que de manger. Tu n'as pas l'impression d'avoir déjà entendu ça quelque part ?

— Si. »

Je sens de la réticence dans sa voix. Et je sais que la mienne est montée d'une octave. Quand il n'en est pas la cause, mon exubérance fatigue mon mari. Tant pis, je continue.

« Et tu sais, j'ai trouvé un travail.

— Quoi ? Qu'est-ce que cela signifie ?

— Eh bien, pas vraiment un emploi, mais en échange du fait que Miranda veut bien me prêter sa cuisine quand elle a fini le service du soir, je ferai la vaisselle et remettrai tout en ordre. Elle m'a dit que je pourrai commencer vers neuf heures et j'estime que je pourrai faire ça et essayer mes recettes en trois heures. J'aurai donc fini à minuit. Deux fois par semaine. Cela permettra à ses neveux de souffler un peu et elle a l'air intéressée de voir comment je cuisine. Le lendemain, nous pourrons déjeuner tous les trois, toi, Miranda et moi, avec mes plats à moi. Plus celui ou celle qui passera par là. Réfléchis, c'est un excellent arrangement : je vais avoir une cuisine, Miranda quelqu'un pour l'aider et on va bien s'amuser. »

Tout en parlant, j'essaye d'attraper son regard, mais il fixe constamment un point au-dessus de ma tête. De toute évidence, cela ne lui plaît pas beaucoup que sa femme aille faire la vaisselle chez les autres. Il demande : « Et si tu venais plutôt le matin ? Comme Miranda ne sert pas de déjeuner, elle ne doit pas utiliser sa cuisine avant midi ou une heure ?

— Écoute, quand je lui ai dit de quoi j'avais besoin, elle m'a expliqué ce qui l'arrangerait elle. Je ne me sentais pas le droit de réclamer autre chose. En outre, cela ne durera pas très longtemps. En dix ou douze soirées, j'aurai testé les recettes pour le livre. Cela fait six semaines en tout. Après, on verra. Ce qui compte pour l'instant, c'est que je vais disposer d'un endroit pour travailler. Et je respecterai le délai fixé par mon éditeur.

— Oui, d'accord, mais rester là jusqu'à minuit...

— Les joueurs de cartes sont là plus tard encore, jusqu'à ce que Miranda leur dise de partir. Je ne serai pas seule. Tu m'accompagneras, n'est-ce pas ? Tu pourras choisir entre faire des parties de *briscola* ou me donner un coup de main. Ou les deux.

— *Va bene*, d'accord, c'est bon. Ce n'est pas ce à quoi je m'attendais, mais c'est bon. En somme, nous allons travailler de neuf heures à minuit dans une cuisine installée dans une vieille baraque à l'entrée d'un champ de maïs d'un côté et d'une prairie à moutons de l'autre, proche d'une forêt de pins et d'un hameau nommé Buon Respiro. Très bien, c'est exactement ce que nous ferons. »

J'ai l'impression qu'il s'adresse à la lune plus qu'à moi.

10

Les hommes sont tous un peu des ânes

Chez Miranda, il y a un fumoir, une petite baraque en bois, très étroite, où depuis toujours, m'explique-t-elle, on a fumé des produits alimentaires. Elle pense qu'autrefois, c'était peut-être une chapelle, où les paysans venaient prier tôt le matin ou tard le soir, allumer un cierge, déposer un bouquet de fleurs des champs ou une gerbe d'épis de blé nouveau. Je m'y sens bien. Ce jour-là, j'y suis très occupée à enfiler des pommes sur de la ficelle pour faire des guirlandes qui serviront de décorations à Noël. La grande fête approche. Comme notre ami Barlozzo a emmené Fernando chasser le faisan à côté de Collazzone, je suis venue passer un moment avec Miranda. Il n'y a plus qu'un tas de cendres chaudes dans le foyer creusé à même le sol. L'homme chargé d'entretenir le feu est en retard, ce matin. Mais il fait bon ici. Ces dernières semaines, j'ai beaucoup travaillé, notre « association » a si parfaitement fonctionné que nous avons décidé de continuer à faire des choses ensemble, la déesse locale et l'étrangère. Nous rions facilement, nous pouvons aussi rester sans parler, sans nous poser de questions.

L'amitié de Miranda m'a permis de ne plus me voir comme une exilée à Orvieto et je ne prête désormais guère attention à la froideur de ses habitants. Et s'il m'arrive d'y penser, je comprends qu'ils sont tout simplement ainsi au naturel — et que je suis moi-même, de mon côté. Les journées et les soirées passées à Buon Respiro m'ouvrent de nouvelles perspectives sur la vie ici. Bizarrement — et peut-être pas bizarrement du tout — je m'aperçois que je me sens davantage chez moi. Je commence même à avoir une sorte — toute petite sorte — d'affection pour les « fresques aux antibiotiques » via Posterla. Et je ne me réveille plus en me demandant quand vont donc commencer les travaux au palazzo Ubaldini. C'est un peu comme la fête de Noël : cela finira bien par arriver.

Miranda ôte son tablier, lisse sa jupe d'une main et vient s'asseoir à la grande table de marbre de la cuisine quand elle a fini son travail et que je commence le mien. Elle se sert un petit verre de whisky ou une tasse d'infusion de fenouil et me raconte des histoires. Par exemple, celle des petites cruches de larmes des Étrusques :

« Chaque femme, chaque homme, chaque enfant avait la sienne. On en voit au musée Faina, en ville. Cela ressemble à ceci », et elle se lève pour attraper une sorte de fiole en terre cuite sur une étagère. « Quand un Étrusque pleurait, il la tenait contre ses yeux et récoltait ses larmes, parce qu'on croyait alors qu'elles venaient directement de l'âme. Et donc les perdre, c'était perdre un peu de son âme. On y mêlait des pétales de rose ou de violette, en les écrasant bien et avec la lotion parfumée ainsi obtenue, on massait les gens qu'on aimait — en leur donnant un peu de son âme. »

Je me dis que j'aurais pu utiliser, en ce qui me concerne, une amphore d'au moins vingt litres. Et je me demande où sont passées mes larmes d'autrefois, versées sur des banquettes de train, les joues de mes bébés, des draps de satin, des chemises de soie, des mouchoirs aussi, et pas toujours les miens.

Un soir, après avoir terminé ma tâche, je décide de préparer de la pâte à pain et de la laisser lever jusqu'au lendemain matin. J'ai utilisé de la farine de maïs et pris dans un placard un grand plat creux marron. Je couvre le tout et laisse un mot pour Miranda lui conseillant de mettre les pains à cuire quand elle descendra à la cuisine. Je me dis qu'elle va aimer le fait que j'ai utilisé la même farine que pour la polenta. J'y ai ajouté quelques ingrédients à moi, un peu d'oignon, un peu de sucre, du sel marin, de l'eau, de l'huile... Et j'ai donné aux miches une forme copiée sur ce que préparait devant moi un boulanger vu une fois à Biarritz. Quand nous arrivons le lendemain, Fernando et moi, nous trouvons à chaque table des convives qui se servent directement à la main et semblent apprécier :

« Il est bon, ce pain américain, signora », me dit l'un d'entre eux.

Miranda m'accueille avec son large sourire habituel :

« Alors, Marlena, qu'est-ce que vous allez nous préparer ce soir ? »

Et c'est ainsi que je suis devenue la *fornarina* attitrée de la maison, sa boulangère particulière. Nous avons calculé l'économie réalisée par rapport au pain industriel. J'ai expliqué n'avoir besoin que de quelques herbes aromatiques et de farines variées, par exemple de sarrasin, en plus de blé. Et la cuisine sentira aussi bon le matin que lorsque la mère de Miranda et ses sœurs faisaient elles-mêmes leur pain. Et, paraît-il, elles utilisaient ce même récipient creux marron ! Ma nouvelle amie me dit qu'elle a eu l'impression de revoir le sourire de sa maman quand elle est descendue et a humé la bonne odeur de la pâte levée...

Maintenant que j'ai testé toutes les recettes qui figureront dans mon livre, je pourrais venir plutôt le matin mais je me suis habituée à mes horaires nocturnes et j'aimerais continuer ainsi. Si nous sommes d'accord sur tout, je sens toutefois que quelque chose tracasse Miranda. « Écoutez, me dit-elle, je propose que ma *forna-*

rina et son mari viennent dîner chez moi tous les soirs. Je n'ai pas de quoi vous payer, Marlena, et si vous preniez vos repas ici, cela me semblerait un arrangement plus juste.

— Pourquoi ne pas nous en tenir à une formule plus souple ? Certains jours, nous viendrons, et d'autres non. Je pense que ce serait bien. »

Le soir, quand je mets la pâte à lever, elle vient toujours s'asseoir à côté de moi, parfois pour quelques instants seulement, dit-elle, mais le plus souvent, elle s'attarde à bavarder, par exemple à propos du menu du lendemain. Je lui annonce soudain que dès que les travaux au palazzo Ubaldini seront terminés, je donnerai un grand dîner où j'inviterai tout le monde.

« Et qui est "tout le monde" ? demande-t-elle.

— Oh, je ne sais pas encore, j'ai le temps d'y penser. Il y aura vous, notre ami Barlozzo et... on verra bien. Des gens dont j'aurai fait la connaissance d'ici là à Orvieto. »

Miranda éclate de rire :

« Mais vous ne pouvez pas asseoir à la même table des paysans d'ici et des habitants d'Orvieto. Personne ne se sentirait à l'aise. D'ailleurs personne n'accepterait. Ces gens ne mangent jamais ensemble, sauf peut-être à l'occasion de certaines foires. J'ai travaillé dans tellement de familles en ville, j'ai préparé leurs repas, frotté leur plancher, lavé leur linge. Tout le monde me connaît mais personne n'accepterait de dîner avec moi. Sauf Tilde.

— Qui est-ce ?

— Vous avez dû la croiser cent fois à Orvieto. Un de ces soirs, elle viendra ici et je vous la présenterai. J'ai été bonne à tout faire chez elle il y a un million d'années. C'est la seule personne que je connaisse qui soit à sa place partout. Et elle est plus solitaire que quiconque. Peut-être viendrait-elle à votre dîner de fête.

— Vous essayez de me dire que peu lui importe chez qui elle va ?

— Pas du tout, puisqu'elle aime bien venir ici. Disons qu'elle fonctionne à l'instinct, qu'elle est pleine d'audace. Elle fait exactement ce qui lui plaît, elle l'a toujours fait. Et elle sait comment les choses fonctionnent ici. Pas vous, Marlena.

— Vous ne voulez pas m'en dire plus sur Tilde ?

— Non. Soyez patiente. Sachez seulement que c'est quelqu'un de fascinant. Bon, et si on parlait de ce que vous servirez à ce mythique repas ? »

J'aime déjà bien cette Tilde... Miranda, elle, se met à discourir sur des plats à elle : « Si cela se passe au printemps, pourquoi pas des tripes d'agneau à l'ail et à la tomate ? Et des *puntarelle*, des herbes sauvages que j'irai cueillir pour vous, bouillies et servies avec une sauce aux anchois. Et des *scottadita*, des petites côtelettes grillées sur des sarments de vigne. Et de l'agneau de lait mijoté toute la nuit avec beurre et oignons...

— Mais ce sera mon dîner, non? C'est moi qui déciderai ce que je servirai!

— Ce n'est encore qu'un dîner imaginaire. Avec des invités fictifs. Ah, vous êtes une drôle de fille, Marlena. Vous voulez bien me couper un morceau de fromage avant que j'aille me coucher? »

*

« Qu'est-ce qui vous a réellement décidé à ouvrir ce restaurant, ce "*circolo*", ce cercle amical, comme vous l'appelez, à votre âge? »

Nous sommes dans la cuisine. Je pétris ma pâte à pain, tandis que Miranda écrase des gousses d'ail qu'elle fait glisser ensuite dans un bidon de cinq litres d'huile d'olive tout juste sortie du pressoir, où elle a déjà mis des feuilles de sauge, des graines de fenouil, du romarin réduit en poudre et quelques petits piments très forts. Après, elle secouera le tout une fois par jour pendant une semaine. Elle appelle ça « *violenza* » et utilisera cette « violence » pour faire des pommes de terre sautées, mariner du rôti de porc, des blancs ou des cuisses de poulet. Elle en versera un filet sur du bœuf ou du veau juste avant de servir. « C'est très bon aussi sur de l'agneau ou du gibier. Et il m'est arrivé de m'en servir pour masser des gens qui souffraient de rhumatismes, ou pour désinfecter une coupure. C'est plus efficace que de l'alcool et au moins, ça sent bon », me précise-t-elle, avant d'ajouter : « et qu'est-ce que cela veut dire, "à votre âge" ? Je n'ai sûrement pas fait cela pour gagner de l'argent. Je crois que je voulais simplement finir ce qui aura été une très bonne vie en disant merci. J'en avais aussi assez de passer la serpillière chez les autres. J'ai seulement besoin d'avoir de quoi payer les différentes taxes et l'entretien de la maison. Et ce que j'ai mis de côté suffit pour l'instant. De temps en temps, une fois ou deux par an, je peux m'acheter une robe ou une paire de chaussures, avoir envie d'aller chez le coiffeur. Payer des frais de dentiste. Mais le reste, je l'ai sur place.

— Vous n'avez jamais pensé à vous remarier ?

— Bien sûr que si. Chaque fois que je vois arriver Luca ou Orfeo. Surtout Luca. Ou l'homme qui me livre du vin. Ou celui qui m'apporte du bois et qui s'appelle Guerrino. En particulier quand il s'attarde un peu et boit un verre de vin. Mais plus qu'au mariage, je pense aux hommes. Cela vous surprend ? L'âge a relativement peu à faire avec la libido. C'est un secret bien gardé chez nous, les vieux. Personne ne parle devant nous de sensualité. Et si nous avons l'audace de nous remarier à l'heure, disons, où notre soleil se couche, on dira que nous sommes devenus idiots ou que c'est par intérêt. Les enfants, s'il y en a, verront ça comme une menace pour l'héritage à venir. Cela ne viendra à l'idée de personne de penser que c'est parce que nous en avons eu envie. Parce qu'un certain feu brûle encore en nous. Triste, vous ne trouvez pas ?

« Aux gosses de dix-sept ou dix-huit ans, on déclare : "N'êtes-vous pas trop jeunes pour faire ceci ou cela ?" Et à partir de soixante-dix ans, cela devient : "N'êtes-vous pas trop vieux ?" "Pourquoi ne restez-vous pas tranquillement chez vous au lieu de tout chambouler ? Vous voulez que je vous allume la télé ?" On veut que notre vie s'arrête déjà. Pas que nous mourions, bien sûr, mais que nous ne causions d'ennuis à personne, que nous fassions la sieste l'après-midi et nous couchions tôt le soir. Voilà. Pardonnez-moi, Marlena, je me suis éloignée du sujet. Vous me demandiez si j'avais pensé à me remarier et la réponse est oui. Mais plus encore, elle est que je ne le ferai jamais.

— Pourquoi ?

— Je ne sais pas. C'est trop tard. Ou pas assez tard. J'ai eu un bon mariage. Mon mari était un grand costaud, doux comme un mouton. Il travaillait, riait, dormait, mangeait, buvait, le tout avec bonheur, avec enthousiasme. Et il me traitait comme une poupée de porcelaine. Du moins je l'ai cru. Je le crois d'ailleurs peut-être encore. »

Là, je ne comprends plus. J'attends la suite.

« Vous voyez, la mort de Nilo a été comme

deux terribles coups, assénés l'un après l'autre. Voilà qu'un matin, cet homme si solide et si gentil à la fois m'embrasse après avoir bu son café et me dit qu'il m'aime, comme tous les jours. Et il ne reviendra pas. Il était en train d'empiler des briques, tout en parlant à l'ouvrier à côté de lui et d'un seul coup il s'effondre et il est mort. Il riait encore deux minutes auparavant. Cela a été le premier coup.

« J'ai reçu le second pendant la messe des funérailles, en plein dans l'église. J'étais entourée de mes sœurs et voilà que ce petit garçon à la peau si blanche qu'on voyait ses veines et aux yeux noirs brûlants s'avance vers moi. Il me dévisage. Et à cet instant, je comprends quelque chose dont je me doutais sans doute confusément. J'ai su avant qu'il parle : "*Sono figlio di Nilo,* je suis le fils de Nilo." Je crois qu'il ne s'attendait pas à ce que je réponde quelque chose, ni même qu'il en avait envie. Il était venu me dire ce qu'il avait à dire. À voix haute. Pour se sentir exister vraiment. Je l'ai ressenti ainsi, tout de suite. Oui, tout de suite.

« Et derrière lui, à quelques pas, il y avait une fille. Elle s'est approchée à son tour : "*Io sono l'altra,* je suis l'autre." J'ai d'abord cru que cela signifiait "l'autre enfant", car elle semblait si jeune, si frêle, aussi pâle que le petit garçon, avec les mêmes cheveux roux. Mais non, elle était l'autre femme, l'autre épouse, je l'ai lu dans ses yeux qu'elle gardait braqués sur les miens, comme pour s'assurer que je comprenais bien. Cet échange entre nous trois a été si discret, si bref, si totalement dépourvu d'amertume ou de cruauté, que cela a ressemblé à un petit secret qui devrait rester à l'intérieur de la famille. Et je suppose que nous avons formé une famille, à cet instant précis. Puis tels des spectres, ils se sont perdus dans la foule, si vite qu'ils n'ont laissé aucune trace et j'aurais pu croire que j'avais tout imaginé. Encore maintenant, vingt ans après, je pense à eux très souvent. J'imagine que je les revois, tels qu'ils étaient dans l'église, comme si le temps ne pouvait pas les avoir changés. Pour moi, il a encore dix ans et elle est toujours aussi jeune. Mais je ne les ai jamais retrouvés.

« Oh, Nilo m'avait laissé entendre beaucoup de choses. À part me dire la vérité en face, il ne s'était pas vraiment caché. Chaque fois qu'il s'absentait, il n'essayait pas de mentir, d'inventer des excuses. Il se contentait d'un vague "j'ai des choses à faire à Acquapendente", la ville où il avait grandi, travaillé pendant plusieurs années et où vivaient presque tous ses copains. C'est là qu'il allait se confesser. Et il me laissait libre d'imaginer pourquoi il fallait qu'il y aille si souvent et de le lui demander, ce que je n'ai jamais osé. Je ne suis pas très sûre, mais je crois que je savais. Vous ne pensez pas, Marlena, qu'on sait toujours ?

— Oui, je le crois. Et que chacun l'exprime à sa façon.

— J'ai beau être forte, physiquement, en réalité, à l'intérieur, je suis fragile, et personne ne le comprenait mieux que Nilo. Plutôt que me mentir, il a péché par omission. J'ai fait ma paix aujourd'hui avec tout cela, mais ce que je n'ai jamais compris, c'est pourquoi le petit garçon et sa mère se sont enfuis. Quelques jours après l'enterrement, je suis retournée à Acquapendente pour essayer de les revoir. Naturellement, certains savaient qui ils étaient, connaissaient leur histoire. Enfin, je crois. Mais personne ne m'a rien dit. S'ils avaient voulu que je les retrouve, ils auraient laissé des traces. Et s'ils espéraient obtenir quelque chose de moi, ils ne seraient pas partis.

— Et avez-vous eu de leurs nouvelles depuis, d'une manière ou d'une autre ?

— Non, pas un mot. Et cela m'a fait de la peine à un point que je n'arrive pas à exprimer. Au lieu d'être soulagée par leur disparition, elle a été comme un troisième choc pour moi. Une trahison de plus. J'aurais voulu connaître ce petit garçon, l'aider si je le pouvais. Lui raconter de belles choses sur son père. Chercher en lui des ressemblances avec Nilo. Et pour elle aussi j'aurais souhaité faire... — oh, je ne sais pas quoi. Je crois qu'ils n'avaient aucune famille, c'est du moins ce qu'on m'a affirmé à Acquapendente. J'ai imaginé tant de vies différentes pour eux. Je m'inquiétais au point de ne plus pouvoir dormir. Comme si j'étais leur mère à tous les deux. C'est tellement étrange... »

Après un silence, Miranda reprend :

« Je savais avant mon mariage que j'étais stérile. Nilo semblait l'accepter. Mais il avait alors trente ans et peut-être que dix ans plus tard, il a ressenti l'envie d'être père, d'avoir un enfant. Ou alors, tout simplement, est-il tombé amoureux d'elle. L'amour, c'est comme une perle, avec couche après couche de souffrances. Je ne crois pas que ce qu'il y a de plus facile, quand on aime quelqu'un, est la part la plus belle. C'est pourquoi je ne regrette pas d'avoir aimé Nilo. Il me semble que le désespoir naît des regrets et être désespéré n'a jamais fait de bien à personne. Au fil du temps, plutôt que me dire qu'il m'avait menti, j'ai commencé à penser que j'ai eu de lui la meilleure part, depuis le premier baiser. Quand nous nous sommes embrassés, tout était dit. Mais quand même, sa mort et ce que j'ai appris plus tard m'ont laissée sans défense. Et j'ai découvert la peur. J'ai vaincu le désespoir, mais la peur ne m'a plus quittée. Je la cache sous des plaisanteries, des rires, et aussi en faisant la cuisine. Mais c'est cela qui m'empêche de devenir la femme d'un autre homme. Il n'y en a aucun que je choisirais. »

Elle me regarde et je vois qu'elle va bien. Cela l'a aidée de me parler. Et voilà qu'elle se met à rire :

« En plus, dit-elle, les hommes sont tous un peu des ânes. Tous jusqu'au dernier. Allez, Marlena, venez me donner un baiser et après, coupez-moi un autre morceau de fromage. »

*

Il est dix heures et demie, peut-être presque onze heures, et Miranda est montée se coucher. Je n'ai pas encore préparé ma pâte à pain parce que je l'écoutais me raconter son histoire et maintenant, il faut que je m'y mette. Fernando est sorti chercher des bûches et du petit bois pour la flambée du lendemain matin. Mais voilà que les joueurs de *briscola* l'appellent à grands cris :

« Fernando, revenez et prenez la place d'Erichetto, s'il vous plaît ! Il triche ! Fernando, on a besoin de vous ! »

Après être allée calmer les belligérants, il vient s'asseoir auprès de moi. Je lui demande :

« De quoi parlez-vous donc, les hommes, quand vous êtes entre vous ?

— Oh, de pas grand-chose. Nous échangeons des blagues. Et puis le grand sujet, c'est le temps, celui qu'il fait, qu'il faisait autrefois, qu'il fera demain. Cela occupe pas mal les conversations, plus que chez les femmes.

— C'est vrai, nous ne nous y intéressons pas autant que vous.

— Et puis il y a toujours quelqu'un qui aime

raconter des histoires de sa jeunesse, des parties de pêche ou de chasse avec son père, du gros poisson qui s'est échappé, ce genre-là...

— Je pense que les hommes sont pareils partout. Ils n'expriment pas leurs émotions. Ils ne prononcent pas les mots "amour", "souffrance" ou "peur". Ils utilisent des codes à eux à la place.

— Mais moi je ne me servais même pas d'un langage codé. Je me contentais de ne rien dire du tout. Jusqu'à ce que je te rencontre.

— Même après tu n'as pas dit grand-chose, au moins pendant un certain temps.

— Je sais. »

Voilà que les joueurs de cartes l'appellent à nouveau. Je pétris ma pâte avec ardeur et je réfléchis à ce que m'a raconté Miranda. Je me demande si en plus de la farine, du sel, de l'eau et de quelques grains de raisin, il ne faudrait pas quelques larmes, venues directement de l'âme pour faire un vraiment très bon pain.

11

Je préfère une seule valse avec une très belle fille à une vie entière avec quelqu'un de moins exceptionnel

L'hiver a bien voulu céder la place plus tôt que prévu et les arbres commencent à bourgeonner alors qu'on est encore en février. Les herbes sauvages poussent et les femmes, fichu sur la tête et gros tricot par-dessus leur tablier, vont partout dans les collines et les prairies, du côté de chez Miranda, pour en cueillir et en faire de petites bottes. Elles les attachent avec des bouts de ficelle et les entassent dans de vieilles taies d'oreiller. Chacune en a une attachée à sa ceinture. Tout en déterrant, arrachant, coupant leur butin, elles se parlent, échangent des nouvelles, se fixent des rendez-vous plus tard. Par exemple pour s'entraider à raccourcir des jupes. Ou alors elles chantent.

J'ai fini mon livre et l'ai envoyé à mon nouvel éditeur qui n'y fait que de très petites corrections, avant de le mettre en fabrication. Je commence à recevoir régulièrement des commandes d'articles et nous aurons deux groupes de touristes à accompagner fin avril. Donc dans l'ensemble, tout va plutôt bien. Miranda m'a donné carte blanche pour utiliser sa cuisine quand j'ai besoin de tester de nouvelles recettes et je continue à faire du pain, tantôt le matin, tantôt le soir, suivant nos occupations. À part cuisiner, dormir, écrire, téléphoner, laver le linge et épousseter la collection de tableaux qui dissimulent les taches de moisi, nous sommes surtout dehors. Nous avons planté des pensées blanches, des impatiens, blanches aussi, et des hydrangées rose poudré dans le jardin, des tomates et des fines herbes dans de grandes jarres en terre cuite. Nous nous sentons de plus en plus « chez nous », via Postierla, tout en refusant cette idée. Il y a longtemps que nous ne voyons plus cette maison comme « intermédiaire ».

Et nous allons cueillir des plantes aromatiques nous aussi : des asperges sauvages, des pousses de houblon, du cresson au bord du Tibre que nous dévorons directement sur place. J'aime son goût poivré, qui va bien avec du fromage. Nous en apportons chez Miranda et il semble n'y en avoir jamais assez pour ses clients : « Pendant les mois d'hiver, nous explique-t-elle, nous avons surtout mangé de la viande et des légumes secs. Mais avec l'arrivée du printemps, il nous faut des épinards sauvages, des pissenlits, de la chicoré, des oignons nouveaux et de l'ail frais — tout cela bouilli, puis passé à l'huile, avec des petits piments. C'est l'"*il rinascimento annuale per il corpo*" la renaissance annuelle du corps". C'est à cela que servent ces plantes, c'est la meilleure des médecines. »

Nous l'avions déjà remarqué en Toscane, mais ici aussi, en Ombrie, les paysans restent en bonne santé jusqu'à leur mort et souvent à plus de quatre-vingt-dix ans. Certes, depuis leur jeunesse, ils travaillent dur dans les champs, et jusqu'à quatre-vingts ans au moins. Mais ils ont toujours respecté des moments de repos, surtout *il sacro pisolino*, la sacro-sainte sieste. Et toujours mangé les produits de saison, accompagnés inévitablement de pain, de vin et d'huile d'olive. Vivre autrement aurait été impensable — comme manger des fraises en février...

*

En fin de journée, quand nous allons chez Miranda, nous nous arrêtons au « belvédère », une terrasse qui surplombe Orvieto dans toute sa splendeur. Je regarde les murailles blanches et noires du Duomo, la cathédrale et me dis qu'à quelques pas de là, il y a ma future maison, le palazzo Ubaldini...

Si nous avons faim, nous filons directement au restaurant, mais le plus souvent, nous préférons attendre la fin du service et partager les restes avec Miranda et ses neveux. Les soirées sont si belles qu'il fait bon s'attarder dehors. Nous nous asseyons sur un fragment de vieux mur et contemplons le coucher de soleil — en prenant toujours soin de ne pas nous approcher d'une maison en ruine à l'intérieur de laquelle un feu brûle en permanence. C'est là qu'Orfeo et Luca, les deux convives dont nous avons partagé la table le premier soir, vont dormir. Ce sont des bergers et ils apportent chez Miranda du fromage frais, des champignons et des herbes, qu'ils échangent contre un bon plat de pâtes. Ces *umbrichelli*, ils les assaisonnent à leur façon, avec un fromage très sec tiré de leur besace et qu'ils râpent eux-mêmes. Il leur arrive d'en passer un morceau aux autres clients, alléchés par la puissante odeur.

Mais dîner parfois en leur compagnie ne nous donne pas le droit d'empiéter sur leur territoire. C'est pourquoi nous restons à distance. Je me contente de les observer de loin. Luca doit avoir au moins soixante-dix ans. Il est grand, costaud, beau comme un roi gitan. Il porte en permanence une longue cape dans laquelle il se love, se cache. Orfeo est plus jeune, une petite cinquantaine, peut-être, la peau très brune et les yeux clairs, les pommettes hautes, les cheveux noirs commençant à grisonner coiffés en queue-de-cheval, la barbiche en pointe. Il a toujours une longue écharpe en laine autour du cou. Je pourrais porter ses vêtements — après les avoir lavés, bien sûr... —, une veste de velours et des bottes de cuir, dont on dirait qu'elles ont survécu avec lui à un naufrage il y a bien longtemps.

Leur travail consiste à veiller sur de grands troupeaux à travers les prés. Le soir, ils mitonnent une soupe ou un ragoût quand ils ont épuisé leur crédit chez Miranda pour le mois en cours. Ils vont finir par nous faire signe de nous joindre à eux pour boire du vin après leur repas. D'abord, c'est directement au goulot pour tous. Puis Luca un soir sort de sa besace un gobelet un peu ébréché qui n'a pas dû être rincé depuis longtemps, sauf avec un bon rouge local et désormais, ce sera le mien. Quand j'ai fini de boire, il jette les dernières gouttes par-dessus son épaule en disant, « pour les anges ».

Orfeo coupe d'épaisses tranches dans un pain de quatre livres au moins et les fait griller au bout d'un fil de fer. Quand elles commencent à noircir, il verse dessus un filet d'huile d'olive et nous les tend. De temps à autre, il se lève et va chercher un mouton qui s'est éloigné, puis il revient et, les yeux fixés sur les braises, se met à réciter un poème de Pablo Neruda. Fernando enchaîne avec quelques vers de Virgile. Parfois Orfeo va chercher sa mandoline et plaque quelques accords. Il peut aussi se mettre à chanter des mélodies d'amour tristes.

Bien que j'aie eu envie dès le début de leur apporter à tous les deux des plats préparés par mes soins, je ne l'ai pas fait. Cela aurait été empiéter sur les prérogatives de Miranda. Je les ai aperçus plusieurs fois arrêtés le long d'un jardin, l'un faisant plus que probablement le guet, d'un air détaché, tandis que l'autre cueillait discrètement une tomate, peut-être deux, ou une grosse courgette — le tout allant tout de suite dans une besace opportunément ouverte. Je suis sûre qu'à l'occasion, ils attrapent un poulet dont ils tordent le cou — et droit dans le sac là aussi. Sinon, comment expliquer la bonne odeur de volaille rôtie près de leur feu le soir ?

J'ai quand même fini par leur apporter du pain, une bonne grosse miche à la croûte craquante, deux fois par semaine, enroulée dans un torchon. Un humble cadeau, donné et accepté sans que quiconque en parle.

À propos de parler, Orfeo et Luca ne disent pratiquement jamais rien sur eux. D'où viennent-ils ? Les troupeaux sont-ils les leurs ? Ont-ils toujours été bergers ? Pourquoi vivent-ils dans cette pauvre masure ? Ils ne nous posent pas de questions sur nous non plus. Pourquoi nous sommes là. Une seule fois, sans les regarder, j'ai osé demander : « *Siete sposati ?* Vous êtes mariés ? »

Cela s'adressait aux deux, mais c'est Orfeo qui a répondu :

« Vous voyez ce vin ? Il est plutôt raide, disons, et je l'avalerai jusqu'à la dernière goutte. S'il était meilleur, j'en boirais moins. Mon père disait :"Un très grand vin, il suffit de le humer au goulot." Avec les femmes, c'est pareil, je préfère une seule valse avec une très belle fille à une vie entière avec quelqu'un de moins exceptionnel. J'ai eu ma valse. Et maintenant, j'ai tout ça. »

Et il ouvre grand les bras en direction des prairies.

12

Si vous pouvez, attendez jusqu'à minuit

Avec Orfeo et Luca, rencontrés grâce à Miranda, nous avons élargi le cercle de nos connaissances et avec le printemps qui arrive, nous allons faire d'autres rencontres sur le marché d'Orvieto. Il a lieu le jeudi et le samedi sur la piazza del Popolo. C'est un rituel, un événement auquel participent tous les habitants, peu importe leur âge, qu'ils viennent de la ville même ou des villages et hameaux environnants. Ils arrivent à vélo, à moto ou à bord de camionnettes bringuebalantes.

Les autorisations pour disposer d'un emplacement se transmettent de génération en génération, un peu comme les permis de gondoliers à Venise, et la surface à laquelle chacun a droit est sacrée. À la lueur de l'aube qui se lève, les cultivateurs installent leur marchandise et transforment ce qui est le reste du temps un parking en un chaleureux décor que Brueghel aurait aimé. Une bonne odeur de terre humide imprègne les bottes des paysans, les roues des brouettes, la peau des pommes de terre et des betteraves qu'on vient de récolter, de même que les mains de ceux qui les ont entassées dans des cageots. Dans peu de temps, ces hommes et ces femmes vont devenir des rivaux en ce qui concerne les gains de la matinée, mais pour l'instant ils sont contents de se voir, s'embrassent, se demandent des nouvelles de leurs familles respectives, se plaignent ou se réjouissent du temps qu'il a fait et échangent des compliments sur leurs marchandises.

« Notre terre est si noire qu'elle brille au soleil et si riche que nous n'avons pas besoin d'autre chose », déclare Gaspare, que nous avons rencontré à une fête des fèves. Sur son étal, il a disposé des jolies bottes d'oignons et d'ail nouveau, des poivrons vert pâle et jaune vif, des bouquets d'asperges noués d'une ficelle blanche avec une rose au milieu. Il a mis des jonquilles et des branches de lilas dans un seau. « Nous nous débrouillons avec ce que la terre nous donne, poursuit-il. Cela suffit presque à nous faire vivre. Si vous avez plus qu'il ne vous faut pour votre dîner au point de garder les restes pour le déjeuner du lendemain, alors vous avez trop. Et vous perdez la notion des choses. Trop à manger, trop d'argent, c'est du pareil au même. Pour vivre de la terre, il faut que l'homme la respecte tout en étant astucieux. Le reste dépend des dieux. Excepté quand un cuisinier ou une cuisinière s'en mêle. Vous avez goûté à la cuisine de chez nous, n'est-ce pas ? Un miracle, digne des dieux, justement.

— Je suis moi-même cuisinière. »

Et à peine ai-je dit cela que je sens que je viens de commettre une erreur.

« Voyons, personne ne sait faire la cuisine en Amérique ! Avec vos *amburger* et vos *ata dogha* ! »

Je sais quand protester et quand sourire. Je choisis la deuxième solution, puis me tourne vers le marchand de fromages juste à côté. Je lui demande un kilo de *marzolino*, un pecorino très tendre de quelques semaines et un morceau davantage « fait » et beaucoup plus dur. Je précise que celui-là, c'est pour manger avec du miel.

Il me coupe une belle tranche d'une grande roue, ôte la croûte, puis pèse :

« Vous payez le fromage, m'explique-t-il, pas la croûte, qui ne se mange pas. Enfin, si, d'une certaine manière. Moi je la mets à cuire dans la soupe, ça donne du goût aux légumes et les rend encore plus tendres. Ils vous fondent dans la bouche. »

Il sait parfaitement que je vais essayer de faire comme lui...

À l'autre extrémité du marché, près de la via della Costituente, une table a été installée devant San Rocco. La marchande qui en est responsable est si jolie qu'on dirait un ange arraché à la façade de l'église. Ses longs cheveux châtains sont nattés et encadrent un visage ridé et brûlé par le soleil qui semble encore étonnamment jeune. Je m'approche pour voir ce qu'elle a à vendre aujourd'hui et prend place dans une queue déjà longue. Je crois qu'elle ne sait ni lire ni compter car tout ce qu'elle pèse est à trois euros. Ses clients l'appellent Tomassina. Son étal est disposé comme une nature morte. Et si quelqu'un lui achète une rose, elle en met tout de suite une autre à la place qu'elle prend dans un seau à côté d'elle. Quand elle a vendu un œuf, vite, elle en sort un d'un panier et entortille un bout de journal autour. Un vieil homme s'approche et lui demande si elle a des radis ce matin. Elle en extrait une botte d'un cageot et s'exclame : « *Ecco!* Voilà ! » en brandissant par les feuilles des radis roses à peine de la taille d'un ongle. Elle tend de l'autre main un chou-fleur très blanc, gros comme une tête de bébé. « *Vedi che meraviglia ?* Vous voyez cette merveille ? » dit-elle à son client qui a l'air aussi content qu'elle.

Mais un autre matin, j'ai assisté à une scène très différente. Tomassina, resplendissante en tablier blanc amidonné sur sa longue jupe noire, était en train de préparer des bottes d'artichauts en en gardant les feuilles. J'ai trouvé ça si joli que j'ai tout de suite voulu en acheter une pour l'apporter à Miranda. C'est alors qu'un Américain en pantalon siglé Ralph Lauren, chemise, veste et chapeau assortis, s'est adressé à elle d'une voix très forte, comme le font certains voyageurs qui ne connaissent que ce mode de communication. Il voulait savoir comment cuire les artichauts. J'ai senti qu'elle comprenait très bien la question mais choisissait délibérément de ne pas répondre, continuant à attacher ses bottes sans se presser. Ralph — appelons-le Ralph — s'est énervé et a haussé de plus en plus le ton. Puis il a mimé le geste de jeter quelque chose dans une casserole, de l'en sortir et de le manger. Tomassina ne daignait même pas le regarder. Ralph, habitué sans doute à ce qu'on le serve, a alors hurlé : « Il n'y a personne ici qui parle anglais ? »

J'ai failli proposer mon aide, mais je ne l'ai pas fait. Ce tapage me semblait de très mauvais goût. En Italie, les gens parlent italien. Je n'ai donc rien dit. Ralph a pris ses artichauts, d'un geste assez brutal et a posé ses trois euros directement sur la table au lieu de les donner à Tomassina. Il semblait ignorer qu'on ne fait pas cela, que c'est très mal élevé.

Un peu plus tard, tandis qu'elle me donnait mes artichauts, elle m'a simplement dit :

« Nous n'avons pas de recette. Nous cuisinons comme nos mères et leurs mères l'ont fait avant nous et nous les avons regardées à l'œuvre. Plutôt qu'apprendre, nous avons *hérité* des méthodes, des secrets, des façons de concocter un plat, de tourner une sauce. Nous procédons à l'instinct. *Grazie a Dio,* comment aurais-je pu parler d'instinct à un type pareil ? »

Un autre matin, je l'ai vue disposer des cerises rose pâle de la taille d'une noisette sur un plateau en métal argenté. Je lui ai demandé de me choisir un melon pour le déjeuner dans la pile qu'elle avait installée à côté d'un tas de prunes bleu foncé. Elle a tâté chaque melon, en secouant la tête, puis m'a déclaré du ton du chirurgien qui vous annonce une très mauvaise nouvelle :

« Je n'ai rien qui sera mûr avant midi. Celui-ci sera peut-être à point à huit heures ce soir. Sûrement à minuit. Mais je n'ai rien pour l'heure du déjeuner. »

Je reste sans voix devant de telles précisions... J'indique juste d'un signe de tête que je vais quand même prendre le melon qu'elle a encore dans la main. Elle l'enveloppe alors dans un papier qu'elle tortille aux deux bouts, puis fait le tour de son étal pour venir le mettre directement dans mon cabas. Elle me regarde et dit : « Si vous pouvez, attendez jusqu'à minuit. »

J'ai besoin d'une femme comme elle dans ma vie. J'ai besoin d'en savoir plus sur les melons, sur la patience, sur l'attente, sur ce qui est important et ce qui ne l'est pas. En m'éloignant, je passe devant une camionnette avec à l'arrière un réchaud sur lequel mijote un gros morceau de cochon de lait, puis une autre où rôtissent des poulets...

Les jours de marché, les fermiers de la région se retrouvent au bar-tabac de la piazza della

Repubblica. Ils portent le béret très en arrière et en général un costume de velours côtelé — toujours trop petit ou trop grand — et un pull rayé, plus une large cravate nouée de travers et décorée des taches faites au cours de dizaines de bons dîners, une chemise impeccablement repassée et une ceinture en dessous de leur gros ventre. Pendant que les femmes vendent leurs légumes, eux vont retrouver leurs copains.

En hiver, ils s'installent au bar Sant'Andrea et n'hésitent pas à déplacer les chaises pour se rapprocher les uns des autres. Une ou deux bouteilles de grappa circulent. Ils parlent avec emphase de ce qu'ils ont mangé la veille au soir et vont avoir au déjeuner, à moins que ce ne soit de ce qu'on leur a servi un jour, il y a cinquante ans. Ou alors de ce qui se passait quand il n'y avait rien à manger. Il m'arrive de venir m'asseoir tout près — effrontément trop près pour certains — et d'écouter par exemple leur recette pour cuisiner du faisan. Bien sûr, il ne leur viendrait pas à l'idée de me prier de m'asseoir à leur table. Mais certains ont l'air plutôt contents de se savoir observés et ils me font un petit salut aimable de la tête. D'autres semblent vérifier si j'écoute bien...

Cette fois-là, ils ont été trois à parler en même temps et quand ils se sont finalement tu, un quatrième, en complet de velours noir a déclaré :

« Vous vous trompez complètement. Je regrette qu'aucun de vous n'ait jamais dégusté un faisan préparé de la seule manière qui vaille. Les autres sont nulles. Autant manger la bête crue.

« Bon, voilà ce qu'il faut faire. D'abord suspendre le faisan non vidé et non plumé pendant au moins dix jours dans une grange ou mieux encore dans une cave. Et si possible, juste à côté d'un tonneau de très bon vin rouge. Cette proximité a des effets magiques. Vous savez, chez moi, on met la pâte à pain à lever dans la cave. Cela donne un goût excellent. Et je vais vous révéler un secret : je reste à moitié caché derrière la porte quand, le soir, ma femme descend le grand plat creux et l'installe sous une couverture, comme un bébé et lui chuchote à quel point le pain sera bon demain. Autrefois, cela me faisait rire, mais au fil du temps, j'ai appris à aimer cette petite cérémonie. Et je peux vous dire que notre pain est le meilleur qui existe.

« Avec les faisans, j'ai un peu copié ma femme : je vais leur parler de temps à autre et leur promettre qu'ils vont devenir le plus délicieux des plats. Jusqu'au jour où ils seront faisandés au point d'empester la cave et je sais alors qu'ils seront prêts. Je les plume, les lave à la grappa et les farcis de graines de genièvre. Je mélange du lard, du romarin et de la sauge pour en faire une sorte de pâte que je mets à mijoter dans la cocotte avec les faisans. Quand ils sont bien colorés, je les sors, les entoure d'une tranche de pancetta, les remets dans la marmite, les arrose de vin rouge — celui du tonneau dans la cave — et laisse le tout sur des braises jusqu'au lendemain.

Dès le matin, une odeur exquise de vin, de lard et d'herbes envahit la maison. Mais attention, on ne touche à rien jusqu'à midi. Et là, au déjeuner, on savoure nos faisans et notre pain, accompagnés de notre vin. La voilà la recette, la seule. »

*

S'il fait beau, la réunion se tient dehors, à la terrasse, et plutôt que de la grappa, c'est du vin en pichet qui circule. Souvent, c'est un nommé Fausto qui tient sa cour. Et d'une voix stridente à la Mussolini, il s'exclame que l'Italie devrait avoir honte : le football est devenu un sport pour *femminucce,* un mot difficile à traduire mais qui signifie un homme se comportant comme une femmelette.

« Oui, je le répète et l'affirme, notre sport national — qui vient des Romains ou peut-être des Grecs — n'est plus qu'une sorte de bagarre entre filles. Nous n'avons plus de vrais joueurs, seulement des *prime donne.* Voyons, un footeux se réveille pour se faire d'abord masser pendant une heure, puis aller s'asseoir devant la lampe à bronzer. Après, le coiffeur vient lui teindre les cheveux en blond et le peigner pendant que quelqu'un lui lime les ongles. Ensuite, arrive le tailleur, qui drape sur lui des tissus dignes d'un Roi-Soleil. Puis c'est l'heure de filer dans les studios de la télévision ou de poser pour les photographes de *Vogue.* »

Qu'un fermier ombrien connaisse le luxueux magazine *Vogue* me semble très étonnant mais je vais peu à peu comprendre que grâce à la télévision, bien des informations circulent... Fausto reprend son souffle, boit une gorgée de rouge et laisse à son auditoire le temps d'exprimer une vive approbation. Puis il fait semblant de mettre un portable contre son oreille et s'amuse à imiter un footballeur :

« Mamma, je suis épuisé, totalement épuisé et en plus, on veut que j'aille à des séances d'entraînement. Je suis une star et on m'oblige à *jouer.* Ce n'est pas possible, voyons. Je vais tout de suite appeler mon agent, mon médecin et mon naturopathe. En plus, j'ai mal à la tête, Mamma. À quelle heure m'apportes-tu mon dîner ? Et n'oublie pas le dessert. *Ciao, ciao, devo scappare,* il faut que je coure, le pédicure arrive. *Ciao, mammina.* »

L'assistance éclate de rire, puis les uns et les autres se lèvent et vont faire le tour de la piazza. Une fois, deux fois. Ensuite ils s'arrêtent devant le bar-tabac. Ils discutent un peu, se donnent des grandes tapes dans le dos, rentrent dans la salle boire un coup, s'embrassent sur les deux joues : « *Ci vediamo, vecchio,* on se revoit bientôt, vieux », et ils repartent, en camionnette ou à moto chez eux. Après tout, on est jeudi et ils ne se reverront que le samedi.

La vie de ces fermiers semble être surtout faite de travail, d'un peu de repos, de nourriture, de vin — et d'amitié. Plus un petit coup de télévision. Dans l'ensemble, ils ont l'air contents, même si ce sont des existences très répétitives. Mais ce n'est pas vraiment de la routine. Il s'agit plutôt de rythmes, de rituels, qui vous maintiennent en forme. Je me rappelle quand à la campagne, en Amérique, le lundi était le jour de la lessive, le mardi, celui du repassage, le vendredi celui où on changeait les draps et le samedi, bain pour tout le monde. Et les restaurants où on sert encore le ragoût de mouton le mardi, les côtes de porc le mercredi, le hachis le jeudi et le haddock le vendredi... Il y a cette sorte de symétrie dans la vie des paysans ombriens. Et ils sont sûrs que leurs vieilles traditions ont quelque chose de stimulant.

Et pourtant, que d'aléas dans leur quotidien, en premier lieu le temps qu'il fait ou va faire. Faut-il rentrer le blé dans la grange si l'orage menace? Aura-t-on le temps de finir la vendange avant que tombent des grêlons gros comme des prunes? Le prix du tabac se maintiendra-t-il assez pour qu'on puisse acheter un nouveau tracteur? Oui, l'inattendu peut arriver à n'importe quel moment, vous dira un fermier, mais il ajoutera que c'est bien ainsi. Et si les choses tournent mal — souvent —, le fait de souffrir vous rappelle aussi que vous êtes vivant. C'est à cause des risques à courir que les rituels ont tellement d'importance. On doit pouvoir s'appuyer sur quelque chose. Il y a donc deux aspects dans la vie d'un paysan, les risques et les rituels. C'est ce qui lui permet de vivre en pesant toujours le pour et le contre, de façon délibérée...

13

Dormez bien et levez-vous tôt au son d'une volée de cloches

En juin, cela va faire un an que nous attendons toujours que les travaux commencent au palazzo Ubaldini. Le jour anniversaire proprement dit, nous ne disons rien, nous avons, sans même en parler, décidé de ne pas l'observer. Je suis encore au lit et voici Fernando qui surgit, une épaisse serviette-éponge marron nouée à la taille, et me tend un bouquet : trois douzaines de petites roses rouges à peine ouvertes, au milieu desquelles pointent quelques têtes d'asperges — comme un hommage aux bottes d'asperges de Gaspare ornées d'une rose.

« *Buongiorno, amore mio,* me dit-il avec un large sourire sous sa moustache.

— *Ciao, piccolo. Ma cos'è ?* Mais qu'est-ce que c'est ? »

Bien que les gestes de tendresse de Fernando fassent partie de ma vie depuis des années, ils me prennent toujours au dépourvu. Et le feront sans doute toujours.

« Quel fleuriste es-tu allé voir dans cette tenue ?

— J'ai mes secrets, moi aussi. Dépêche-toi, je viens de faire couler un bain et nous partons pour Rome. Habille-toi avec ce que tu as de plus joli. Et pas de grosses bottes, s'il te plaît.

— À Rome ? Y a-t-il une raison particulière.

— Nous sommes samedi, un samedi de juin qui ne reviendra jamais. Nous allons dans le Trastevere manger des artichauts et des spaghettis carbonara et ensuite marcher, marcher, marcher.

— Super ! »

Il dénoue sa serviette et entre dans la baignoire en me laissant un peu de place. Ensuite, pendant que je me prépare, je me demande si je ne vais pas téléphoner à Samuele ou même à Concetta pour leur rappeler, disons, légèrement affectueusement, quel jour nous sommes. Mais la vérité, c'est que Fernando et moi avons lié notre destin à celui des Ubaldini voici un an et, en quelque sorte, renouvelé nos vœux par la suite en acceptant d'attendre indéfiniment et de les laisser prendre en charge le loyer de la « maison intermédiaire ». Cela nous a aidés financièrement — et m'a permis de découvrir qu'en Italie, le temps est une denrée moins périssable qu'ailleurs. Ou serait-ce plus ? Dans tous les cas, c'est différent. « Non, non, je n'ai jamais dit que j'appellerais ce jour-là, mais un de ces jours. Quand est-ce que je vous livrerai votre commande ? Eh bien, quand elle sera prête. » En conséquence de quoi, ce qui m'irritait avant me laisse désormais sans réaction. Nous n'allons plus guère inspecter l'entrée et l'escalier du palazzo Ubaldini. Je sais que je ne contrôle plus rien et j'en viens à me laisser séduire par cette longue attente. C'est comme si je flottais sur le dos dans une piscine à l'odeur chlorée, au lieu de faire des longueurs crawlées. Et je me dis que flotter est plus agréable que m'acharner à nager.

Un anniversaire est une bonne occasion de faire le point. Depuis notre mariage, Fernando et moi avons d'abord vécu dans un immeuble en béton, genre bunker, au bord de l'Adriatique, puis dans une ferme rénovée proche d'un minuscule village de Toscane. Nous voici maintenant au milieu des collines de l'Ombrie, à Orvieto, dans une petite maison envahie de moisi, au pied des ruines d'un château et à cinquante mètres de la plus splendide cathédrale gothique d'Italie.

Nous avons juste aperçu l'ancienne salle de bal où nous sommes censés habiter un jour. En fait, me dis-je, en me coiffant de deux longues nattes que je fixe au sommet de ma tête avec des épingles d'écaille, tout va plutôt bien. Si nous avons été en quelque sorte « de passage » un peu partout et jamais vraiment « chez nous », en vivant toujours au jour le jour, cela n'a pas d'importance et nous convient. Nous inventons au fur et à mesure les pas d'une danse qui est la nôtre.

De la poudre brillante sur le visage et le décolleté, une touche de fard couleur chocolat au lait sur les paupières, du rose métallique sur les lèvres. Ma vie convient parfaitement à la bohémienne que je suis, qui repart toujours de zéro, ainsi qu'à son prince consort qui semble avoir pris goût au fait de ne jamais se fixer nulle part. Je m'entends dire : « J'ai toujours cru que ce qu'il y a de mieux quand on va vivre dans un autre pays, c'est qu'on peut se permettre d'avoir à nouveau dix ans. » Tout est nouveau, tout est à découvrir. On doit apprendre à parler, à penser, à rêver dans une autre langue. À voir comment les gens boivent leur thé, cuisent leur pain, se comportent les uns avec les autres. Il n'est pas question de passer, de ne s'arrêter que brièvement, mais bien de s'installer, de rester là. C'est un enrichissement. Et c'est comme ça que je veux devenir riche.

Je sors mes plus jolies bottes de leur sac de flanelle, les frotte pour les faire reluire, les enfile et remonte la fermeture éclair. Elles sont tellement confortables ! Une paire de bottes Gucci vous dure toute la vie. Je choisis une longue jupe de soie d'une teinte argentée — heureusement, elle me va encore, une vieille veste noire de chez Gigli, et toutes les perles que je possède : un long collier de deux rangs, un tour de cou, des boucles d'oreilles baroques. Après cela, un châle et vite, un coup d'œil au miroir. Je pourrais être une paysanne géorgienne à qui la tzarine a prêté ses bijoux. L'idée de laisser mon bouquet me rend triste — alors je le prends avec moi.

Tandis que nous filons vers le sud par l'*autostrada*, je bavarde avec Fernando et nous convenons que si la route qui nous mène à la salle de bal via del Duomo avait été plus courte, nous n'aurions pas reçu tous les cadeaux dont elle a été semée : la rencontre avec Miranda, et ensuite avec Orfeo et Luca. Après, avec la fameuse Tilde, avec un certain Edgardo, avec Tomassina, avec Neddo, déjà croisé à une *sagra*. Oui, c'est vrai, répétons-nous, si nous nous étions directement installés au palazzo Ubaldini, nous aurions été si occupés avec notre emménagement que nous n'aurions peut-être pas connu tous ces gens. Non, ce n'aura pas été du temps perdu, bien au contraire.

*

Il est à peine plus de neuf heures quand nous rentrons de Rome. Nous garons la voiture derrière le Duomo et montons les marches jusqu'à la piazza où d'habitude, on ne croise plus guère qu'un ou deux promeneurs attardés à la recherche d'un ultime *gelato*. Mais ce soir, il y a des centaines de gens qui vont et viennent, comme dans l'attente de quelque chose. Mais quoi ? J'entends un bruit de tambours, d'abord éloigné, puis qui se rapproche. Des clameurs s'élèvent : *Ecco i tamburini.* Les mères prennent les enfants dans leurs bras et leur chuchotent : « *Senti, li senti, tesoro ? Ecco i tamburini.* Tu entends, tu les entends, trésor ? Voici les tambours. »

Huit jeunes gens en pantalon noir, toque rouge enfoncée jusqu'aux yeux, tambour en bandoulière, débouchent de la via del Duomo, pénètrent sur la piazza, montent jusqu'à la cathédrale et de là, dominent la foule. Le silence se fait.

L'un d'eux déroule un parchemin et proclame : « Demain sera honoré le miracle du sang, le miracle de Bolsena. Préparez-vous, préparez-vous tous à cette célébration. Dormez bien et réveillez-vous au son d'une volée de cloches. Rassemblez-vous ici, sur la piazza, pour la bénédiction de l'évêque, à sept heures, après quoi commencera la procession des fidèles. Soyez prêts pour la célébration. »

Ensuite, tous les huit se mettent à taper sur les tambours et retraversent la piazza, descendent le *corso*, la via del Duomo et s'en vont parcourir Orvieto jusque dans ses plus petites rues.

Dans presque chaque ville ou village d'Italie, chaque année une procession célèbre un événement du passé, sacré ou profane. Il s'agit le plus souvent de parades folkloriques qui donnent aux habitants l'occasion de se montrer vêtus de costumes confectionnés par eux et de faire beaucoup de bruit. Ce n'est pas le cas ici. À Orvieto, il s'est produit un miracle, reconnu par l'Église, et dont on est très fier.

En l'an 1263, un prêtre venu de Bohême, qui traversait une crise dans le domaine religieux, plus particulièrement à propos de la question de la transubstantiation, a effectué un pèlerinage en direction de Rome. Un dimanche matin, il s'est arrêté pour dire la messe sur les bords du lac de Bolsena, à quelques kilomètres d'Orvieto. Au moment où il élevait l'hostie, il a vu que du sang en coulait jusque sur la nappe recouvrant l'autel. C'était un signe. Il a aussitôt confié et la nappe et son histoire au clergé d'Orvieto où résidait alors le pape Urbain IV, fuyant les turbulences du Vatican. Comme s'il l'avait lui-même provoqué, ce dernier s'empara du miracle pour l'aider à sauver son règne chaotique. Ainsi commencèrent les trois cents ans compliqués, interrompus par les épidémies de peste et les invasions, parfois aussi par des périodes de paix, qui furent nécessaires à la construction de la plus splendide cathédrale gothique d'Italie. Un monument de marbre et de basalte, incrusté de mosaïques dorées, en hommage au miracle. Et depuis à peu près cinq cents ans, Orvieto se réveille au son d'une volée de cloches — toutes celles de la ville, qui sonnent pendant au moins trente minutes — le jour de la fête du *Corpus Domini*.

La matinée débute par une solennelle procession, *il corteo storico*, le cortège historique. Cinq cents personnes défilent, vêtues de tuniques et de robes fidèlement copiées sur des costumes du Moyen Âge, cousus d'or et d'argent. Chaque couche de la société médiévale est représentée : les guildes d'artisans, les gouverneurs, les soldats, dont les épées luisent au soleil, chaussés de bottes équipées d'éperons, et qui avancent, le visage fermé. Une mère s'écrie alors à l'adresse de son fils en cotte damasquinée, « *Amore della mamma, ma quanto sei bello!* Amour de ta mère, mais comme tu es beau! » J'apprends que son fils participe à la procession depuis dix-huit ans et chaque fois, elle est émerveillée par son allure quand il passe devant elle...

Un artisan-menuisier dont la boutique se trouve tout près de chez nous, dans un *vicolo* derrière la banque, est costumé en *capitano del popolo*, capitaine du peuple. Il marche fièrement, barbe argentée bien lisse, cheveux rejetés en arrière jusqu'aux épaules, une cape noire brodée d'or par-dessus sa tunique et sa culotte de velours. Il porte un casque orné d'une plume et avance en regardant droit devant lui. La foule l'acclame, *bravo, bravissimo*! et on commence à comprendre que ces hommes et ces femmes ne sont pas simplement costumés aujourd'hui pour participer à la procession. En réalité, ils ressentent jusqu'au plus profond d'eux-mêmes d'où ils viennent, quelles sont leurs racines. Le spectateur voit bien comment un certain vêtement, une certaine coiffure peuvent les faire ressembler d'un seul coup à leurs ancêtres du Moyen Âge. Et je me demande ce qu'ils éprouvent à avancer ainsi, au son des tambours, dans les rues de cette ville où leurs parents, les parents de leurs parents et au moins dix générations de leurs ancêtres sont nés.

La jeune fille qui coupe pour moi des tranches de saucisson à la *salumeria* est d'habitude en blouse blanche boutonnée jusqu'au cou et petit bonnet blanc sur la tête. Mais ce matin, ses cheveux d'un blond vénitien sont dénoués et elle porte une couronne de coquelicots et de roses sauvages attachés par des rubans de satin bleu. Elle est habillée en bergère, robe, guimpe et tablier de différentes teintes de jaune.

Je m'exclame — un peu trop fort — « Tiziana ! » et elle sourit, à peine consciente, me semble-t-il, de sa métamorphose. Une petite troupe d'anges, roses et potelés, aucun n'ayant plus de trois ans, suit, se tenant tous par la main. Les grands-mères marchent derrière. L'un des angelots, en robe de soie et chaussures argentées, trébuche un peu sur les pavés. Elle tient entre ses doigts un petit morceau de pizza qu'elle grignote délicatement tout en continuant à avancer.

Sur la piazza, ce matin-là, pour la *festa di Corpus Domini*, nous nous disons que vivre à quelques mètres d'une telle célébration vaut bien d'attendre encore un peu que la rénovation du palazzo Ubaldini commence. Nous ne parlons pas de l'insignifiance de notre petite crise religieuse personnelle — la mienne, plus que celle de Fernando. Pas de temps à perdre alors que le ciel se charge soudain.

De sinistres nuages noirs se mettent à danser autour du soleil, tandis que des éclairs déchirent le ciel et que le tonnerre se met à gronder — puis cesse. On n'entend alors plus que l'orgue de la cathédrale et le chœur des deux cents chanteurs qui donnent de la voix comme si le dernier jour du monde était arrivé. Apparaissent ensuite les célèbres tapisseries du quatorzième siècle représentant le Miracle. Accrochée à des piquets dorés par de grosses cordes de soie, elles sont portées par des *cavalieri* tout en noir et la foule se tait à leur passage. Trente enfants de chœur suivent qui balancent vigoureusement des encensoirs dans un nuage de fumée. Ils précèdent la nappe d'autel de Bolsena elle-même, qu'on aperçoit dans son reliquaire de verre et d'or, portée en triomphe devant la foule en extase. Enfin apparaît, sous un dais soutenu par des prêtres, l'évêque, petit, fragile, qui tient l'ostensoir. Le tonnerre recommence à gronder, le chœur et les grandes orgues rivalisent de vigueur avec lui en jouant *fortissimo.* Puis le soleil revient, un grand vent se lève et la pluie se met à tomber. Mais personne ne cherche à se mettre à l'abri. Chacun ou presque tend son visage vers les gouttes tièdes comme s'il s'agissait d'une bénédiction.

14

Nous habitons presque tous des ruines

Ces jours-ci, je suis seule via Postierla, étant donné que chaque matin, Fernando s'en va travailler avec Barlozzo qui a fini par demander de l'aide. Quand il a appelé sur notre téléphone portable, il s'est contenté de dire : « *Fernando, bello mio, è ora.* C'est l'heure... »

J'ai d'abord cru que je pourrais donner un coup de main, moi aussi, donc je suis également allée là-bas, avec des paniers de provisions. Il y avait des ouvriers partout en train de poser du carrelage dans toutes les teintes de rouge et de rose, en forme de losanges, de rectangles, de petits et de grands carrés, si bien qu'on se serait cru dans une basilique San Marco du pauvre. Des plombiers étaient également au travail avec des matériaux de récupération trouvés dans une décharge près d'Orte. Notre ami s'était procuré aussi chez un brocanteur un évier en marbre blanc pour la cuisine, avec un tuyau en bronze en guise de robinet et une baignoire assez longue pour qu'il y étende ses jambes occupant plus de la moitié de la salle de bains. Il a accroché une sorte de petite cuvette au mur, avec un trou au fond et un réceptacle en dessous, installé également une table en bois longue et étroite, sur laquelle sont posés une grosse cruche blanche et bleue, un morceau de savon d'Alep, son rasoir, un peigne, une brosse à dents, une lampe en cuivre, un paquet de sel marin et une boîte à biscuits pleine d'allumettes. Sur le couvercle, une femme genre Titien sourit, les cheveux dénoués, en robe blanche, un parasol à la main pour s'abriter du soleil. À un clou planté dans le mur pend un morceau de jute de la taille d'un drap de lit, qu'il doit utiliser comme serviette de toilette. Il dit qu'il préfère aller chercher de l'eau à la baignoire plutôt que percer un mur en bon état pour y faire passer un tuyau alimentant son pseudo-lavabo. « Je n'ai pas besoin de beaucoup d'eau pour me raser, de toute façon », explique-t-il.

Il a installé des manteaux à toutes les cheminées, parfois reconstituées de bric et de broc, et peint toutes les pièces en brun foncé — la seule couleur dont il a trouvé des pots en quantité dans un dépôt-vente. Ils étaient destinés à un hôtel qui finalement n'a jamais ouvert. Les plafonds sont blancs et les plinthes très larges aussi. Comme il n'y a ni volets, ni rideaux aux fenêtres, l'ensemble prend des teintes sirupeuses quand le soleil brille. Un immense lustre en fer forgé rouillé a été récupéré quelque part et soigneusement frotté à l'huile d'olive. Pour l'instant, il est posé par terre dans ce qui sera le salon, avant d'être suspendu au plafond un jour, là où il n'y a qu'une ampoule au bout d'un fil électrique, la seule et unique de toute la maison.

J'avais commencé à balayer dans plusieurs pièces et à faire les carreaux, mais Barlozzo a surgi en m'ordonnant d'arrêter : « Si vous commencez à laver le carrelage, vous serez obligée de recommencer indéfiniment. Je ne le laverai jamais.

— Jamais ?

— Non. Un coup de balai de temps en temps oui, mais pas plus. C'est inutile. Il faudrait des années pour qu'il devienne vraiment sale et je ne vivrai probablement pas jusque-là. Donc, on ne s'en occupe pas. L'important, c'est d'avoir un sol bien carrelé, c'est tout. »

Il me dit à peu près la même chose en ce qui concerne les vitres. Pas question d'acheter des journaux et du vinaigre pour les frotter. Est-ce que je sais la quantité de papier-journal qu'il faudrait ? Mieux vaut s'en servir pour allumer le feu dans une des cheminées. Et puis dès qu'il a plu, il faut recommencer. Quant au vinaigre, autant en boire un peu dans de l'eau minérale pour se nettoyer intérieurement.

La cuisine est peinte en rouge foncé, la teinte d'une prune bien mûre. C'est, paraît-il, une concession faite à mon penchant pour cette couleur. Peut-être aussi à une façon de me signifier qu'elle peut devenir *ma* cuisine. Le manteau de la cheminée qui s'y trouve est le plus beau de tous, en marbre légèrement jaune, bordé de basalte noir. Dessus il y a des piles de livres et deux cruches en terre cuite.

« Elles sont très anciennes, m'informe Barlozzo. Elles appartenaient à la mère de ma mère. Il y en avait une troisième, mais je ne sais pas ce que j'en ai fait. Je la retrouverai bien un jour. Et on y mettra du vin. Qu'en pensez-vous ? »

Près de la cheminée, sur un fauteuil en bois de cerisier, il a posé le couvre-lit de Floriana, soigneusement plié. Contre un mur sont alignés des piles d'assiettes et de plats, des bocaux de conserves et davantage de livres qui garniront bientôt les étagères qui vont être fixées sur toute la hauteur. Aux poutres du plafond il y a des gros crochets métalliques où seront suspendus des jambons ainsi que des guirlandes de figues séchées et de châtaignes. Pour l'instant, il n'y a qu'une unique saucisse et une poignée de fleurs sauvages. À droite de la porte de la cuisine encadrée d'une vigne robuste, un escalier vermoulu mène au fruitier. Au pied des marches couvertes de mousse, de larges dalles en pierre sont posées à même la terre. Je me demande combien de citrouilles, de melons et de pommes ont attendu là dans le noir qu'une femme descende, une chandelle à la main, pour en remplir son tablier replié contre elle.

Barlozzo n'a pas beaucoup de meubles et guère

l'intention d'en acheter davantage. Il a gardé le lit dans lequel sa mère l'a mis au monde et où elle est morte, cette terrible nuit après la guerre[5].

« Mais cela ne vient pas hanter mes nuits. Non, pas du tout. C'est son père qui l'avait fabriqué. Elle y est née, moi aussi. Avec un peu de chance, j'y mourrai à mon tour. Il fait partie de moi, Marlena. »

Tout en parlant, il caresse de ses longues mains osseuses les courbes du bois patiné par le temps.

« Vous savez, reprend-il, nous habitons presque tous des ruines. Les nôtres ou celles reçues en héritage. Quand j'étais jeune, les ruines familiales avaient pour moi un caractère inviolable. Mais je préférais être damné plutôt que les transmettre à une nouvelle génération. Je voulais que tous ces malheurs finissent avec moi. C'est pour cela que je n'ai pas épousé Floriana. Et j'ai probablement eu tort. Si nous avions vécu ensemble, eu des enfants, nous aurions peut-être réussi à bâtir sur ces ruines, à faire taire les démons du passé, sinon à les détruire à jamais. Bien sûr, cette vieille baraque est une sorte de métaphore. Cela me permet de ressasser ces pensées. En la retapant, je me dis que je mets en ordre d'autres choses. Un peu en tout cas. Mais je suis si fatigué... Vous comprenez ?

5. Voir *Mille jours en Toscane*, Mercure de France.

— Oui, je comprends très bien. »

J'aime tellement ce vieil homme que je vois se débattre dans le noir et tenter d'arriver à la lumière. Mais je sais qu'il n'y parviendra jamais tout à fait, qu'une grande partie de lui-même restera inconsolée, enfouie dans le passé, au milieu de fantômes très anciens.

Il a récupéré la table de cuisine de sa mère, en marbre, aux pieds en bois de châtaignier, ainsi que l'immense armoire où elle rangeait les bocaux de fruits et de légumes. Elle est encore vide, mais il en laisse les portes ouvertes, comme s'il voyait encore ce qu'il y avait dedans d'autrefois.

« C'est merveilleux, Marlena, rien ne va avec rien, si bien que tout va avec tout. J'ai soixante-seize ans et c'est la première fois que j'installe une maison vraiment pour moi. Ce n'est pas trop tôt, n'est-ce pas ?

— Je trouve que c'est le moment parfait pour le faire. »

À part le tour du propriétaire et les brefs instants de repos qu'il s'autorisait environ toutes les deux heures et nous pouvions bavarder — dehors s'il faisait beau, dans son camion s'il pleuvait — je ne l'ai pas beaucoup vu ces jours-là, et Fernando à peine davantage. J'ai préféré aller faire de longues marches pour ne pas gêner ce qui était de toute évidence du travail réservé aux hommes et finalement, j'ai décidé de rester via Postierla. Si nous avions eu une deuxième

voiture, j'aurais préparé un repas pour tout le monde afin de l'apporter en fin d'après-midi et d'improviser une petite fête. Mais ce n'était pas le cas et je ne possédais pas de permis de conduire en Italie. Donc Fernando repartait de chez Barlozzo vers sept heures et venait me retrouver vers huit heures. Je l'attendais avec un bon vin bien frais.

Ensuite nous prenions un bain et nous changions pour le dîner mais il était souvent trop épuisé pour reprendre la voiture et aller jusque chez Miranda. Certes, nous aimions toujours autant son petit restaurant, mais nous avons redécouvert le plaisir de rester chez nous, à la lumière des bougies, à bavarder et à rire comme deux jeunes amoureux. Je préparais des plats très simples que nous mangions assis en tailleur devant la cheminée, par exemple des tomates du jardin de Tomassina farcies de pesto à la *rucola* — têtes d'ail nouveau, pommes de terre bouillies, amandes, le tout pilé au mortier, avec à la fin du parmesan râpé directement dans le mélange et un filet de la meilleure huile d'olive de ma vie, achetée chez Emiliano, juste en face du palazzo Ubaldini. Il faut piler encore et encore au mortier, jusqu'à obtenir une véritable crème, bien épaisse. Après quoi, on évide un peu les tomates, on sale à peine l'intérieur et on remplit du pesto, sans trop faire attention si cela déborde et coule sur l'excellent pain grillé servi avec. Il faut attendre un peu, que tous les goûts se mélangent bien. Le vin doit être très sec et très frais. Il convient d'avoir très faim et d'être en excellente compagnie. Je crois que c'est d'ailleurs l'essentiel : les convives sont plus importants que ce qu'il y a sur la table. En ce qui nous concerne, ce qu'il y a carrément par terre, devant la cheminée. Cet été-là, nous avons festoyé voluptueusement tous les soirs, sans nous soucier de ce qui pourrait ou non arriver un jour. Après le repas, nous faisions un tour en ville, avec arrêt chez Pasqualetti pour déguster une glace à la pistache, puis une pause sur les marches du Duomo à regarder le ciel.

« Savais-tu que Michel-Ange était venu ici regarder les fresques de Signorelli avant de commencer à travailler à la chapelle Sixtine ?

— Oui, mais même si je ne l'avais pas su, je l'aurais deviné. La puissance des personnages peints par Signorelli fait penser à Michel-Ange.

— Cela veut dire que ces marches où nous sommes assis en ce moment, ils les ont gravies tous les deux ? Tu ne trouves pas ça incroyable ?

— Pas de la même façon que toi, encore que j'aimerais bien. Ce qui m'émerveille plus encore, c'est que nous soyons là tous les deux, que dans quelques minutes nous allons redescendre chez nous et dormir ensemble dans notre lit peint en jaune, si près l'un de l'autre que je ne saurai plus si le cœur que j'entends battre est le tien ou le mien. Pour moi, cela reste incroyable. »

Parfois nous faisons un petit détour jusqu'au palazzo Ubaldini et en bénissons les murs. Ou alors nous chantons un petit air d'encouragement en direction des fenêtres de notre future demeure. Mais le plus souvent, nous rentrons directement via Postierla et ouvrons la fenêtre donnant sur la terrasse pour contempler les étoiles depuis notre lit jaune.

À sept heures chaque matin, j'expédie Fernando chez Barlozzo, parfois même plus tôt. Et à huit heures, Miranda apparaît à ma porte pour m'emmener à son petit restaurant et y préparer le pain. Si c'est jour de marché, nous marchons d'abord jusqu'à la piazza del Popolo, avec nos cabas. Nous sommes toujours ravies de nous retrouver, comme si nous ne nous étions pas vues la veille, et avec tellement de choses à nous raconter que nous parlons toutes les deux en même temps. Et pendant que je pétris la pâte, qui lèvera ensuite, elle s'affaire en cuisine, pour ne pas avoir à être à ses fourneaux aux heures les plus chaudes de la journée. Je lui donne un coup de main, en attendant que soit cuite la petite miche que j'ai mise au four juste pour nous deux. Dès qu'elle est bien dorée, nous en arrachons des morceaux directement avec les doigts et les mangeons brûlants avec de la confiture d'abricots. Un café au lait est bienvenu. Après, j'ai envie de rester là toute la journée, sachant que Miranda serait très contente, mais je ne veux pas m'imposer, être trop la vice-reine de sa cuisine.

Aussi je rentre à Orvieto en stop, à moins qu'elle ne me reconduise via Postierla elle-même, en prétextant une course qu'elle aurait oubliée. Je fais vite un peu de ménage, ce qui me prend trois minutes, je nettoie la salle de bains et vais m'asseoir dans mon petit bureau où les plaques de moisi adorent tout particulièrement prospérer. Je lis, j'écris, parfois je dors un peu, bien que je n'aime pas faire cela pendant la journée. Après, j'ai toujours l'impression d'avoir raté quelque chose, ce qui en général est vrai.

Quand l'heure du retour de Fernando approche, je prépare le dîner, me recoiffe, change de chaussures, fais couler le bain que nous prendrons ensemble, sors cueillir quelques fleurs. Je trouve que nous ressemblons à Ulysse et à Pénélope. Quand nous nous réveillons le matin, ou quand l'un de nous arrive par le jardin. Quand Fernando s'en va. Encore plus quand il revient. Dans la journée, il m'aura appelée au moins une douzaine de fois. Barlozzo lui a prêté son *telefonino*, son portable, en ronchonnant que c'est pour le prix de son travail : « Sinon, il ne ferait presque rien, toujours occupé à chercher une cabine téléphonique sur la route. »

Moi aussi j'ai désormais un *telefonino* dans une de mes poches, si bien que nous restons connectés d'une rive à l'autre du Tibre.

Il y a des jours où je ne fais rien du tout et me promène simplement en ville. Je crois connaître maintenant la moindre ruelle d'Orvieto et cela me rappelle mes longues errances dans Venise. Depuis cette époque, c'est la première fois que je passe de longues heures séparée de Fernando. J'aime bien constater à quel point il me manque. Je vais muser dans la librairie ou chez un épicier acheter ce qu'il me faut pour le dîner. Je suis toujours curieuse d'écouter ce que les gens disent. Est-ce que je me trompe si j'ai l'impression d'être mieux perçue par les habitants quand mon chevalier servant n'est pas là ? Me trouvent-ils plus vulnérable, donc plus susceptible d'être acceptée par eux ? Est-ce possible ?

Je suis toute contente quand on me salue ici et là d'un bref signe de tête ou quand j'ai droit à un « *buona sera* » auquel je ne m'attendais pas du tout de la part d'un gentleman qui soulève son chapeau en me tenant la porte de la pharmacie. Est-ce moi, moi, Marlena, qu'on gardait à distance auparavant ou simplement « l'Américaine », parce qu'on n'aime pas en général les Américains ? Y avait-il là un très subtil élément de racisme ? Alors que maintenant, après avoir vécu là plus d'un an, je sens tout cela s'éparpiller comme feuilles mortes au vent.

Mais il y a autre chose, peut-être. Ai-je avancé avec de trop gros sabots alors que j'aurais dû me montrer plus à l'aise avec les gens afin qu'ils le soient avec moi ? Ai-je opposé mon côté hautain au leur et ai-je pris tout cela trop au sérieux, comme je le faisais dans mon enfance, quand je sentais qu'on ne voulait pas de moi ? Et finalement oublié le grand secret découvert alors : aucun de nous n'est très grand. Nous sommes tous petits.

15

J'aimerais avoir des cheveux couleur de fils de cuivre rougis

Je demande à Barlozzo — que nous appelons toujours « le duc » quand il n'est pas là :

« Vraiment ?

— Oui, vraiment. J'aimerais vraiment que nous allions à Florence tous les trois. Pour y rester deux ou trois jours. Je n'y ai jamais séjourné. Pas une seule fois. En fait, sauf les jours où j'accompagnais Floriana à la clinique pour y suivre ses traitements, cela fait des années que je n'y suis pas retourné. Et n'essayez pas de creuser pour savoir pourquoi j'ai envie d'y aller. Je veux juste y passer un peu de temps avec vous et Fernando. Cela ne me fera pas de mal de m'éloigner de ma vieille baraque et vous avez bien le droit de vous éloigner de la via Postierla. Des nouvelles des Ubaldini ?

— Non, pas un mot.

— Bon, somme toute, vous passez agréablement le temps, vous n'êtes pas si mal logés que cela, vous travaillez. Laissez la vie suivre son cours. »

J'ai envie de hurler — mais me retiens — à cette idée de laisser la vie suivre son cours. Même si je sais que c'est ce qui se passera, que je le veuille ou non.

Pour des raisons connues de lui seul, Barlozzo déclare qu'il nous retrouvera directement à Florence. Il veut y aller en train de son côté plutôt qu'en voiture avec nous.

« En ce cas, nous prendrons le train aussi, lui dis-je.

— Non, je préfère voyager seul. Je dois réfléchir à pas mal de choses et en chemin de fer, on fait ça très bien. Maintenant, si vous voulez avoir l'obligeance de tout arranger à l'avance, comme pour vos touristes américains, le choix de l'hôtel, des restaurants...

— Je parie que vous n'êtes jamais allé au marché central à sept heures du matin.

— Je n'y suis jamais allé du tout, même pas à midi.

— Vous n'avez non plus jamais mangé des tripes de veau dans un panini croustillant chez Nerbone ?

— Je n'aime pas les tripes, peu importe la façon dont on les cuisine. Et je ne crois pas que ma petite visite à Florence implique que je devrai manger tous les trucs bizarres que vous aurez envie de goûter vous-même. »

Je change de sujet :

« Croyez-vous pouvoir être à l'hôtel Porta Rossa en fin de matinée ?

— Je vous y attendrai à onze heures.

— Puis-je vous demander quels vêtements vous allez emporter ? Vous avez sûrement un pantalon en meilleur état que la loque que vous portez aujourd'hui ? »

Il préfère ne pas répondre et je préfère ne pas répéter la question. Il demande :

« Pouvez-vous me dire où se trouve ce fichu Porta Rossa ? »

Je lui raconte alors l'histoire de cet hôtel, que je connais depuis plus de vingt ans, tout comme le gardien du parking situé juste en face, et où j'ai occupé une des chambres de bonne avec mes enfants encore petits pour faire des économies. Bon, tout est en ordre. J'ajoute simplement :

« Et si on profitait d'être là-bas pour faire un peu de shopping tous les trois ? Je n'ai pas acheté une seule robe depuis mon départ de Venise et Fernando a besoin de chemises. Celles qu'il portait quand il était banquier, à fines rayures et à col blanc, sont maintenant bonnes à servir de chiffons. Oui, c'est parfait, nous ferons des courses samedi après-midi. »

Je m'attends à des protestations à l'idée de courir les magasins, mais ni Fernando ni Barlozzo ne disent rien. Au contraire, ce dernier déclare :

« Oui, ça me plairait. Vous savez où aller ?

— Je crois.

— Je veux quelque chose de très anglais, en tweed, dit Fernando.

— Je croyais qu'il vous fallait des chemises, s'étonne le duc.

— Je ne veux pas toujours ce dont j'ai besoin.

— Je comprends ça très bien », conclut Barlozzo.

*

Il est à peine plus de dix heures, samedi matin, donc près d'une heure avant le rendez-vous que nous lui avons fixé, et le duc frappe déjà à notre porte à l'hôtel Porta Rossa. Nous venons d'arriver, déballons nos affaires et téléphonons au restaurant Buca da Mario pour réserver une table le soir.

« Vous êtes prêts ? » demande-t-il d'un ton exaspéré, comme si nous l'avions fait attendre. Il nous pousse vers l'ascenseur et une fois dans la rue, marche entre nous deux en nous tenant chacun par la taille de ses longs bras osseux.

« Bon, l'idée, c'est de se concentrer sur un de nous trois à tour de rôle, dit Fernando. On va commencer par vous, Barlozzo. »

Nous nous dirigeons vers une boutique de la via della Vigna où j'avais acheté il y a des années un blazer bleu marine pour Fernando, à l'occasion de notre premier anniversaire de mariage. Le duc y pénètre le premier et salue d'un très léger signe de tête le *commesso*, le vendeur, qui lui répond de même presque imperceptiblement. Le duel « shopping à la florentine » vient de commencer.

La règle, c'est d'en faire le moins possible. Ce n'est pas nécessairement prévu que le *commesso* demande s'il peut vous aider. Après tout, c'est vous, le client, qui avez choisi de franchir sa porte. Donc à vous de dire pourquoi. Le vendeur se contentera de rester immobile, les mains croisées derrière le dos et d'attendre, avec une expression de défi.

Barlozzo joue parfaitement son rôle. Toujours silencieux, il s'installe dans un vieux fauteuil tapissé de velours, comme s'il se préparait à ce qu'on lui serve du thé. Pas du tout aussi raffinés que ces deux-là, Fernando et moi allons regarder les vêtements exposés, tâtons le tissu d'une veste, puis d'une autre, en nous extasiant sur leur qualité. Nos deux comparses semblent osciller entre dédain et méfiance, manifestant, sans prononcer un seul mot, qu'acheter ou vendre un costume n'est pas forcément ce qu'ils auraient choisi de faire ce matin-là.

« *Desidero un paio di pantaloni in pelle*, je désire un pantalon en cuir », déclare le duc quand il se décide finalement à parler.

Le *commesso* se trahit par un bref haussement de sourcils, mais il se reprend brillamment.

« Mais certainement. Avec votre silhouette élancée, cela vous ira à la perfection », assure-t-il.

Et d'un ton plus sec, il demande à son assistant, soudain surgi des profondeurs du magasin, d'aller chercher des pantalons de cuir. Celui-ci obtempère aussitôt. Dans ces petites boutiques florentines, presque toute la marchandise est dissimulée à l'abri des regards dans des réserves, où tout est parfaitement rangé, classé, catalogué et donc facile à trouver. Dans l'immédiat, la conversation va porter sur le temps qu'il fait, prenant un tour disons, plus intime, parfaitement acceptable. Nous en sommes au deuxième acte.

L'assistant revient avec quatre merveilleux pantalons de cuir. Barlozzo se lève, en effleure un du doigt, gris foncé, le plus beau de tous. Quand on lui propose de l'essayer, il refuse et demande s'il n'y aurait pas quelque chose d'une couleur plus excitante. Là, le *commesso* a l'air perplexe, car les trois autres sont superbes aussi, vert sapin, chocolat et noir — mais peut-être trop traditionnels. Nouvel ordre donné sèchement à l'assistant. Et cette fois-ci, un très léger bégaiement a été perceptible.

Comme un maître d'hôtel la serviette sur le bras, le jeune homme revient portant un pantalon de cuir jaune. Enfin pas jaune comme les forsythias ou les jonquilles, mais légèrement teinté d'ocre, avec une touche d'orange. C'est une couleur subtile et forte à la fois.

« Croyez-vous que cela m'ira ? interroge Barlozzo.

— *Certo, certo, ma un minutino per provarli.* Certainement, certainement, mais juste une petite minute pour l'essayer... »

Le duc ignore superbement la petite minute. « Une veste. En toile. À double boutonnage. » Qui donne des ordres maintenant ? On pourrait croire que c'est le samedi matin à onze heures que Barlozzo a l'habitude d'acheter des vêtements. Cette fois, le *commesso* va daigner s'occuper de lui personnellement au lieu de déléguer à l'assistant. Il cherche un instant sur un rayon et en sort une veste couleur cappuccino, avec une doublure en satin crème et des boutons à ancre de marine. C'est magnifique ! Le duc accepte de l'essayer et elle lui va au point qu'il n'y a plus qu'à enlever l'étiquette. Il ressemble à Gary Cooper déguisé en Fred Astaire. Il se tourne, se retourne. Encore une fois. Je sais que Fernando a peur que j'aille l'inviter à danser, c'est pourquoi il s'est glissé derrière moi et me retient par les épaules.

« Veuillez me choisir une chemise et un foulard, puis faire porter le tout à l'hôtel Porta Rossa. » Et il tend sa carte de crédit au *commesso.*

Je ne savais pas que quelqu'un qui m'emmène cueillir des plantes sauvages possède une carte de crédit, ni qu'il s'habille en pantalon de cuir jaune et veste café au lait. Naturellement, ni le duc ni le *commesso* n'ont parlé d'argent, à aucun moment. Cela aurait été de très mauvais goût.

« Ça n'a pas duré longtemps, n'est-ce pas ? » Seule une très légère trace de sueur au-dessus de sa lèvre supérieure trahit son excitation. Est-ce pour ses achats ou pour la somme déraisonnable qu'il vient de dépenser ? Il est très satisfait que nous le dévisagions, bouche ouverte. Il a parfaitement atteint son but qui était de nous stupéfier.

« J'ai l'impression que vous venez de dépenser pour ces vêtements plus que ce que vous coûte la rénovation de votre ruine, dit Fernando qui n'oublie pas avoir été banquier.

— Oui, peut-être, mais je suis une ruine moi-même. Est-ce que je ne dois pas penser à me rénover moi-même, de temps en temps ? »

Ayant décidé que ma partie shopping viendrait après les autres, le duc annonce que cela va être maintenant le tour de Fernando. Je sais qu'avant de choisir tel ou tel jeans, mon Vénitien aux yeux couleur myrtille en examinera des centaines, en se caressant le menton, puis en se frappant le front, pour les rejeter tous et brusquement en acheter plusieurs d'un coup. Et je sais aussi qu'avant d'en arriver là, il jurera que la dernière chose dont il a besoin, c'est bien un jeans. Je n'ai pas trop envie de m'embarquer dans sa recherche de « quelque chose en tweed » et je demande s'ils ne préféreraient pas continuer tous les deux sans moi :

« Vous savez que j'ai tendance à m'arrêter devant chaque vitrine et que... »

Barlozzo lit en moi à livre ouvert.

« Puisque tout s'est si bien passé en ce qui me concerne, dit-il, j'allais justement suggérer que vous me laissiez conseiller Fernando à partir de maintenant. Qu'en pensez-vous ? Et on se retrouve à l'hôtel à cinq heures. »

Fernando se met tout de suite à protester et pour le faire taire, je l'embrasse sur la bouche, leur souhaite un bel après-midi et file en direction de la via Tornabuoni dès que le feu passe au vert. Je me retourne pour leur crier : « *A più tardi, belli.* À plus tard, mes jolis. » Fernando me répond, par-dessus le bruit de la circulation :

« *Dai Fratelli, all'una e mezzo* », c'est-à-dire à une heure et demie, au restaurant où nous avions prévu de déjeuner. Je lui crie :

« *Ci proverò, ma se ritardo non aspettatemi più di tanto.* J'essaierai, mais si je n'y suis pas, ne m'attendez pas plus de quelques minutes. »

Ah... C'est une belle matinée d'octobre. Je suis amoureuse, en bonne santé, je me promène dans Florence. J'ai des enfants que j'aime et qui m'aiment. Fernando est heureux, Barlozzo semble aller bien, ils sont ravis de leur petite virée ensemble, je n'ai pas à attendre que le pain soit cuit pour le sortir du four, pas d'article à poster avant la levée de l'après-midi. Je porte en bandoulière un petit sac en velours qui contient mon tube de rouge à lèvres et une jolie liasse de billets. Première étape, Orsanmichele.

Cette petite église a été dédiée à saint Michel

archange en 750 et au fil du temps, les Florentins l'ont appelée Orsanmichele, en dialecte Orto di San Michele, le Jardin de saint Michel. C'est devenu un couvent, puis un marché aux grains, avant d'être à nouveau consacré comme église. Pour moi, c'est la plus belle de Florence. Comme je le fais chaque fois, j'allume onze cierges, un pour chacune des personnes qui comptent le plus pour moi. Le dernier est toujours pour Fernando. Ce matin, je suis seule et je vais m'asseoir au premier rang, éclairé d'un rayon de soleil, dans l'odeur de l'encens, bercée par les chants religieux.

Une fois dehors à nouveau, je file chez Gilli, piazza della Repubblica. Je m'assois à la terrasse et commande *un sorbetto di mela cotogna*, un sorbet au coing. Le serveur, que je n'avais jamais vu auparavant, a les cheveux blonds, noués en queue-de-cheval, et s'il échangeait son uniforme noir et blanc contre un costume de velours brodé, il ferait un parfait prince gibelin. Il dépose devant moi une petite coupelle d'argent avec le sorbet, une cuiller à long manche et un verre d'eau. Soudain je me souviens d'une autre coupelle d'argent.

J'avais droit aussi à une cuiller à long manche, dont je me servais pour creuser dans les profondeurs d'une glace à la vanille largement recouverte de sauce au chocolat chaud. Cette scène de pure débauche se passait chez Ferrucci, au coin de Warren Street. La glace coûtait vingt cents. Chaque vendredi soir, Maria me donnait un dollar. J'étais suffisamment bonne en divisions pour savoir qu'avec ça, je pourrais aller chez Ferrucci cinq fois par semaine, à condition bien sûr de ne rien dépenser ailleurs. Comme j'avais le droit de me promener seule dans le quartier, j'ai fait le tour des différentes options se présentant à moi : les bonbons chez Stearn's. Des parts de pizza chez Perreca. Des beignets chez Vita Rich. Une mousse rose et verte chez Civitello — un pâtissier que j'ai vite rayé de ma liste quand j'ai appris qu'il était en compétition acharnée avec Ferrucci, situé sur le trottoir d'en face, pour tout ce qui concernait les fêtes de mariages, de premières communions et de confirmations. Alberto s'était chargé de me l'expliquer. J'ai donc choisi de rester fidèle à Ferrucci, où le patron me servait lui-même tous les samedis matin. Quand j'arrivais et que la clochette suspendue à la porte tintait, il émergeait de la boulangerie, installée au fond de la pâtisserie, s'essuyait les mains et me disait, tout d'une traite : « Hello-petite-demoiselle-et-comment-allez-vous-par-cette-belle-matinée ? » Il ne souriait jamais. Je crois qu'il aimait me voir — même si mes visites n'ont duré qu'un été — autant que j'aimais venir chez lui.

Je grimpais sur le haut tabouret comme si je me mettais en selle, en m'agrippant au bord du comptoir. Une fois installée, appuyée sur les deux coudes, j'étais au paradis. Je contemplais les bouteilles de sirops et de liqueurs alignées sur les rayonnages de marbre. Alberto ne me demandait jamais ce que j'avais choisi. Il connaissait ma loyauté indéfectible et, lentement, commençait à tout préparer. D'abord, il allumait la plaque électrique sous la casserole de chocolat, remuait le mélange avec une cuiller en bois et l'odeur douce-amère me faisait avaler ma salive. Il passait la coupelle argentée sous l'eau froide, la secouait, y versait une louche de sauce chaude, puis vite, y déposait une grosse boule de glace qu'il recouvrait entièrement de chocolat. C'était exécuté à la perfection. Après quoi il installait la coupelle sur une grande assiette rose, agrémentée d'un petit napperon, la cuiller à long manche à côté et faisait glisser le tout sur le comptoir de façon à arriver exactement devant moi.

Je ne crois pas que nous ne nous soyons jamais beaucoup parlé. Je savais que c'était un ami de mon père parce que Maria me l'avait dit. J'avais envie qu'il s'exclame que je lui ressemblais beaucoup. Qu'il m'explique que si quelqu'un lui demandait : « laquelle est la fille de C. ? », il me désignerait aussitôt. C'est ce que nous répétait la dame de la compagnie d'assurance quand, tous les mois, je faisais la queue avec Maria venue payer la prime. De même que celle à qui elle réglait la facture d'électricité. Un jour, en sortant de l'église, un homme nommé Mr. Barnes avait observé que j'étais le portrait craché de mon père, ce qui avait fait rire Maria aux larmes, mais pas moi, parce que je me disais que si on ressemblait à quelqu'un, cela signifiait qu'on lui appartenait et je voulais plus que tout appartenir à C. Mais Alberto, lui, ne me parlait pas de mon père. Il ne l'a jamais fait, même quand je tournais un peu la tête, à droite à gauche, pour que sûrement, oui, sûrement il finisse par observer : « De profil, c'est absolument la fille de C. » Mais ce n'est pas arrivé.

Au bout d'un moment, j'arrêtais de me mettre en scène et attaquais ma glace. Alberto me laissait me concentrer et allait s'affairer à l'autre bout de la boutique. Je sentais le froid, puis le chaud. Parfois j'essayais de goûter la glace seule, puis la sauce chaude seule elle aussi, et ensuite ensemble. Tout en dégustant, je réfléchissais. Je me demandais si, quand quelqu'un vous aimait, vous aimait vraiment, c'était pour toujours. Même après sa mort. Perchée sur mon tabouret, devant ma coupelle d'argent, je pensais à C. L'aimerais-je plus tard autant que maintenant ? Oui, j'étais sûre que cela ne changerait pas. J'attendais que le goût de la vanille disparaisse, puis raclais le fond pour lécher la cuiller. Après, il y avait le cérémonial de l'eau de Vichy.

Debout derrière le comptoir, Alberto prenait une petite bouteille verte avec une étiquette bleue. D'une main il la décapsulait, versait son contenu pétillant dans un gobelet en métal sorti du freezer. Il faisait cela exactement au moment où je lui rendais la coupelle vide.

« C'est bon et frais », me disait-il. Il avait un bonnet de papier sur la tête et sentait le sucre. Il ne m'a jamais fait payer l'eau de Vichy. Des années plus tard, j'ai appris que c'était l'eau minérale préférée de mon père. Alberto le savait parfaitement.

Ce sont mes visites dans sa pâtisserie qui m'ont appris à apprécier le fait de dîner en tête à tête avec moi-même, frugalement aussi bien que royalement. À savoir que Lucullus peut dîner chez Lucullus. C'est grâce à lui que je me suis toujours sentie à l'aise si je dînais seule, n'importe où dans le monde. Ou simplement à la maison. Quand je me prépare un petit festin rien que pour moi, servi avec élégance, je repense à cette gamine un peu maladroite, perchée sur son tabouret, qui déguste sa glace d'un air grave, armée de sa petite cuiller à long manche. Suis-je tellement différente d'elle aujourd'hui, assise à une terrasse florentine ? Comme je le pressentais à l'époque, je pense toujours à C. Je l'aime encore et c'est bon qu'il en soit ainsi.

Je descends la via Calimala en regardant les vitrines. Et je me dis que j'ai le droit de m'acheter quelque chose. Soudain je vois une jupe que j'ai envie de toucher, en satin gris très pâle, longue et ample. Le mannequin qui la porte a autour du cou une sorte de châle ou d'étole en même tissu. J'entre dans le magasin et demande cette jupe-là dans ma taille et aussitôt, les trois vendeuses secouent la tête : « *È terminato, signora, mi dispiace tanto.* » Elles ne l'ont plus et en sont tellement désolées. Je comprends qu'elles sont en train de mettre en scène une petite comédie pour me persuader que c'est cette jupe-là que je veux et pas une autre. Je joue le jeu :

« Je suis très déçue, mais tant pis, peut-être la prochaine fois. »

Plutôt que faire semblant de choisir autre chose à la place, je fais mine de partir, ce qui leur gâche le plaisir de me proposer dix autres jupes et cinq robes, sachant que je n'en voudrais pas. Les choses s'accélèrent alors et l'une d'elles s'exclame : « *Ma, Alessia, guarda un po'in magazzino solo per sicurezza.* Alessia, va voir dans la réserve pour être tout à fait sûre... »

Tandis qu'Alessia part chercher la jupe dont elle sait parfaitement qu'elle se trouve là, les deux autres m'expliquent que c'est un modèle qui a eu beaucoup de succès et qu'elles n'avaient commandé que dans trois tailles et...

« *Eccola !* »

Alessia revient en brandissant la jupe et les Trois Grâces crient au miracle.

Je suis tellement sûre que c'est celle qu'il me faut que je l'achète sans l'essayer et repars en hâte presque triste de leur avoir gâché leur petit spectacle en trois actes, d'abord un « non » désolé, puis des visages consternés et soudain, l'illumination, l'objet désiré qu'on vient de retrouver dans un carton, sur un rayonnage ou quelque part dans la réserve. Pour moi seule.

Cela fait à peine plus d'une heure que j'ai quitté Fernando et Barlozzo. Je veux maintenant aller chez le coiffeur. J'ai encore du temps devant moi.

Cela fait des années que j'entends vanter un salon de coiffure nommé « Contrasts » qui se trouve, si je me souviens bien, quelque part derrière la piazza della Signoria et c'est là que je vais. Après une brève discussion avec le préposé aux teintures, je m'entends lui dire : « J'aimerais avoir des cheveux couleur de fils de cuivre rougis. » Il esquisse à peine un sourire et m'assure que ce n'est pas la plus bizarre requête qu'on lui ait faite depuis ce matin. Pour la première fois, je vais changer de teinte de cheveux.

Il m'explique : « D'abord, je vais effacer votre couleur naturelle, trop foncée pour qu'on lui en donne une plus claire. Après cela, je veux que vous me promettiez de ne pas vous regarder dans la glace, de boire tranquillement un thé et de continuer à me faire confiance. Ensuite, nous appliquerons la teinte cuivrée, attendrons une demi-heure, rincerons le produit et ferons le shampooing. »

Il me répète cela d'une voix très calme, un peu comme une litanie, tout en étudiant de près mes yeux, ma peau, et en braquant sur moi une lampe. Son discours a quelque chose de tellement professionnel que je l'autoriserais à m'enlever les amygdales si je les avais encore.

Cela fait maintenant trois heures que je suis assise dos au miroir. Et même un peu plus. J'ai entendu le coloriste et le styliste se consulter plusieurs fois à mi-voix. Je crois comprendre qu'ils sont contents. L'un d'eux commence à me passer de la mousse, puis du gel dans les cheveux. Deux assistants me sèchent ensuite, chacun brandissant son séchoir électrique. Je n'ai toujours rien vu. Puis le silence se fait, on fait tourner mon fauteuil pour la minute de vérité. Exactement comme je l'avais demandé j'ai des boucles couleur cuivre rougi. Je me dis que j'adore. Puis que je déteste. Je regarde encore — mais non, j'aime beaucoup. D'une voix calme, le coloriste m'explique que, dès le début, il a pensé que cette couleur-là me conviendrait beaucoup mieux que ma teinte foncée naturelle.

« Vous avez un teint pâle de rousse, signora. Vos cheveux noirs étaient une erreur de la nature. Un accident quelque part dans votre ADN. Je vous félicite pour votre instinct. Voilà enfin la couleur qu'il vous faut. »

Il procède ensuite à un résumé succinct de l'histoire de l'Europe à travers les différentes teintes de peau et de cheveux. Il soupçonne que j'ai des origines russes, ou en tout cas d'Europe de l'Est — hongroises, tchèques ou polonaises —, et qu'au milieu de ces ancêtres-là un Normand roux a surgi un jour. Il ne m'a posé aucune question sur ma famille, il m'informe de ce qu'il croit. Je remets mon pull, paye et me prépare à partir. Dieu sait ce qu'il m'aurait raconté s'il m'avait ôté les amygdales...

Tout le personnel est près de la porte pour me dire au revoir et quel plaisir cela a été de me recevoir. Je me sens un peu gauche, au point que j'oublie d'emporter ma jupe et son châle. Quand je m'en aperçois, je reviens sur mes pas et vois le coloriste courir à ma rencontre, le paquet à la main :

« *Ciao, principessa* », me dit-il d'une voix douce, exactement ce qu'il fallait pour me redonner confiance en moi et il le sait très bien.

*

Je veux faire mes premiers pas dans ma nouvelle vie de rousse toute seule, avant d'aller affronter Fernando — et pis encore Barlozzo. Je me dis qu'ils ont dû rentrer à l'hôtel pour une bonne sieste et je ne me presse pas. Avec une nonchalance étudiée, je contemple mon reflet dans chaque vitrine. À la réception, l'employé me dit que les signori ne sont pas là. J'imagine le duc les doigts gourds à force d'avoir palpé des kilomètres de tweed et Fernando les deux mains plaquées sur les tempes.

Je prends un bain, puis m'habille. La jupe est serrée, très serrée aux hanches, les lourds plis de satin retombent jusqu'à mes chevilles nues. J'enfile un T-shirt blanc à manches longues très moulant, mets mes sandales argentées achetées il y a bien longtemps dans une boutique du côté du Rialto, secoue vivement la tête comme on me l'a recommandé chez le coiffeur. Collier de perles. Bouffée d'*Opium*, mon parfum favori. Le châle négligemment posé sur les épaules... Mais où sont donc mes hommes ?

Je sors de l'hôtel et, au bout du vicolo Porta Rossa, débouche sur la via Tornabuoni. Je m'arrête pour regarder la vitrine de la boutique Yves Saint Laurent où des chaussures sont présentées suspendues à des branches d'arbre. Quand je me retourne, je vois Fernando et Barlozzo de dos qui s'éloignent. Ils sont passés à côté de moi sans me voir. Ils rentrent sûrement à l'hôtel, donc j'y vais aussi. Mais quand j'arrive, ils ne sont nulle part et j'ai droit à la même réponse, « les signori ne sont pas là ». J'erre un peu dans le hall, examine des prospectus, des cartes postales, des plans de la ville, m'assois, me relève. Peut-être n'était-ce pas eux que j'ai cru voir dans la rue. Puis j'entends la voix de Fernando qui demande si « *la signora è in camera* ». Je me retourne alors :

« *Sei tu ?* C'est toi ?

— *Certo sono io,* bien sûr que c'est moi. »

Un instant, j'ai oublié les boucles couleur cuivre et la jupe en satin.

Il s'approche, pose une main sur mes cheveux, recule, comme pour mieux me regarder. Barlozzo a dû déjà monter. D'un geste presque brutal, Fernando me pousse vers l'ascenseur, puis jusqu'à notre chambre. Il n'a pas encore dit un mot.

« Si tu détestes, je peux changer. C'est juste quelque chose que j'avais toujours eu envie d'essayer et j'ai pensé qu'aujourd'hui, c'était le bon moment. Je ne sais pas... Mais je me sentais libre, j'ai voulu faire une petite folie et... »

Voilà que d'un seul coup, les larmes me montent aux yeux.

« J'adore tes cheveux. »

Il se rapproche et commence à dégrafer ma jupe.

« C'est vrai, tu es sûr que tu aimes ? Tu me dis la vérité ? Mais enfin, pourquoi faut-il que je me déshabille ? J'étais prête pour qu'on aille faire un tour.

— Parce qu'il y a quelque chose que je dois te dire.

— Et tu ne peux pas si je suis habillée ?

— Ce sera plus facile pour moi si nous sommes sur le lit.

— Qu'est-ce qui sera plus facile ? »

Nous voilà étendus l'un près de l'autre et je m'aperçois que Fernando est blême :

« Qu'est-ce que tu as ? »

En me tournant vers lui, je lui fais mal à la cuisse avec le talon d'une de mes sandales que bizarrement, j'ai encore au pied. Il étouffe un cri, puis un juron.

« Écoute, me dit-il, je dois t'avouer quelque chose. Tu sais que nous avons toujours dit qu'au milieu des autres, nous ne voyons que nous. Comme s'ils étaient dans un brouillard.

— Et pas nous ?

— Oui.

— Aujourd'hui, j'ai vu quelqu'un. Une femme. Et j'ai éprouvé la même chose que lorsque je t'ai aperçue pour la première fois, quand tu traversais la piazza San Marco en très long manteau blanc, ton chignon à moitié défait. C'était l'année avant que je te retrouve, dans ce petit bar à vin[6]. J'ai ressenti tout à l'heure ce même sentiment de *reconnaître* en fait quelqu'un, cette même excitation. Et j'ai eu l'impression de te trahir. J'ai essayé d'étouffer tout cela, en continuant à marcher à côté de Barlozzo. Mais je continuais à penser à cette femme. Et en arrivant à l'hôtel, elle était là, dans le hall, me tournant le dos, comme un peu plus tôt devant la vitrine d'un magasin. Cela m'a mis dans un drôle d'état et quand elle s'est retournée, j'ai vu que c'était toi. Tu étais cette femme.

— Et donc, tout comme tu m'avais choisie autrefois, tu m'as choisie aujourd'hui à nou-

6. Voir *Mille jours à Venise*, Mercure de France.

veau. Voilà ce qui s'est passé. Oui, c'est exactement ce qui est arrivé. »

*

Nous sommes encore en train de nous rhabiller quand le duc frappe à la porte, nous sentant coupables comme des gosses qui se sont culbutés dans le foin à l'heure où sonnait la cloche du dîner. Comme je suis prête la première, je vais ouvrir :

« Je cherchais mon amie Marlena. Vous ne l'avez pas vue ? Elle a de beaux cheveux noirs relevés en chignon.

— Fernando adore.

— Un pantalon jaune... Des boucles rousses... Nous pourrions trouver du travail dans un cirque. »

Fernando émerge de la salle de bains tel César faisant son entrée au Forum. Il porte un pantalon de cachemire beige, et des mocassins couleur de whisky hors d'âge, son butin du jour. Il a également mis son blazer bleu marine désormais « vintage » et sa chemise préférée en soie blanche. Il a laissé ses cheveux pousser ces derniers mois et les mèches noires passées au gel se détachent sur les blanches.

Nous sommes l'image même du glamour, tous les trois, et en parfait accord avec nous-mêmes. Cela me plaît.

16

Et méfiez-vous d'Edgardo d'Onofrio

Il va être midi, ce matin de décembre, et dans le ciel bleu pâle, on dirait que passe un troupeau d'agneaux à la laine épaisse. Miranda et moi sommes en train de ramasser des branches tombées et des pommes de pin autour de son restaurant et tout en marchant, je joue à « qui sera invité à mon mythique dîner au Palazzo », d'abord parce que c'est à cela que je suis en train de penser et aussi parce que je sais que cela va la faire éclater de rire.

« Voyons, j'ai déjà Barlozzo, Orfeo, Luca, Neddo, Tilde, Edgardo et vous. Plus Fernando et moi, cela fait une belle table. Vous m'avez dit qu'il fallait être douze, à part nous, cela fait déjà six.

— N'importe quoi ! Vous ne savez donc pas qui est Edgardo ?

— Je crois que c'est un comte. Ou un baron.

— Il est *il marchese* d'Onofrio. Et l'ennemi juré de Neddo. Si l'un des deux apprend que l'autre a été invité, il fera un joli tapage autour de chez vous ce soir-là. En outre, vous n'avez pas encore de véritable chez-vous. Ni même une table. En attendant, pourquoi la mienne ne vous suffirait-elle pas ? Vous m'avez toujours dit vouloir nourrir ceux qui ont faim. Ne viennent-ils pas en assez grand nombre chez moi tous les soirs. Et méfiez-vous d'Edgardo d'Onofrio.

— Il est inoffensif, Miranda. Chaque fois que nous le voyons, dans la rue ou avec Tilde, il s'arrête pour nous parler et nous emmène prendre un *espresso* au Sant'Andrea. Il nous a invités à une *festa de fine anno*, le soir du nouvel an.

— Bah ! Ne vous vexez pas à cause de ce que je vais vous dire, mais il vous a invités plus que probablement parce qu'il s'ennuie à mourir — et ce n'est pas une formule de style — avec tous ces gens de la noblesse auprès desquels il a passé sa vie. Vous et Fernando ferez figure en quelque sorte d'animaux de cirque, ses dernières lubies. Edgardo d'Onofrio vous recevra chez lui comme des distractions bienvenues.

— Peut-être, mais je préfère être considérée comme un animal de cirque plutôt qu'un danger public. Et je crois que c'est ainsi que me voient beaucoup trop d'habitants d'Orvieto encore aujourd'hui. Je n'ai pas la tête tournée à cause de lui, si c'est ce qui vous inquiète.

— Je ne suis pas du tout inquiète. Je suppose que je suis envieuse. Enfin, un peu. Vous devrez vous rappeler chaque détail de cette soirée pour tout me raconter ensuite. Y compris le menu. Il ne mange plus que des aliments blancs, comme certains malades. »

Ce dîner imaginaire, autour de ma table imaginaire, dans une salle de bal imaginaire tourne peu à peu à l'obsession. Il remplace ce rêve que j'ai depuis si longtemps et auquel j'ai renoncé d'une petite *taverna* bien à moi, où je cuisinerais quelques soirs par semaine pour quinze ou vingt convives, pas plus, qui prendraient place autour d'une table d'hôtes pour un bon repas au coin du feu. Maintenant, je ne vois plus qu'un dîner — enfin, peut-être plusieurs —, toute une série de fêtes pour bien signifier que Fernando et moi sommes enfin « chez nous ». J'ai envie que notre foyer ressemble au petit restaurant de Miranda. Où ceux que nous aimons aient envie de venir et se sentent mieux après.

Je pourrais entreprendre une thérapie et découvrir, au bout de dix-sept ans, que je suis à la recherche d'une vraie famille. Mais puisque je le sais très bien depuis toujours, je peux m'en dispenser. Et aller droit au but : avoir un véritable chez moi, préparer de délicieux repas. Asseoir autour de ma table des gens que j'apprécie. Voilà ce que je veux. Patience...

Mais de temps en temps, je suis à bout de patience. J'en ai assez d'attendre poliment. De tout accepter sans protester. Assez du miracle de Bolsena. Je ne veux plus m'en remettre entièrement aux Ubaldini et je me dis que je n'aime pas le cours que prend ma vie, que j'aimerais bien qu'un petit coup de pouce soit donné au destin. L'attente, la *commedia*, les simagrées, les illusions, cela suffit. Mon cœur se met à battre plus vite et je donne brusquement libre cours à mon imagination. Je cours me plaindre au Vénitien à la si délicieuse moustache et lui crie : « Tu es certain de ne pas vouloir partir en guerre contre cela ?

— Il n'y a rien à combattre. En tout cas rien de bien défini suivant les lois italiennes. C'est-à-dire si elles ont prévu ce genre de situation. Nous pourrions essayer d'aller devant la justice pour réclamer qu'on nous rende notre argent. Mais il faudrait attendre une éternité pour que ce soit jugé en notre faveur — à condition que ce soit jugé un jour, et avant cela, trouver un autre endroit pour vivre. Repartir de zéro. Tu te souviens que nous avons déjà eu cette conversation ? Mais si tu y tiens, je veux bien engager une procédure. Au point où nous en sommes, je commence à me sentir un peu cocu moi-même.

— Si seulement on nous informait que les choses avancent un peu.

— C'est une réflexion de débutante. Rien n'avance du tout. Et s'il s'est passé quelque chose depuis un an, les Ubaldini ont choisi de ne pas nous en parler. C'est aussi simple que ça.

— Parfois, je me dis que je me contenterais d'un simple coup de fil une fois par mois, même si c'est pour nous dire, “pas encore”. Tu comprends ? C'est ce silence, ce vide qui m'inquiète.

Ils devraient sûrement avoir trouvé un moyen de démolir ce qui doit l'être, emporter les gravats et préparer le chantier. Ils pourraient avoir au moins fait cela.

— Les travaux doivent être entrepris en une seule fois. C'est la même équipe qui cassera puis reconstruira. En tout cas, je le crois. »

Je baisse la garde, embrasse la jolie moustache. Dans toute vie, il y a une part de folie. Et au point où nous en sommes, je préfère la nôtre à beaucoup d'autres. Nous allons continuer à attendre, en renforçant notre système immunitaire contre le danger des moisissures qui envahissent la petite maison.

17

Les habitants d'Orvieto

IMPRESSIONS, OBSERVATIONS ET HISTOIRES QU'ILS M'ONT RACONTÉES, DE PRÉFÉRENCE AU COIN DU FEU

Tilde

Un corps mince, des jambes comme des bâtons, des cheveux blancs et parfois encore blonds tressés en une petite natte, un visage de soie froissée, des yeux au regard froid, tels deux minuscules lacs de montagne gelés encadrés d'épais cils noirs. Un nez de bébé aigle, courbé mais délicatement dessiné, comme ceux des profils étrusques. De gros sourcils. Une beauté en train de se faner, mais l'esprit toujours vif.

Elle porte deux sweaters en cachemire, un jeans très bien coupé, une large écharpe négligemment nouée au cou. Elle coupe les filtres de ses cigarettes françaises et, à la manière de Gloria Swanson, en a toujours une fichée entre les lèvres. Elle dissimule à demi son visage derrière ses doigts écartés à la peau tavelée. Elle conduit une moto vintage noire, en parfait état, dans les rues pavées de la ville. Peut-être n'a-t-elle plus tout à fait l'âge pour cela, à soixante-treize ans. Elle est née dans une ferme en contrebas d'Orvieto. Elle s'appelle Tilde.

« Je viens du bas de l'échelle, dit-elle, et j'ai grimpé tout en haut. Je suis un oiseau d'une espèce rare, à la fois Cendrillon et la méchante reine. Donc je peux vous raconter les deux aspects de l'histoire. »

*

« Cela avait plutôt bien commencé. Mon père était fermier. Ma mère travaillait avec lui, sur les terres d'un même propriétaire. Comme je suis née chétive, on m'a envoyée très tôt chez les bonnes sœurs en espérant qu'on m'y confierait des tâches faciles me permettant de gagner le vivre et le couvert. Et cela allégerait pour mes parents le poids d'avoir à me nourrir.

« Quand j'avais dix ans, presque onze, mon père est mort, piétiné par un taureau. Je souffrais sans cesse de la faim, j'étais souvent malade et tout le temps malheureuse. Je pleurais sur mon sort — mais je n'ai pas versé une larme pour lui. Nous ne nous étions pratiquement jamais parlé. Maigrichonne au regard étrange, j'étais la seule enfant née de ce mariage-là, mais sans être sa fille.

« La sœur de mon père, le visage blême, m'a glissé dans la main, alors qu'elle était sur son lit de mort, une bague de saphir. À l'époque, j'avais déjà plus de trente ans. Et elle m'a révélé que je n'étais pas la fille de mon père, que ma mère avait couché avec un autre homme pour rendre service à son mari. Elle savait ne pas être stérile, les femmes savent ces choses. Et si elle ne parvenait pas à tomber enceinte, le problème venait de lui. Tandis qu'il était parti cueillir le tabac, un matin d'automne, elle s'est présenté à la porte du patron de l'exploitation et s'est offerte à lui. Mon père devait forcément être au courant. Je me suis longtemps posé des questions, sur lui, sur elle, sur moi. Et puis j'ai cessé de le faire.

« Mais je pense vraiment que je suis née, en quelque sorte, quand il est mort. Je veux dire quand le mari de ma mère est mort. Une nouvelle vie a alors commencé pour elle et pour moi. Elle est venue me chercher au couvent, a mis mes affaires dans un cageot à fruits et, en me ramenant chez elle, n'a pas cessé de me serrer la main si fort que cela me faisait mal. Mais j'aimais cette souffrance. Pendant les trois années qui ont suivi, nous avons vécu comme nous ne l'aurions jamais pu auparavant, riant souvent à gorge déployée. Trois fois par jour, nous allions nous asseoir à la longue table où les ouvriers agricoles venaient manger. Le soir, le dos rompu, nous allions nous laver, avant de nous écrouler sur nos paillasses. C'était le moment où ma mère me racontait des histoires. Elle me serrait au creux d'un de ses bras minces et robustes et je m'empêchais presque de respirer pour être sûr de bien entendre. Tout ce qui me reste de mon enfance, ce sont ces instants, bercés par sa voix, à la lueur d'un feu en train de s'éteindre dans la cheminée. Elle n'allait dans sa chambre à elle que lorsqu'elle était certaine que j'avais fini par m'endormir.

« Un matin, je suis allée la réveiller en lui apportant une tasse de chocolat brûlant. Une tasse décorée de roses jaunes — et deux biscuits. Tout contre son lit, je lui ai chuchoté que c'était l'heure de se lever. Comme elle ne bougeait pas, j'ai parlé plus fort. Plus fort encore, jusqu'à crier. Elle allait forcément ouvrir les yeux. Elle ne serait pas partie sans un mot...

« "Je serai désormais ton protecteur", m'a dit le comte, en me raccompagnant à travers la plantation d'oliviers, à la sortie du cimetière. "Je ferai prendre tes affaires dans le logis des domestiques et tu vas venir habiter la grande maison. Tu seras désormais un membre de la famille. Ah, Tilde, je te considère comme ma fille. Et tu ressembles tellement à ta mère."

« Bien sûr, comme sa fille. Il me protégerait et viendrait me harceler jusque dans mon lit. Ma mère s'était offerte à lui, n'est-ce pas ? Maintenant ce serait mon tour. Je savais que si je restais une seule nuit, j'étais perdue. Donc je me suis enfuie.

« Je suis retournée au couvent, même si j'avais détesté ma vie là-bas. Je revenais comme une femme battue qui rentre chez ses parents. La sévérité des religieuses valait mieux que les mains sèches et chaudes du comte. Dans une petite valise bleue que ma mère gardait sous son lit, j'ai entassé le peu que j'ai trouvé dans son armoire et dans un tiroir de la cuisine : quelques vêtements, un porte-monnaie avec ses économies, une petite chaîne en or qu'elle mettait parfois le dimanche, une boîte de biscuits et la tasse à fleurs jaunes. Après quoi, j'ai couru à travers champs jusqu'au couvent et ai sonné la cloche à la porte, pour que les Sœurs de la Miséricorde m'ouvrent. J'ai attendu longtemps, sonné encore, fait signe par la fenêtre quand je croyais apercevoir quelqu'un à l'intérieur. Mais personne n'est venu. On ne m'a jamais fait entrer.

« À la mort de ma mère, j'étais devenue en quelque sorte la propriété du comte et les religieuses n'auraient jamais risqué de perdre les enveloppes blanches scellées à la cire rouge et contenant de l'argent que celui-ci leur envoyait, ainsi que des fruits et de l'huile d'olive — tout cela pour venir en aide à une petite esclave maigrichonne. Elles allaient même sûrement le faire prévenir de ma présence à leur porte. Je devais repartir. Comme j'avais de quoi prendre le train, j'ai décidé d'aller à Rome et d'y trouver du travail.

« Cette nuit-là, j'ai dormi dans un bois de pins, quelque part entre le couvent et la propriété, à quelques kilomètres de la gare. J'ai mis les tricots de ma mère, en plus de mon manteau, attaché la chaîne d'or à mon cou et mangé les biscuits. J'ai un peu prié, beaucoup pleuré, recompté les lires que j'avais et senti au fond de moi une volonté inébranlable, comme un feu qui ne s'éteindrait pas. Je doute qu'on ait beaucoup essayé de me retrouver. Le comte a dû penser que je n'en valais pas la peine. Pourquoi aurait-il dû quitter son fauteuil, sa pipe et ses verres d'alcool quand il y avait, après tout, d'autres filles à la maison, de son sang elles aussi et lui appartenant de droit divin.

« J'ai payé deux nuits pour une chambre dans un couvent du Trastevere et plusieurs bols de soupe aux haricots dans une *taverna* près de Santa Maria. Après quoi, il fallait que je me prépare à chercher un emploi. J'ai commencé par acheter un morceau de savon à l'orange et pendant que la vendeuse de la parfumerie bavardait avec une autre cliente, j'ai chipé un tube de rouge à lèvres d'exposition, que j'ai caché dans mon porte-monnaie. J'allais en avoir besoin pour me vieillir.

« Ensuite, je me suis lavée dans un bain public, j'ai mis la robe de ma mère en crêpe bleu, à épaulettes et boutons dorés, des bas noirs et des chaussures à lacets noires aussi. J'ai coiffé mes cheveux en arrière, rougi mes joues, puis mes lèvres. Maintenant, je pouvais prétendre avoir dix-huit ans.

« Mais dans toutes les boutiques où je me suis présentée, on m'a dit n'avoir besoin de personne, mille mercis. En réalité, nul n'était dupe.

« J'ai tenté ma chance auprès des marchands de fruits du Campo dei Fiori, puis dans des bars et des *trattorie*. Là non plus, on ne cherchait pas d'employés car on travaillait toujours en famille. Et puis soudain, dans une pâtisserie près du Panthéon, où j'étais allée m'acheter une tarte à la ricotta pour mon déjeuner, j'ai vu un panneau posé contre la caisse sur lequel était écrit : CERCASI APPRENDISTA, on cherche une apprentie.

« Cela n'a pas été difficile d'obtenir le poste puisque j'acceptais de travailler douze heures par jour, six jours par semaine, logée et nourrie, plus les leçons du maître pâtissier. Je me suis dit que ce serait en attendant de trouver mieux, tandis qu'on me montrait ma chambre derrière la cuisine. Quand j'y repense, ce n'était même pas une pièce, juste une espèce de grand placard peint en blanc où on avait installé un lit et un lavabo, plus au mur une immense affiche représentant le Sacré Cœur de Jésus, le tout baigné dans des arômes sucrés venant du fourneau, juste à côté. Et j'ai adoré cet endroit, comme aucun autre dans ma vie.

« Je ne sais pas si c'est moi qui n'avais pas très envie d'apprendre à faire des gâteaux ou si on souhaitait plutôt avoir engagé une femme de ménage, mais j'ai passé mon temps à balayer, frotter et astiquer. Comme nourriture, j'avais droit le matin à du café au lait et du pain, debout dans la cuisine. À midi, un bol de la soupe sans cesse en train de mijoter dans une grande marmite, encore du pain et parfois des macaronis avec des gros morceaux de porc salé et des tomates, ou des spaghettis avec des petits coquillages. Un gâteau raté ou deux. Le dîner était en général pareil, sauf le vendredi, le jour des tripes pour tous les Romains. La patronne nous en apportait, préparées par elle dans sa propre cuisine, aussi fièrement que si elle avait tué le veau gras. Tant que j'ai travaillé là, je n'ai jamais eu faim, mais je ne me sentais pas vraiment rassasiée non plus, pour des raisons bien évidemment plus sentimentales que physiques.

« J'avais l'habitude de travailler dur et donc j'ai balayé de toutes mes forces et nettoyé les plats encore brûlants que je plongeais dans de l'eau savonneuse. Et plus par défi que parce que j'avais faim, je volais un morceau de pain ou un biscuit aux amandes quand j'étais sûre que personne ne risquait de me voir. Je les cachais sous une serviette et les emportais dans ma chambre. J'avais de toute façon droit aux gâteaux qu'on avait abîmés en les sortant trop vite du four. Mais il m'arrivait aussi d'en endommager certains exprès, à l'aide d'un rouleau à pâtisserie, en passant d'un air nonchalant devant la table où ils étaient en train de refroidir. Si le pâtissier avait eu des vues sur moi, ce rouleau que je brandissais l'aurait vite calmé.

« Comme je n'avais pas d'argent, je ne pouvais pas faire grand-chose le soir après le travail. Parfois je sortais me promener et en passant devant les cafés, j'imaginais ce que je commanderais si j'étais riche. D'abord du vin, une bouteille pour moi seule, pétillant de préférence et bien meilleur que celui que le comte nous octroyait au déjeuner de Noël. Et puis du jambon de Parme. Une fois, au couvent, j'en avais volé une tranche pour me faire un sandwich, d'abord caché dans un de mes longs bas noirs, puis dégusté en cachette le soir dans mon lit. Jamais je ne pourrais oublier le goût de ce petit souper défendu. Donc du jambon, et aussi du beurre, dont je mangerais une partie à la fourchette. Après, un *espresso* brûlant, dont je sentirais la chaleur jusque dans mes genoux. Et je laisserais un pourboire au serveur.

« Mais dans l'immédiat, je ne pouvais que marcher jusqu'au Panthéon, ou m'asseoir sur le seuil d'une boutique fermée et regarder les passants, ou aller jusqu'à la place d'Espagne. Je pensais à ma mère. J'avais envie d'une soupe préparée par elle, pour moi seule, servie dans une assiette creuse blanche. Je voulais l'entendre rire, me demander de faire de la place sur la table pour qu'elle y mette le couvert.

« J'étais contente d'avoir quinze ans plutôt que dix-huit, contente d'avoir échappé au comte et aux Sœurs de la Miséricorde. D'avoir trouvé ma petite chambre décorée du Sacré Cœur de Jésus — mais ma mère me manquait toujours.

« Un soir, un garçon est arrivé, qui commençait son travail à l'heure où je finissais le mien. Il préparait tout pour les pains et les gâteaux du lendemain. Il avait quinze ans, lui aussi, et s'appelait Ugo. Nous nous entraidions comme nous le pouvions. Je mettais de côté des biscuits pour lui et il m'apportait des oranges volées au marché et même une fois, tout un *salame*, que j'ai suspendu au mur de ma chambrette. J'en coupais de grosses rondelles que je mangeais avant de m'endormir. Nous nous protégions l'un l'autre et avons fini par tomber amoureux. J'avais désormais un but dans la vie. Nous pensions à notre avenir.

« Nous allions nous marier, dès qu'il aurait vingt et un ans, me disait-il. Et le moment venu, j'irais habiter à Frascati, dans la maison de son père où vivaient vingt-deux personnes de sa famille. J'aiderais au ménage et à la cuisine. Ugo, lui, resterait à Rome, pour devenir apprenti en titre à la pâtisserie. Ses parents lui donneraient peut-être plus tard de quoi ouvrir sa boutique à lui. Un jour. On verrait. Mais un matin peu avant Noël, Francesco est entré dans la boutique pour commander un gâteau. Dès qu'il m'a vue, il a décidé que je serais à lui. Et moi je me suis promis de l'aider à obtenir ce qu'il voulait.

« Il faut que je vous explique : il avait une vendetta en tête. Eh oui. Il allait épouser une petite employée de boulangerie, uniquement pour mettre sa famille en colère. Pourquoi ? Parce qu'on lui refusait la fille qu'il aimait. Elle appartenait à un clan ennemi du sien. Une autre histoire de Montaigu et de Capulet. Quand son père à elle apprit qu'elle s'intéressait à Francesco, le choix qu'il lui proposa était simple : le couvent ou le mariage avec un cousin de Bologne. Donc elle épousa le cousin et Francesco, pour se venger, une rien du tout : moi.

« Cela ne m'a jamais troublée de devenir l'instrument de sa vengeance. Je voulais me servir de lui à mon tour. Je n'avais pas envie d'aller faire le ménage et la cuisine pour vingt-deux personnes à Frascati, même si elles étaient toutes gentilles avec moi. Je ne voulais pas travailler du matin au soir comme ma mère. Je n'oubliais pas le vin pétillant, le jambon de Parme, le beurre frais. Et plus encore, il fallait que j'aide celui que j'aimais vraiment : Ugo.

« Oh, il a blêmi de rage. Il voulait nous tuer, Francesco et moi. Mais je l'ai pris par les poignets, l'ai serré contre moi et lui ai expliqué — je venais d'avoir seize ans : "Si je deviens la femme de Francesco, je pourrai t'aider. Aider aussi ta famille. Le mariage n'est rien d'autre qu'un contrat qu'on signe. Cela n'a rien à voir avec l'amour ou le fait de posséder quelqu'un. C'est toi que j'aime et rien ne changera cela."

« Et donc, j'ai épousé Francesco, fils d'une famille noble. C'était un homme bon qui, avec le temps, est devenu un excellent ami. Nous étions un peu comme deux complices, il voulait sa liberté et moi la mienne. Normalement, dans notre culture, lui seul y aurait eu droit, mais il m'a laissé faire. N'oubliez pas que j'avais à peine seize ans. Et j'étais belle, belle et rusée comme une chatte. Il a engagé une femme pour m'apprendre à bien m'habiller, à bien me comporter, de même qu'à lire et à écrire, à parler français. Elle me lisait les grands auteurs classiques. J'ai eu aussi des leçons de piano. Tout le monde, la gouvernante, le majordome, le jardinier et même la mère de Francesco m'ont aidée à progresser, à me cultiver. C'était une vie heureuse, en fin de compte, avec une autre sorte d'amour.

« Presque tout ce que Francesco me donnait — et souvent, c'était beaucoup —, je l'offrais à Ugo, qui le transmettait ensuite à sa famille. Et comme Francesco avait accepté le fait que j'aimais Ugo, il ne disait rien quand je partais passer du temps avec lui. Il a même fini par l'inviter chez nous, pour de longs séjours. Et quand Ugo est mort, il l'a pleuré avec moi. Ayant connu l'amour une fois, il comprenait ce que j'éprouvais.

« Mais cela ne l'empêchait pas, au moins au début de notre mariage, de frapper à ma porte le soir. Je l'ai toujours laissé entrer. D'abord par devoir, puis par affection et enfin parce que j'avais découvert une autre forme de désir.

« Francesco est mort d'une chute de cheval, exactement ce qu'il aurait choisi, et il m'a laissé la totalité de sa fortune, comme si pendant plus de quarante ans, j'avais été une bonne et fidèle épouse. Ce qui n'était d'ailleurs pas entièrement faux. J'ai fait don des terres et des palazzi à Rome aux frères de Ugo et à leurs enfants et je suis revenue à Orvieto. J'y ai acheté un petit palazzo et une maison près du restaurant de Miranda. Je sais qu'ici on m'appelle la Marie-Madeleine, il y a des gens affreux partout. Mais cela m'est égal. Le soir, assise sur ma véranda, je regarde le ciel. J'ai reçu et j'ai donné. Qu'y a-t-il de mieux dans une vie. Je suis forte et s'il m'arrive de pleurer, c'est en privé. Vous verrez parfois mes yeux se remplir de larmes. Mais elles ne couleront pas. »

*

« Dans chaque vie, il y a un élément fondateur, a ajouté Tilde, quelque chose qui va décider de la suite, planter le décor pour ce qui se passera après. En ce qui me concerne, cela a été la découverte de ma mère morte dans son lit. Après, rien ne pouvait me faire souffrir davantage. D'une certaine manière, cela m'a libérée en ce sens que les conséquences de ce que je faisais — ou pas — n'avaient pas d'importance. »

*

« J'ai toujours dit facilement la vérité. La mienne, en tout cas. Je n'ai jamais trop réfléchi à ce qui était réel ou pas. Depuis dix ans, Edgardo et moi, nous avons parlé de ça pendant des heures. Lui n'en a rien à faire de la vérité. Il dit que chaque fois qu'il a essayé de la dire, il est allé dans le mur. Moi, c'est le contraire. Bien sûr, votre vérité à vous n'est pas la mienne. Quand deux personnes s'aperçoivent qu'ils ou elles ont la même, cela peut devenir dangereux. Ou merveilleux. »

*

Vous, Marlena, êtes toujours tellement exubérante ! À en mourir ! Je ne me permets jamais d'être heureuse comme vous savez l'être. En fait, le bonheur me fait terriblement peur. Je comprends trop bien à quel point les dieux peuvent être dangereusement capricieux. Si on y réfléchit, le bonheur est aussi lourd à porter que la souffrance. Nous dépensons autant d'énergie à combattre l'une qu'à protéger l'autre. La vie est une bataille. Il faut se munir d'un gros bâton.

*

Et maintenant, il n'y a plus personne, ni Ugo, ni Francesco. Personne qui m'attend. Personne pour préparer une bonne flambée ou pour me regarder arriver en haut de la colline. Je peux acheter du fromage ou pas. Oublier le pain. Qui s'en souciera ? Personne. Je suis livrée à moi-même. Il ne me reste même plus d'illusions, elles se sont toutes éparpillées au fil du temps, ici ou là. Oui, je suis libre. »

À propos de Neddo

Nous nous étions donc rencontrés pour la première fois à une *sagra* des fèves et quand je l'ai revu, il avait sur les épaules une grosse branche avec une petite marmite accrochée à chaque extrémité. Il apportait leur déjeuner à ses deux fils qui travaillaient dans les champs. Accompagné d'un épagneul nommé Luna, il ne s'arrêtait en chemin qu'une fois ou deux pour rallumer sa pipe. Il n'aurait permis à personne de s'occuper de ses deux garçons.

Une fois arrivé près d'eux, il installait « le couvert » sur un pan de mur, débouchait la bouteille de trois litres de rouge qu'ils avaient prise avec eux tôt le matin et remplissait des gobelets en métal. « *Buon appetito !* » s'exclamait-il en tendant à chacun sa marmite dont il ôtait le couvercle. Puis il vantait les mérites du plat préparé ce jour-là, en ajoutant quelques éloges de la Vierge Marie :

« *Oggi, abbiamo uno stufatino di vitello con i piselli. Madonnina, quanto buono!* Aujourd'hui, nous avons du ragoût de veau aux petits pois. Petite Mère de Jésus, comme c'est bon ! »

Parfois, c'était un gros morceau de lard avec des haricots mitonnés au vin et aux herbes qu'il avait laissé cuire doucement toute la nuit sous les cendres chaudes dans sa cheminée. La Madone était toujours remerciée au passage, que ce soit pour le pain, le fromage ou les fruits qui allaient suivre — cerises, petites poires à la peau brune, ou pêches —, ce qu'il préférait. Après le repas, Neddo s'endormait quelque part, près de ses fils, et ne se réveillait que lorsque les ombres des arbres commençaient à s'allonger.

À part ses visites rituelles aux différentes fêtes dans les hameaux et villages des environs, il n'était, de toute sa vie, jamais allé plus loin que ces champs où il avait planté et récolté du tabac depuis bien avant la naissance de ses fils. Il ne s'éloignait maintenant plus guère des prés dont il coupait l'herbe pour ses lapins, laissant ses fils utiliser des machines agricoles. J'adorais le regarder dans la lumière dorée du couchant, tel un guerrier brandissant sa faux en un geste bien rythmé.

*

Il déclare : « Il n'y a pas de secret, pour connaître la joie, il faut déterminer ce qui vous rend heureux. C'est la première chose à savoir. Après, il n'y a plus qu'à suivre. Vous êtes votre seul guide. Ne croyez qu'en vous-même. »

*

Il y a quelque chose de paisible chez Neddo, le calme de quelqu'un qui est en bons termes avec ses passions. Nous aimons bien passer du temps avec lui, soit quand nous le croisons par hasard au marché ou quand il nous invite à venir dans son verger de pêchers pour cueillir autant de fruits que nous voulons. Assis au pied d'un arbre, dans l'herbe et les fleurs sauvages, il nous encourage : « Allez, allez, servez-vous. Ne laissez pas une seule de ces beautés pour que les oiseaux la dévorent. »

L'air embaume, sous le soleil de juin, et nous cueillons, cueillons, remplissons des paniers et des seaux que nous porterons ensuite chez Miranda où nous ferons des confitures aromatisées au rhum et aux clous de girofle. Ou des conserves, des rangées entières de bocaux, jusque tard dans la soirée. Neddo possède plus de trois hectares plantés de pêchers.

*

« La meilleure façon de vous expliquer pourquoi j'aime tant les pêches, nous dit-il, c'est d'abord de vous parler d'Edgardo. Il n'y a jamais de demi-mesure, chez lui. Quand il déteste, c'est de toutes ses forces. »

Il y a bien longtemps, Edgardo avait aperçu un matin dans son verger à lui un petit garçon qui ne se doutait pas qu'on l'observait. Il savait qu'il s'appelait Neddo parce qu'il entendait parfois son père crier à l'enfant de venir jusqu'à sa terrasse où il lui offrait un verre d'eau frais aromatisé au sirop de cerise si on était en été — et en hiver, plutôt un bol de lait chaud. Le *marchese* se montrait très affectueux à l'égard du gamin, il le serrait dans ses bras en disant : « *Bravo, bravo, Neddo* », puis l'emmenait à la cuisine pour lui donner un biscuit. « *È carino, quel ragazzino,* il est gentil, ce gosse », faisait-il remarquer à sa femme.

Mais pour Edgardo, Neddo n'était qu'une sorte de rat des champs, un futur ouvrier agricole payé au rabais. Peu importe s'il appartenait à la quatrième génération d'une même famille travaillant sur les terres des Onofrio.

Et puis le *marchese* Jacopo d'Onofrio mourut. Plutôt que le pleurer, Edgardo, le nouveau *marchese,* célébra le fait que, maintenant, c'était lui le chef. Il venait d'avoir seize ans.

Le matin où il aperçut Neddo, à peine âgé de neuf ans, grimper sur la plus grosse branche d'un pêcher et enfouir son visage dans le feuillage odorant, il eut envie de lui hurler que personne n'avait le droit de toucher à quoi que ce fût poussant dans la propriété — ni aux champs, ni dans les bois, ni dans le verger. Sinon, comment estimer la quantité des récoltes ? Mais il réussit à se contenir et à se taire. Le gamin redescendit de l'arbre après avoir cueilli une seule et unique pêche, qu'il dévora. Après quoi il s'essuya la bouche avec un pan de sa chemise et fourra le noyau dans une de ses poches. Edgardo, qui voyait tout, ne disait toujours rien.

Mais la nuit suivante, ou celle d'après, tandis que le reste de la maisonnée dormait, il s'habilla avec soin : chemise de soie, cravate, gilet de tweed, la veste de chasse de son père boutonnée jusqu'au col, chapeau enfoncé jusqu'aux yeux. Il parcourut à pied les deux kilomètres jusqu'au verger et y mit le feu. Il regarda les arbres brûler jusqu'aux racines. Cela signifiait-il qu'il détruisait le passé, le règne de son père ? Un petit garçon affamé pouvait-il le mettre dans un tel état, pour avoir mangé une seule et unique pêche ? Ou cela constituait-il une incitation à se créer une sorte de rite de passage vers le statut de chef, un acte d'injustice poétique qui définirait son règne ?

Au matin, il réunit ses employés et leur annonça que parce que Neddo avait volé, plus personne ne goûterait à une seule des pêches de sa propriété.

Plus tard, quand sa mère lui demanda pourquoi il avait fait cela, il répondit : « C'était mon verger et ce gosse fait partie de mon personnel. Tu aurais préféré que je le brûle lui ? » L'oncle de Neddo, *Zio* Michele, qui travaillait sur le domaine entendit cette réponse.

Après la Deuxième Guerre mondiale, la tyrannie de la « *mezzadria* », la mainmise sur les récoltes, prit fin. Ce fut l'époque d'un grand exode : de très nombreux ouvriers agricoles échangèrent leur misère de serfs corvéables à merci contre celle qui les attendait dans les usines du nord. Beaucoup de propriétaires terriens préférèrent laisser leurs champs à l'abandon et se retirèrent dans leurs vastes demeures campagnardes. D'autres choisirent de s'installer dans leurs palazzi en ville, moins coûteux à chauffer et où étaient restés quelques domestiques fidèles. Il y en eut aussi qui vendirent leurs terres pour trois fois rien. Neddo en acheta.

Il fit cela petit à petit, en empruntant aux banques. Il cultiva d'abord du tabac parce que c'était sous contrôle de l'État et donc il était sûr du profit à venir. Puis il agrandit son domaine, rénova une vieille ferme, envoya ses fils à l'école. Dès qu'il put se le permettre, il planta des pêchers. Et encore des pêchers. Finalement, devenu vieux, il institua ce qui allait devenir un véritable rituel pour les enfants des écoles élémentaires d'Orvieto et ses environs : « *I Giorni delle Pesche* », la Journée des Pêches. Dès que les fruits sont mûrs, il invite les gosses, surveillés quand même par leurs professeurs, à venir grimper aux arbres et à cueillir tous les fruits qu'ils veulent. Il aime surtout ceux qui ont autour de neuf ans.

Neddo nous avait invités à dîner un soir. Le menu était simple : des gros morceaux de pain et des grands bols de vin rouge. Nous sommes revenus chez lui souvent, au fil des mois, et il nous a toujours servi la même chose. Au coin du feu, il récite les grâces, nous souhaite *buon appetito* et trempe son pain dans le vin. Entre deux bouchées, il boit longuement, recoupe quelques tranches, remplit son bol — et les nôtres. Nous l'imitons scrupuleusement et ce modeste souper nous revigore. Il nous a raconté souvent comment il apporte le même « repas » à sa jument et à sa vache. Il avait vu la sage-femme le servir à son épouse après la naissance de chacun de ses enfants, pour lui redonner des forces. Et c'est un fait que je me sens mieux nourrie par les dîners de Neddo que par bien d'autres, plus élaborés.

À propos d'Edgardo

Edgardo aime que tout aille mal — entre deux de ses domestiques, pendant la guerre au Kosovo. Les malheurs des autres lui font oublier les siens, qu'il tente de refouler, de pratiquement oublier. Il ignore la honte, pour lui, avoir honte, c'est bon pour les pauvres. Il croit qu'il représente la noblesse telle qu'elle existe encore dans cette partie de l'Italie et qui fait figure de rempart contre les assauts du présent.

Il affirme que les péchés des nobles sont tout à fait acceptables, toujours justifiés et oubliés à peine commis. Leurs histoires et leurs mauvaises actions — souvent les mêmes — relèvent de la sphère privée, ils n'en parlent que chez eux, entre eux, à l'abri derrière leurs lourdes tentures de brocart. On se les repasse comme de l'argenterie. Une sorte d'héritage.

Après avoir mis le feu à ses pêchers, il a vécu longtemps à Paris, jusqu'à ce que sa mère finisse par mourir, puis après elle, le reste de la famille. Il est le dernier *marchese* d'Onofrio et comme le Scrooge de Dickens, il sait que personne ne le pleurera. Puisqu'il ne risque rien, il sait très vite blesser avant qu'on ne le blesse.

Qu'il s'agisse d'une chemise, d'une maison ou d'un plat de sardines luisantes d'huile, il déclare que c'est d'une beauté *michelangiolesca,* digne de Michel-Ange. À tout prix, il faut que sa vie soit « chic ». Le « chic », il n'y a que cela qui compte. Avoir toujours été bien habillé, avoir fait de beaux voyages, bien vécu, surpassé *i volgari e la loro volgarità,* les gens vulgaires et leur vulgarité. C'est-à-dire, à l'époque où nous l'avons connu, presque tout le monde, sauf Tilde.

Il connaît son histoire et la connaît, elle, depuis qu'elle est revenue à Orvieto. Un jour, elle a envoyé sa servante frapper à la porte d'Edgardo, avec un panier de figues et un petit mot où il était écrit : « D'une paria à un paria. Vous pouvez, si vous voulez, venir prendre le thé chez moi mercredi à cinq heures. Inutile de téléphoner avant. »

Leurs rendez-vous du mercredi ont été parfois suivis de déjeuners le dimanche, d'une escapade à Rome certains samedis et même d'une promenade à cheval dans les prés et les bois du domaine d'Edgardo, du côté de Castel Giorgio. Mais Tilde est trop bonne cavalière pour lui. Ce qu'il préfère, en réalité, c'est se mettre en tenue d'équitation.

Et s'habiller pour le dîner. En robe de chambre doublée de fourrure de castor, un béret sur la tête et grosses pantoufles de feutre aux pieds, il se met à table, sonne ses domestiques avec une petite cloche de cristal et ne touche pratiquement pas aux nourritures blafardes qu'il exige qu'on lui serve — et impose à ses invités. Ceux-ci sont en général des parents éloignés, qui se sacrifient pour rendre visite au dernier marquis d'Onofrio. « Des oiseaux de mauvais augure », comme il les appelle. « Ils me tournent autour pour voir où en sont les choses. Où j'en suis moi-même. »

Miranda avait bien sûr eu raison de nous prévenir que nous ne serions pour lui que des sortes d'objets curieux. Mais cela me convient. Derrière sa façade assez flamboyante, je crois voir un homme très seul, peut-être bon, et même si, à certains moments, il ne me plaît pas du tout, il retient toujours mon attention. Je crois qu'il devient plutôt humble quand il voit ou croit voir comment tout cela va finir. On dirait qu'il erre au plus profond de lui-même, à la recherche du moment où il s'est perdu. Où il a fait fausse route. On dirait qu'il attend que sa vie commence. Ou plus souvent, qu'elle finisse.

18

Nous allons vivre dans une salle de bal, Fernando. N'est-ce pas la chose la plus merveilleuse au monde ?

« *Mi senti ? Mi senti, Marlena ? Abbiamo cominciato e il capo dice che il lavoro potrebbe finire prima di Natale. Venite subito.* Vous m'entendez ? Vous m'entendez, Marlena ? Nous avons commencé et le chef de chantier dit que tout sera fini avant Noël. Venez tout de suite. »

Je suis dans le jardin, le *telefonino* à la main, en train de me demander si Barlozzo est capable d'aussi bien imiter la voix de Samuele. Cet appel est forcément une blague. Deux ans d'attente peuvent-ils s'interrompre sans préavis ? Deux ans de silence, de moisi, de cuisines empruntées ici ou là, s'arrêter sur une plaisanterie ? « Nous avons commencé le travail et le chef de chantier dit que tout sera terminé avant Noël. » C'est ce que je viens d'entendre. Aujourd'hui, nous sommes le 16 juin. Est-ce possible ? Pouvons-nous vraiment habiter notre salle de bal dans six mois ?

« Fernando, Samuele vient d'appeler, les travaux viennent de démarrer. J'entends le bruit des machines et les voix des ouvriers. Allons voir tout de suite ce qui se passe ! »

Fernando apparaît en haut de l'escalier, il me dévisage sans rien dire, puis descend, me prend par les épaules, m'embrasse et m'entraîne dans le jardin jusque dans la rue. Je crois qu'aucun de nous deux ne prononce un seul mot avant d'arriver au 34 via del Duomo.

Une équipe est en train d'installer un échafaudage depuis la cour jusqu'au *piano nobile,* l'étage noble, tandis qu'une autre s'affaire à poser un sol provisoire dans le *salone.* Une troisième surveille le travail des deux premières. Le *geometra* est en train de discuter avec Samuele qui, dès qu'il nous voit, se précipite pour nous serrer la main, nous congratuler, et, finalement, nous serrer dans ses bras. Cette fois, il a l'air bien réveillé. On dirait qu'il joue le rôle du père de la mariée, tandis que son comparse a plutôt l'allure d'un entrepreneur de pompes funèbres assez mal élevé, qui ne perd pas de temps en préliminaires.

« J'ai ordonné qu'on double et même qu'on triple les équipes. Dans vingt jours, je vous montrerai ce qui a été réalisé et vous pourrez prendre toutes les mesures que vous voudrez — fenêtres, portes, et autres, pour prévoir vos rideaux, vos tapis et éventuelles draperies. Nous nous reverrons ensuite le 25 novembre au plus tard quand le travail sera pratiquement fini. Nous n'aurons pas de raison de communiquer à d'autres dates. Si des questions se posent, je m'adresserai au signor Ugolino » — ceci accompagné d'un petit salut en direction de Samuele — « et il décidera s'il doit en référer à vous ou pas. »

Là-dessus, le *geometra* nous souhaite une bonne journée et s'éloigne dans l'escalier. Je cours après lui :

« Signor Brienza, voyons, je croyais que nous serions associés au choix des matériaux, des boiseries, des encadrements de fenêtres... Que nous aurions notre mot à dire sur l'aménagement de la salle de bains, de la cuisine... »

Je cherche Fernando du regard, mais il discute un peu plus loin avec Samuele et je comprends qu'il essaye de diviser pour mieux régner. Mais moi, j'aurais besoin de son aide tout de suite. Je redemande à Brienza :

« La cuisine ?

— J'ai choisi pour la cuisine un aménagement à la fois utilitaire et plaisant. Avec le budget qu'on m'a alloué, signora, il n'est pas question d'avoir autre chose que du matériel standard. Mais je vous assure que tout sera de bon goût et installé avec le plus grand soin. Personne, je répète, personne ne m'a donné pour instruction de vous tenir au courant, vous ou le signore de Blasi, de ce que je ferai. Pas plus d'ailleurs de vous demander votre avis. Mon contrat est très clair et je le respecterai à la lettre. Toute interférence de votre part ne ferait que retarder les travaux. Vous réalisez, n'est-ce pas, à quel point ce chantier a pris du retard ?

— C'est précisément ce que je sais, à quel point il *est* en retard.

— Donc je vous prierai de vous abstenir de toute tentative d'interruption. Je ne peux que vous le répéter, madame.

— Mais comment pouvez-vous qualifier d'interruption le fait que j'ai envie de prendre certaines décisions concernant l'aménagement de *ma* maison ? Ce n'est quand même pas une requête déraisonnable ! »

Il tourne la tête, comme s'il cherchait où peut bien se trouver Samuele et le voit toujours occupé à parler et même, semble-t-il, à plaisanter avec Fernando. Mais que font-ils donc, ces deux-là, pendant que je me bagarre avec un pareil dragon ?

« C'est ici que nous comprenons les choses différemment, signora. Ou peut-être avez-vous quelques difficultés avec certaines nuances de la langue italienne ? Écoutez-moi bien » — et là, on dirait qu'il s'adresse à une gamine indisciplinée — « ce palazzo appartient aux Ubaldini. Le signor Ugolino, ici présent, est leur agent. Les Ubaldini et le signor Ugolino m'ont engagé en tant que *geometra*. En Italie, un *geometra* est celui qui est responsable du planning et de l'avancée des travaux, chargé de les vérifier à chaque étape du chantier. Quand tout sera terminé, vous, chère madame, aurez le privilège de vivre ici. En qualité de locataire des Ubaldini. Maintenant, y a-t-il encore quelque chose que vous ne comprenez pas ?

— Non, rien du tout. »

Brienza peut être parfaitement désagréable, mais je réalise d'un seul coup qu'il n'est qu'un exécutant. Le chef, ici, c'est Samuele, le comte Monaldeschi. Je me rue donc sur lui. Je répète tout ce que je viens de dire, d'abord d'un seul trait, puis plus calmement, en reprenant mes arguments un par un. Samuele ne dit rien, il attend. Même quand j'ai fini de parler, il attend. Puis d'un ton mi-grave, mi-perfide, il m'explique qu'il n'y a rien, absolument rien dans le contrat qui précise que nous devions être consultés en matière d'aménagement.

« Je me rappelle parfaitement que vous aviez dit que nous participerions à l'avancée des travaux en matière de décoration.

— Je ne doute pas un instant d'avoir dit cela, encore moins de l'avoir dit dans un sens très précis : vous seriez libre de meubler l'appartement à votre goût. Le plus souvent, quand un vieux palazzo est restauré, les propriétaires le louent meublé, dans le style qui convient à ce genre de demeure. Mais dans votre cas, les Ubaldini acceptent, avec leur accord, bien sûr, que vous choisissiez vos meubles et éléments de décoration. Rien de moins, rien de plus. C'est à cela que se bornait pour moi votre "participation aux travaux de restructuration".

— Vous êtes en train de me dire que je dois demander l'approbation des Ubaldini pour le moindre meuble ? Qu'ils vont venir inspecter mon lit et mes chaises pour vérifier si cela est compatible avec leur goût, appelons ça, médiéval ? Vous me dites aussi que je dois rester muette pendant que le signor Brienza choisira les éléments de cuisine et de salle de bains de ma maison ?

— Ah, c'est là que vous faites erreur. Je crois que nous ne donnons pas le même sens à ce que vous appelez "ma maison".

— Quel sens donnez-vous alors à ce que moi j'appelle "mon argent" ?

— Marlena... »

C'est la première fois que Samuele utilise mon prénom. Il sait très bien que cela va me radoucir.

« Marlena, je comprends que vous vous inquiétiez de savoir comment ce que vous avez déjà payé sera dépensé. Mais des comptes extrêmement précis vous seront présentés à la fin des travaux. Vous verrez alors jusqu'au dernier centime à quoi cela correspond.

— J'aurais aimé *choisir* l'objet de ces dépenses.

— Ce n'est tout simplement pas possible. Au mieux, ce serait contre-productif. Savez-vous combien de palazzi Brienza a restauré pour la seule famille Ubaldini — prise au sens large, bien sûr ? À Rome, à Naples et ici à Orvieto ?

Son jugement est impeccable et sa liste de clients impressionnante. Cela signifie que vous allez profiter non seulement de son savoir-faire mais aussi de sa capacité à effectuer des achats groupés de matériaux divers, à des prix défiant toute concurrence. Il possède par exemple de quoi repaver le Colisée en entier. Dès qu'il commence un chantier, il peut travailler sans aucun délai à prévoir entre la commande et la réception de tout ce dont il va avoir besoin. Il dispose d'un entrepôt d'où il pourra retirer ce qu'il lui faut pour votre appartement — du matériel plus ou moins luxueux, bien sûr.

— Et j'imagine que pour nous, ce sera forcément le moins luxueux.

— Ce ne sera évidemment pas le plus cher. Et nous devons peut-être nous entendre maintenant sur un autre point. C'est à la structure du bâtiment que le plus gros des dépenses sera affecté : la réfection des sols, des murs et des poutres maîtresses. Si bien que vous ne devez pas vous attendre à voir toutes sortes d'éléments de décoration. Vous savez, les Ubaldini auraient très bien pu attendre de trouver des locataires disposant d'un plus gros budget. Mais par amitié, disons par affection pour Fernando et vous, ils ont choisi de vous satisfaire le mieux possible. »

Je lance un regard en direction de Fernando qui me répond par un timide sourire signifiant :

« partons d'ici le plus vite possible ». Je suis d'accord, mais insiste encore une fois :

« Donc nous ne verrons qu'à la fin à quoi va ressembler l'appartement.

— Plus ou moins, oui. Mais je pensais que vous seriez ravie de constater que les travaux ont commencé et que tout sera fait très vite. Les Ubaldini ont précisé que vous deviez pouvoir vous installer avant Noël. Ils font preuve d'une grande sollicitude à votre égard. »

Je sais que je ferais mieux de ne pas insister. Sinon, il va me rappeler que nous vivons à Orvieto depuis deux ans sans payer de loyer. Je n'ai plus qu'à m'incliner. Je suis sur le point de tendre la main à Samuele en lui disant au revoir quand il ajoute :

« Je vais quand même essayer de faire quelque chose. Étant donné votre métier, les Ubaldini seront peut-être d'accord pour que vous choisissiez certains éléments de cuisine. Par exemple le fourneau. Si cela dépasse le budget prévu par Brienza, on vous demandera de payer la différence en liquide. Cela vous convient-il ?

— Oui, oui ! formidable ! Ce serait parfait. Merci ! »

Cette fois, nous partons, Fernando et moi, et à peine dans la via del Duomo, j'ai droit à un sonore :

« Toutes mes félicitations !

— Je ne comprends pas.

— Tu viens de remercier Samuele pour le

droit qu'il t'accorde de payer plus cher que ce qui était prévu. Il t'a convaincu que, pour te faire plaisir, les Ubaldini pourraient nous réclamer plus d'argent. Je dis bien, pour te faire plaisir et pour que tu disposes de la cuisine de tes rêves. Si j'avais pu prévoir qu'il te ferait ce numéro-là, je t'aurais mise en garde. *Amore mio*, je suis désolé, désolé.

— Mais ça n'a pas d'importance. Je suis trop candide et alors ? Ne t'inquiète pas. Je me contenterai de la cuisine choisie par Brienza — et du reste aussi. Et je m'empresserai de draper tout cela dans du velours et du brocart.

— Je sais. Et tu mettras des tapis partout et d'énormes bouquets de feuillage dans chaque pièce et ce sera somptueux.

— Les Ubaldini ne peuvent pas m'en empêcher, n'est-ce pas ?

— Non, je ne crois pas. Ils ne peuvent pas refuser tel ou tel meuble nous appartenant.

— En ce cas, commençons tout de suite par les meubles. Laissons Brienza faire son travail. Mais aide-moi quand même à mieux comprendre quelque chose. L'idée de départ, c'était bien que nous allions habiter ici pour longtemps, peut-être pour toujours, n'est-ce pas ? En ce cas, en quoi nos éléments de cuisine auraient-ils la moindre importance en ce qui les concerne ?

— Réfléchis un peu. Rappelle-toi que nous nous sommes souvent posé la question de savoir pourquoi Samuele et les Ubaldini ont été si chaleureux avec nous au début ? Comment ils ont fait le nécessaire pour nous loger gratuitement via Postierla ? Je crois que notre histoire leur plaisait : un couple marié sur le tard. Un banquier qui prend sa retraite à quarante-neuf ans et une artiste atypique, débordante de vie. Qui ont vécu trois ans à Venise, puis deux ans dans un minuscule village toscan. Cela faisait de nous des candidats parfaits, peu soupçonnables de stabilité. Nous avons payé les travaux de rénovation, nous allons vivre là jusqu'à ce que notre investissement soit amorti et ensuite, nous partirons pour de nouvelles aventures. Les Ubaldini l'ont bien compris et s'attendent à ce que nous quittions les lieux tôt ou tard — et ils nous encourageront à le faire avec un maximum d'élégance.

— Arrêtons-là, si tu veux bien. La somme qu'ils nous ont demandée au départ n'était pas excessive. Donc nous aurons un appartement qui ne sera pas excessivement luxueux. Cela nous suffira. »

Bien sûr que cela nous suffira. Et puis, rien n'est tout à fait ce qu'on attendait. Laissons les choses suivre leur cours, encore une fois. Nous ne sommes pas censés savoir toujours ce qui va se passer. Cette idée me réconforte et je me mets à courir, puis me retourne et crie à Fernando : « Nous allons vivre dans une salle de bal ! N'est-ce pas merveilleux ? »

19

Du Brahms à huit heures dans le Vicolo

Depuis maintenant deux ans, à force d'attendre, nous avions en quelque sorte mis de côté l'idée d'habiter un jour le palazzo Ubaldini. Nous avions eu finalement « une bonne vie », comme nous le répétaient Barlozzo et Samuele, chacun à sa manière. Mais nous ne nous étions pas du tout préparés à ce que ce rêve devienne réalité. D'un seul coup, des échafaudages venaient d'apparaître, avec treize ouvriers siciliens ou napolitains en train de s'y activer, bouteille d'eau minérale remplie de vin rouge coincée à la ceinture, sous les ordres d'un certain Brienza. Et voilà qu'il allait falloir s'habituer au bruit et à la poussière, en regardant, encore incrédules, les transformations en cours de notre future demeure, puis en commençant à y croire.

Nous avons bien sûr tout de suite demandé à Barlozzo de venir voir — ce qu'il a immédiatement fait. Il a inspecté le chantier, ignorant avec superbe les protestations indignées du *geo-*

metra qui lui répétait que les visiteurs n'étaient pas admis sur le site. Il a beaucoup amusé les ouvriers en leur racontant comment il retapait lui-même une maison en ruine, gorgées de vin rouge à l'appui. J'ai eu l'impression qu'à sa manière, il bénissait les lieux, sans eau bénite ni incantations, certes, mais de tout son cœur de vieux lion. Cela nous a beaucoup aidés, Fernando et moi, à croire à ce qui arrivait enfin.

Peu après, Miranda et Tilde sont venues en repérage et j'ai compris que leur arrivée 34 via del Duomo, puis leur départ ne sont pas passés inaperçus des voisins. Mais c'est quand Edgardo a gravi l'escalier, suivi de son majordome morave portant un panier rempli de fruits et de fromages que Brienza s'est cassé en deux, pour un salut appuyé :

« *Buongiorno, marchese, che piacere.* Bonjour, marquis, quel plaisir », a-t-il sussuré.

Et c'est ce jour-là que pour la première fois, il nous a demandé ce que nous pensions des travaux en cours.

Tous les clichés sur les ouvriers italiens qui bâclent leur travail dans le domaine de la construction n'avaient absolument pas cours dans notre cas. Ceux-là s'affairaient comme des titans, se criant des instructions dans deux dialectes différents d'un bout à l'autre des échafaudages et s'encourageant les uns les autres. Ils démarraient à sept heures du matin, ne prenant qu'une heure pour faire un vrai déjeuner préparé par Franco et ne s'arrêtant qu'à sept heures du soir. Des employés de Brienza leur apportaient régulièrement des bouteilles d'eau glacée qu'ils se versaient sur la tête ou dans le dos — le gosier étant réservé au vin rouge —, des parts de pizza tout juste sorties du four de la pizzeria en bas, ou des panini à la mortadelle, et sur le coup de cinq heures, des cafés avec des gâteaux. Brienza traitait bien ses hommes.

Nous avons appris qu'il les payait aussi plus cher que d'autres et que dans les villages de Campanie et de Sicile, on considérait que travailler pour lui, c'était tirer le gros lot. Mais il se montrait très exigeant dans ses choix, posait beaucoup de questions et faisait faire des périodes d'essai avant d'engager réellement quelqu'un.

Un jour, j'ai demandé à un ouvrier pourquoi ce ne serait pas plus simple d'engager des Toscans ou des Ombriens.

« Nous sommes les meilleurs, nous sommes de véritables artistes, m'a-t-il répondu. Et nous savons ce que c'est qu'être longtemps sans travail. Ça nous est égal de bosser six ou même sept jours par semaine, douze heures par jour. » Les autres ont approuvé.

*

Un matin, alors que Fernando est encore au lit, je décide de faire une surprise à toute l'équipe et arrive sur le chantier à sept heures moins dix, avec croissants chauds, tartes à la ricotta et gâteaux aux amandes. C'est une femme qui m'accueille, petite et ronde. Elle sort de la salle de bains qui n'est pas terminée mais où il y a déjà de l'eau chaude, en train d'attacher ses cheveux avec un élastique, vêtue d'un jeans et d'un soutien-gorge blanc.

« *Buongiorno, signora. Mi scusi ma...* Bonjour, madame, excusez-moi, mais...

— *Buongiorno, sono Marlena.* »

On dirait que c'est à moi de deviner qui elle est. Elle se met alors à crier :

« *Carmine, Carmine, vieni qua. Subito!* Carmine, viens ici tout de suite ! »

Qui êtes-vous et qu'est-ce que vous faites chez moi ? Voilà ce que je voudrais lui demander, mais elle se re-précipite dans la salle de bains et claque la porte. Arrive alors un des ouvriers qui sort de la cuisine. Il me salue d'un chaleureux « *buongiorno, signora* », me prend mon plateau des mains comme s'il s'agissait d'une livraison qu'il attendait et s'affaire à trouver un endroit pour le poser. Je réalise qu'il joue l'innocent. Je me hasarde alors à demander s'il est Carmine.

« *Si, si, signora, e lei* », dit-il en pointant la porte qui vient de se refermer brutalement, « *è mia moglie. Eleanora, voglio presentarti la signora de Blasi.* C'est ma femme. Eleanora, je veux te présenter la signora de Blasi. »

Il a parlé plus fort, mais Eleanora ne répond

pas. Il insiste, frappe à la porte, puis crie quelque chose en dialecte napolitain. Je ne suis pas sûre de tout comprendre, mais je crois qu'il menace de défoncer la porte. Je me demande alors si le problème n'est pas qu'Eleanora n'a même pas un chemisier à se mettre dans la pièce où elle se trouve. J'ôte alors mon pull et lui annonce que je lui passe un vêtement. Elle entrouvre un instant, attrape le pull et ressort une minute plus tard, cramoisie et pleurant toutes les larmes de son corps. Elle se jette dans mes bras et je réalise à quel point les femmes peuvent facilement devenir complices.

Nous refaisons les présentations et elle entreprend de me raconter que la veille, elle a pris le train de Salerno jusqu'à Rome, puis de Rome à Orvieto. Son mari lui manquait tellement qu'elle n'a pas pu attendre la visite éclair qu'il lui fait tous les quinze jours, du samedi soir au dimanche. Elle a voulu le surprendre.

Je sais que toute l'équipe est logée dans un ancien monastère où deux ou trois frères lais louent des chambres. Eleanora m'explique qu'elle s'y est présentée tard la veille et qu'après avoir examiné sa carte d'identité pour vérifier si elle était bien mariée, un des frères l'a conduite à la pièce où Carmine dormait déjà avec trois autres ouvriers.

« Signora, me dit-il, vous pouvez sûrement comprendre que je ne pouvais pas installer ma femme avec nous. Et je n'ai pas les moyens de l'emmener à l'hôtel. Je savais qu'ici, l'office, derrière la cuisine, est très facile d'accès. J'ai grimpé sur la terrasse, à partir du restaurant au rez-de-chaussée, et fait sauter le verrou. Eleanora m'attendait dehors. Nous avons passé la nuit ensemble et elle s'apprêtait à partir quand vous êtes arrivée.

— Oui, je comprends. Mais c'est quand même une violation de domicile. Et cela ne se fait absolument pas. Il faut que je prévienne mon mari et nous devrons informer Brienza. Vous ne pouvez pas utiliser notre appartement à votre guise.

— Vous savez que si Brienza est au courant, il me fichera dehors.

— Et je sais, moi, que si on ne lui dit rien, l'un de vos copains fera la même chose un jour ou l'autre. Je regrette. »

Et je pars sans leur dire au revoir. Eleanora sanglote de plus en plus fort et j'ai envie de la serrer contre moi, de l'aider à trouver le reste de ses vêtements et l'inviter via Postierla pour prendre un bon petit déjeuner. Mais je sais que ce ne serait pas du tout une bonne idée.

J'ai le temps de me calmer en revenant chez nous et réussis à présenter à Fernando une version, disons, adoucie des choses. Il est d'abord furieux de ce qu'il considère être une trahison — bien pire à ses yeux que les fourberies de Samuele et des Ubaldini.

Finalement, nous trouvons un compromis. Nous allons dire à Brienza que *quelqu'un* a réussi à pénétrer dans l'appartement, nous avons trouvé des preuves qu'on avait dormi là. Il est horrifié, fait immédiatement son enquête et exige qu'on installe une nouvelle porte extrêmement solide, plus un système d'alarme directement relié au poste de *carabinieri* le plus proche. À ses frais à lui, nous promet-il.

Plusieurs mois après, Carmine s'est attardé un soir sur le chantier, où il empilait des cartons vides. J'étais venue constater si le travail avançait bien.

« Signora, m'a-t-il demandé, vous êtes déjà venue à Naples en avril ?

— Oui, plus d'une fois. C'est très beau. Mais pourquoi voulez-vous le savoir ?

— Eleanora et moi voudrions vous inviter à un baptême, votre mari et vous. En fait, nous aimerions que vous soyez parrain et marraine.

— C'est vrai ? Vraiment vrai ?

— Oui, c'est vrai et vous savez, nous sommes sûrs que c'est arrivé cette nuit-là. Nous avions perdu espoir, au bout de quatre ans de mariage. Et voilà... Votre maison est bénie, signora. »

*

De temps à autre, deux ou trois hommes élégamment vêtus surgissent sur le chantier. Brienza a toujours l'air de savoir d'avance quand ils vont venir. Il les accueille chaleureusement, mais ne nous les présente jamais, comme si nous n'existions pas. Ils regardent autour d'eux, passent la main sur les murs, posent quelques questions. Peut-être sont-ils des inspecteurs chargés de vérifier l'avancement des travaux. Ou d'éventuels futurs clients du *geometra* venus voir comment il travaille. Un jour, je pose la question à Brienza qui se contente de me répondre : « Ce sont des gens importants. »

Il va falloir que je me renseigne auprès de Samuele ou d'un membre de la famille Ubaldini, mais aucun ne me rappelle quand je laisse un message. Et les mystérieux visiteurs reviennent.

Fernando n'a pas l'air de trouver leur présence gênante : « Brienza sait qui ils sont. Il a des procédés assez excentriques mais tant que la rénovation de l'appartement se poursuit, je lui fais confiance. Quand tout sera fini et que c'est moi qui aurai les clés, je déciderai qui a le droit d'entrer chez nous. » Je ne dis rien, mais la réaction de mon Vénitien de mari ne me rassure pas complètement.

*

Quand nous vivions à San Casciano et depuis que nous attendons à Orvieto de pouvoir enfin emménager chez nous, nous avons acheté plusieurs très beaux meubles anciens. Maintenant que notre installation au palazzo Ubaldini se rapproche, nous réalisons que pour un tel espace, il nous manque encore un canapé ou deux, quelques confortables fauteuils et surtout une table de salle à manger de belle taille. La nôtre paraîtrait minuscule au milieu de la salle de bal. Et aussi des chaises, des tapis et, pour la cuisine, un pétrin. Celui que j'ai tombe en morceaux.

Nous commençons par aller voir l'*antichità* qui se trouve précisément via del Duomo, mais il n'y a rien susceptible de nous intéresser vraiment. Le patron que nous croisons depuis deux ans dans le bar où nous prenons souvent un café fait comme s'il ne nous reconnaissait pas et n'essaye même pas de chercher dans sa réserve quand nous lui expliquons ce que nous voulons. Nous ne nous attardons donc pas chez lui.

Pas davantage dans une autre boutique située un peu plus loin dans la même rue, où le propriétaire, vêtu comme s'il allait partir faire une partie de golf — pantalon écossais à carreaux rouges et pull rose en cachemire — nous écoute attentivement et finit par dire qu'il n'a rien pour nous. J'ai dû faire une impardonnable bêtise en demandant le prix d'une lampe. Les gens bien élevés ne font pas cela. Il nous parle quand même d'un *magazzino*, une sorte d'entrepôt situé à la lisière de l'Ombrie et du Latium et suggère que nous allions y jeter un coup d'œil.

Plus tard, ce soir-là, nous dînons chez Miranda et voilà qu'arrive Tilde. Nous lui demandons si elle connaît cet entrepôt et la réponse est oui. Elle promet de nous y conduire, là et dans d'autres endroits semblables. Mais, précise-t-elle, il faudra la laisser marchander. Nous sommes d'accord.

Nous décidons de partir en exploration le samedi suivant et sommes surpris de découvrir à l'heure fixée par elle, la voiture d'Edgardo devant notre porte — une Range Rover verte. Ils sont tous les deux sur la banquette arrière et Piotor est au volant. Nous nous installons et Edgardo précise :

« Tilde ne saurait pas faire la différence entre un pétrin et une commode.

— Et notre ami le *marchese* est tout simplement jaloux à l'idée que nous nous amusions bien sans lui », rétorque-t-elle.

Piotor a reçu l'ordre de stopper devant chaque *magazzino* se trouvant sur l'ancienne route de Viterbe à Rome et il obéit à la lettre. On nous fait entrer dans les profondeurs de vieilles fermes abandonnées et dans des caves à l'odeur fétide sous des églises qui ne sont plus consacrées depuis longtemps, chaque fois à la recherche d'éventuels trésors. Finalement, Edgardo nous annonce que nous allons maintenant à Torre Alfina, un petit hameau médiéval. Tout est bâti en mêmes pierres grises, le château miniature, la chapelle, les fermes, les granges et les étables. Il s'est mis à pleuvoir, un chien noir aboie et dans l'embrasure d'une porte, sur la place centrale, apparaît une haute silhouette qui s'exclame : « *Buona sera, bello mio* », à l'adresse d'Edgardo — qui répond aussitôt :

« Les domestiques sont de sortie, ce soir ?

— Oui. Je leur ai donné congé à tous. Il y a déjà trente-trois ans. »

Puis les deux hommes éclatent de rire et s'étreignent chaleureusement, une première fois, puis une deuxième :

« *Madonnina Santissima,* mais vous vous êtes vus hier, n'est-ce pas ? » demande Tilde.

Je suis surprise de découvrir chez Edgardo ce côté débordant d'affection...

On nous fait entrer dans une petite pièce meublée en tout et pour tout d'une table pliante, d'un réchaud électrique posé sur un minuscule réfrigérateur et d'un évier rempli de vaisselle sale sous un robinet qui goutte — plus la litière du chien près de la porte. Nous apprenons que l'ami d'Edgardo, Fabio, est *marchese* lui aussi et qu'il s'est aménagé cette petite cuisine, plus une chambre derrière et que c'est là qu'il vit, à l'entrée du *castelluccio*, le petit château, qui lui appartient. Même ces deux pièces minuscules, il a du mal à les chauffer parce qu'il n'en a plus les moyens. Ayant depuis longtemps dépensé la totalité de ses liquidités, il vit désormais en vendant peu à peu ses meubles, ses tapisseries, ses immenses tapis, son argenterie, sa porcelaine fine — tout ce qu'il possédait. Après la Deuxième Guerre mondiale, ses fermiers et leurs familles sont partis chercher du travail en usine, parfois jusqu'en Suisse. Il ne lui reste plus grand-chose, ni bijoux, ni armes de collection. Son histoire ressemble un peu à celle de Beatrice Ubaldini, la dernière matriarche à avoir vécu au 34 via del Duomo.

Fabio sort chercher du vin et Edgardo en profite pour nous préciser :

« Tant qu'il y aura une dernière cuiller à vendre, ou une dernière assiette, Fabio ne bougera pas d'ici.

— Il n'a pas de famille ?

— Si, deux fils mariés, partis depuis longtemps, peu après la mort de leur mère. Il n'y avait rien pour eux au village.

— Leur père, quand même.

— Je ne crois pas qu'ils aient raisonné ainsi. Quand ils ont compris que Fabio ne démembrerait pas la propriété, ne disposerait pas des terres ni du mobilier, ils se sont éloignés. Ils viennent en visite de temps à autre, en tout cas, c'est ce que Fabio prétend. Mais ils ignorent qu'il a fait don de son petit royaume à la commune d'Orvieto. Un jour, ce sera une école ou un musée. Ou alors une maison de retraite. Les fils n'auront rien. Et le testament est inattaquable. »

Si nous sommes là, c'est parce que Edgardo croit que Fabio possède encore une table de salle à manger parfaite pour nous — ce que celui-ci prétend avoir oublié. Il dit que non, il n'a jamais rien eu de semblable chez lui. « Mais si, insiste Edgardo, tu l'avais recouverte d'une sorte de tapisserie et disposé dessus des quantités de photos de famille dans des cadres en argent.

— Oh, rétorque Fabio, trouve-la et je la vendrai à tes amis. »

Aussitôt, Edgardo qui sait parfaitement que cette table existe nous entraîne dans un petit escalier en spirale jusqu'à la pièce où elle trône, effectivement. Elle est bois sombre, longue et plutôt étroite, avec des pieds galbés ornés d'ananas sculptés. Je me rappelle qu'autrefois, les capitaines des bateaux rentrant des tropiques au port de Nantucket plantaient un ananas avec un couteau dans la porte de leur maison. C'est pour moi un signe : je vais bientôt, moi aussi, rentrer à la maison...

« Si ce n'est pas une question trop vulgaire, dis-je à Edgardo, pourriez-vous demander à votre ami combien coûte cette table ? »

En même temps, je jette un coup d'œil à Fernando qui me fait signe qu'il est d'accord. Il sait très bien que je suis déjà en train de prévoir des menus de fête et des couverts joliment mis, avec des bougies partout.

« Je peux vous dire ce qu'elle vaut et ce qu'elle coûte, répond Edgardo, la différence entre les deux vous excitera sûrement. Mon ami n'est pas gourmand, plus il s'appauvrit, moins il l'est. »

Le prix demandé nous semble beaucoup trop bas. Avec l'appui de Tilde, nous décidons d'en offrir la moitié en plus. Edgardo essaie de protester, mais nous avons gain de cause. Au cours des semaines suivantes, nous reviendrons à Torre Alfina à plusieurs reprises pour acheter différentes choses : six cuillers à café en argent dans une boîte en velours vert, un coffre datant du quatorzième siècle un peu vermoulu mais encore en assez bon état, une étroite armoire dont je tapisserai l'intérieur de tissu damassé couleur abricot... Mais chaque fois que nous repartons, nous sommes tristes de laisser Fabio tout seul au milieu du peu qui lui reste encore...

*

On est à la fin d'octobre et la nuit commence à tomber à six heures. Les ouvriers éclairent le chantier comme une salle d'opération et ne s'en vont pas avant sept heures passées. Les travaux touchent à leur fin et ils parlent tous déjà de là où ils iront travailler ensuite, à Terni, je crois. Ils auront bientôt oublié la salle de bal.

Je viens seule constater les progrès en fin de journée. Fernando a transformé une des pièces de la « maison intermédiaire » en atelier où il restaure une douzaine de très belles chaises dépareillées qui s'aligneront autour de notre superbe table. Il décape aussi les portes de deux buffets français du dix-neuvième et je le laisse à ses huiles et ses pinceaux pour arriver au chantier vers cinq heures — en même temps que le barman avec ses cafés et ses gâteaux. Je vais, je viens, je note, je fais quelques croquis, vérifie des mesures. Quand tout le monde s'en va, je profite du silence soudain. Il ne reste qu'une ampoule allumée au bout d'un fil. Mais je l'éteins aussi et regarde par la fenêtre la rue pavée d'où monte une brume jaunâtre. Je prends une bougie, vais sur la terrasse, reviens dans la petite pièce voûtée qui sera mon bureau, ouvre des fenêtres. En fait j'attends quelqu'un. Qui vit dans un appartement juste de l'autre côté du *vicolo* longeant le palazzo Ubaldini. C'est un violoniste qui joue tous les soirs. Du Brahms, du Bach, du Paganini. Je le vois, dans une pièce assez vide, éclairée d'une lampe à abat-jour vert. Il a de longs cheveux noirs, une petite barbe noire, un visage très pâle, et il joue admirablement, les yeux fermés. Je suis seule à l'écouter. Brahms pour moi, juste pour moi, à huit heures, de l'autre côté du vicolo.

J'aimerais tellement qu'il ait une valse à son répertoire... Au bout d'un moment, je reviens dans la salle de bal et je m'assois au milieu du désordre qui règne encore partout et je rêve à ceux qui ont vécu ici autrefois. Aux bons fantômes Ubaldini. À ceux qui ont dansé dans cette pièce... J'aimerais vraiment qu'il joue une valse... Mais l'heure sonne et voilà mon prince vénitien qui arrive, pour m'emmener dîner chez Franco en bas ou alors jusque chez Miranda. Je lui dis :

« *Ciao, bello.* »

Il m'embrasse et s'enquiert :

« Mais tu as pleuré ?

— Non. Enfin, à peine. J'ai surtout valsé. »

Je ne lui parle pas du violoniste qui joue du Brahms juste pour moi. Pas maintenant. Pas encore.

*

On est aux premiers jours de novembre et les ouvriers commencent à emporter leurs échelles, leurs seaux et leurs établis. Le travail est fini. Avec deux ans et quelques mois de retard — mais il est fini.

Nous nous serrons les mains, disons au revoir à tous. Seul Carmine s'attarde un peu et dit qu'il nous préviendra quand le bébé sera né. Il m'offre une petite boîte de biscuits de chez Scaturchio, dont je lui avais dit que c'était mon pâtissier préféré à Naples.

Après quoi, nous nous mettons à balayer et à nettoyer des mètres et des mètres carrés de sol en carreaux de terre cuite et je me souviens de ce que disait Barlozzo, comme quoi cela ne servait à rien de les laver. Nous époussetons les murs blancs qui vont bientôt être peints. Les peintres ont déjà apporté leurs échelles et leurs pots. Nous avons choisi plusieurs échantillons de rouge chez Angelo Bruzzi, plus bas dans le corso, et Fernando a tracé quelques touches ici et là. Nous choisirons la teinte qui nous plaît après avoir regardé ce que cela donne à la lumière du jour, puis du soir.

Quand nous revenons le lendemain, Brienza est là, en compagnie de deux messieurs élégamment vêtus. J'ai l'impression que nous les avons déjà vus, mais je n'en suis pas sûre. Nous échangeons des bonjours, puis je me présente :

« Je suis Marlena de Blasi et voici mon mari, Fernando. »

Brienza s'interpose aussitôt :

« Il n'y aura pas de murs peints en rouge dans un palazzo Ubaldini. »

Il pointe du doigt les coups de pinceau de Fernando. Les deux gentlemen ne disent rien et se contentent de détourner les yeux.

Fernando s'approche tout près de l'un d'eux et demande :

« De quelle couleur préférez-vous que je peigne les murs de *mon* appartement ? »

L'individu marmonne quelque chose à Brienza qui va essayer de le protéger de ce Vénitien menaçant :

« Nous essayons seulement de vous détourner d'une décision abusive pouvant porter atteinte à la dignité d'un palazzo historique, dit-il.

— Je n'ai rien à faire de vos conseils. En fait, signor Brienza, je trouve cette visite inappropriée. Si vous vous étiez comporté de façon civile, vous m'auriez fait connaître le nom de vos amis. Mais comme ce n'est pas le cas, je considère que ce sont des intrus, dans une propriété privée et je leur demande de sortir de chez moi. »

Tout en parlant, Fernando s'est approché encore plus de l'homme qui se met alors à hurler :

« Je suis un Ubaldini et vous ne pouvez pas m'ordonner de quitter ce palazzo. »

Je me demande si cela va se terminer par un duel...

« La vérité, signor Ubaldini, c'est que je vais précisément vous ordonner de sortir de chez moi. De cet appartement que j'ai le droit, par contrat, d'habiter. Dont j'ai payé la rénovation. Et où je choisirai la couleur des murs qui me convient. Je vous salue bien. »

Fernando va jusqu'à la porte et l'ouvre en grand. J'en conclus que le duel n'aura pas lieu.

Troisième partie

VIA DEL DUOMO

20

Dans mon pays, on invite ses voisins et ses amis à dîner

Les murs rouges sont magnifiques. Du rouge des pépins de grenade, du cœur d'une rose. Toutes les pièces sont peintes dans des variations de rouge — plus clair ici, plus foncé là. Dans les chambres, à l'étage au-dessus, nous avons choisi une teinte ocre.

Avec l'aide de Samuele, nous avons demandé qu'on nous livre tous nos meubles entreposés au *magazzino* le dernier samedi de novembre. Entre-temps, nous avons installé les deux buffets français décapés, puis vernis, de chaque côté de la grande cheminée du salon. J'ai suspendu des tentures de satin dans des coloris abricot, melon et pêche, aux fenêtres donnant sur la terrasse et je les ai bordés de franges soyeuses achetées chez Valmar, à Florence. De leur côté, le signor Carlì et son fils sont à l'œuvre non-stop pour recouvrir et retapisser canapés, fauteuils et une superbe chaise longue avec des mètres et des mètres de damas trouvé dans une sorte de dépôt-vente nommé Tessil Toscana, à l'embranchement de l'autoroute près de Val di Chiana. Pendant qu'ils s'affairent, je m'occupe des coussins destinés aux chaises retapées par Fernando, avec ce qui me reste des derniers mètres de velours vénitien achetés chez Rubelli et Bevilacqua. Les Carlì, férocement économes, me montrent comment utiliser les plus petites chutes pour recouvrir l'intérieur des armoires et des tiroirs. Je ne leur dis pas que j'ai caché quelques mètres pour m'en faire plus tard une jupe ou une veste. Et je cache un rouleau de damas couleur pêche dans le coffre acheté chez Fabio...

J'époussette encore une fois la grande table déjà nettoyée et huilée — celle aux pieds décorés d'ananas. Désormais, la salle à manger n'est plus virtuelle. Il me reste maintenant à faire le compte de mes invités, à choisir une date, à lancer les invitations et à me mettre en cuisine. Je réfléchis : qui asseoir à côté de qui ? Voyons, Neddo à ma droite, Edgardo à la droite de Fernando, Barlozzo à côté d'Orfeo, Miranda ensuite, puis Tilde près de Luca. Qu'est-ce que Miranda m'a dit ?

Il est grand temps de mettre de l'ordre dans tout cela.

*

Cinq déménageurs déchargent le camion noir via del Duomo et montent toutes nos affaires jusqu'à la salle de bal. Un seul voyage aura suffi. Fernando qui avait soigneusement tout noté, l'emplacement de chaque meuble et de chaque caisse, n'a qu'à les guider. En une heure, c'est terminé et on se serre tous la main.

Nous sommes chez nous. Tout est en place, jusqu'à la moindre cuiller. Sans même nous concerter, nous montons jusqu'à notre chambre, Fernando assemble le lit peint en jaune, installe les matelas et je déroule les draps couleur bordeaux. Je range un peu, pose les tapis, remplis les armoires de nos vêtements, pousse les derniers cartons contre le mur. Miranda avait proposé de m'aider, Tilde aussi, mais j'ai refusé. J'ai tout le temps. Mais je sais qu'au moins Miranda va venir voir ce qui se passe et je guette déjà son pas dans l'escalier. Maintenant, il faut que je m'occupe de la cuisine.

Brienza nous avait annoncé des éléments qui ne seraient pas luxueux, mais c'est quand même très bien. Ils ont été disposés, il y a quelques jours déjà, contre un seul et unique mur. Évidemment, il n'y a que le strict nécessaire, pas de placards, pas de plan de travail. Il nous avait montré un croquis voici deux semaines, espérant, en tout cas d'après Fernando, que nous lui demanderions d'ajouter pas mal de choses, à nos frais, bien sûr. Mais nous nous sommes contentés de dire : « Comme c'est joli, c'est parfait. » Après quoi, nous avons pris et repris des mesures et fait appel à un menuisier qui utilise des morceaux de meubles anciens pour des installations au goût de ses clients. Il est venu regarder, a aimé les dimensions de la cuisine, le plafond très haut, et même l'unique et minuscule fenêtre plein nord. À partir de panneaux en merisier retrouvés dans une sacristie abandonnée du côté de Montepulciano, il nous a fabriqué deux armoires et des portes de placard. Puis il nous a emmenés chez un marbrier près de la gare où nous avons acheté une plaque d'un beau *rosso di Verona* pour servir de plan de travail et une autre pour y pétrir pâte à pain et à pasta, en l'installant de façon qu'on puisse aussi y prendre ses repas. Les prix proposés étaient raisonnables et les délais ont été respectés.

De son côté, Fernando a fixé au-dessus de l'évier trois barres en vieux bois et y a accroché des crocs de boucher de différentes tailles. Je vais y suspendre les ustensiles en cuivre que j'astique d'abord avec vigueur. Bientôt, tout est à sa place et ma cuisine est superbe ! De temps à autre, je vais jeter un coup d'œil à la table de salle à manger désormais entourée de ses chaises. Superbe aussi !

Mais Fernando a le visage gris de fatigue : « Écoute, me dit-il, ce qu'on ne finira pas ce soir, on le fera demain. »

Nous prenons un bain, nous habillons, allons jusqu'à la piazza del Duomo toute proche et entrons dans la petite Cantina Foresti, où nous demandons une bouteille de sauvignon blanc. Nous nous disons que nous n'avons pas faim, mais ferons par contre un long et délicieux déjeuner le lendemain chez Franco. Pour l'instant, nous n'avons qu'une envie, aller nous coucher. Nous offrons un verre à notre facteur venu, lui aussi, acheter une bouteille pour son dîner, puis à un de ses copains qui passe dire bonsoir. Après quoi, nous fermons bien nos manteaux, car il commence à faire vraiment froid et repartons via del Duomo — où Miranda nous attend devant la porte du 34, un carton recouvert d'une serviette posé à côté d'elle sur les marches. Elle est en grande conversation avec Barlozzo.

« Et où étiez-vous donc ? nous interroge-t-elle sur un ton de Mère Supérieure.

— Je ne pensais pas que vous viendriez... Je veux dire que j'aurais dû m'en douter... Mais il était déjà tard et... »

Tout en lui répondant, je serre Barlozzo dans mes bras.

Je suis si heureuse de les voir tous les deux que d'un seul coup, j'ai faim, vraiment, à vrai dire je meurs de faim et tandis que nous montons l'escalier, Fernando en tête qui porte le carton, Barlozzo derrière avec un sac rempli de bouteilles, je comprends que nous allons quand même dîner ce soir. Je demande à Miranda :

« Mais qui fait la cuisine chez vous, alors ?

— Tout est sous contrôle. J'avais préparé d'avance une soupe et un ragoût. Mes neveux se débrouillent très bien avec la salade et les *bruschette.* Je ne voulais manquer votre premier souper pour rien au monde. »

Quand j'ouvre la porte de la salle de bal encore très en désordre, je me dis que je n'aurais pas pu prévoir une pendaison de crémaillère plus chaleureuse que celle préparée par ces deux-là.

Miranda sort de son carton différentes petites marmites, une avec de la soupe, une autre avec du lapin, une troisième avec des saucisses aux herbes. Elle donne des ordres à tout le monde : moi, je dois mettre le couvert, avec la belle nappe et l'argenterie qu'elle a apportées. Fernando doit ouvrir les bouteilles. Barlozzo, lui, n'a plus qu'à s'asseoir. Elle ajoute quelques excuses, au cas où il n'y aurait pas assez à manger pour quatre.

Là-dessus, on sonne à la porte. Je vais ouvrir et découvre Edgardo et deux palmiers plantés dans d'énormes pots en porcelaine blanche et bleue, derrière lesquels on devine Piotor :

« Nous sommes venus plus tôt et comme vous n'étiez pas là, je m'apprêtais à laisser ça sur le palier, mais j'avais vraiment envie de voir quel effet produit la table dans votre salle à manger... »

Je le fais entrer, Piotor tire les pots, Edgardo repousse cartons et caisses pour leur frayer un passage, Fernando s'avance pour les saluer et Barlozzo observe la scène depuis la porte de la cuisine, les mains dans les poches.

« *Marchese d'Onofrio, voglio presentarvi a Gilberto Barlozzo* », dis-je, en m'arrêtant de justesse pour ne pas présenter Barlozzo comme « *il duca*, le duc », surnom que nous lui donnons depuis que nous le connaissons. Or duc, c'est un cran encore au-dessus de marquis et l'effet aurait été garanti... Après quoi, je présente Piotor et il me semble que notre vieil ami lui serre la main plus chaleureusement qu'il ne l'a fait avec Edgardo. A-t-il remarqué à quel point Edgardo et lui se ressemblent physiquement? Même haute silhouette, même chevelure blanche, mêmes yeux noirs. Ils pourraient presque être jumeaux...

Miranda surgit de la cuisine et salue de la tête :

« *Buona sera, marchese.* »

Ces deux-là se connaissent très bien. Elle a lavé son linge et fait la cuisine chez lui pendant des années. Il ne lui tend pas la main et se contente d'un simple « bonsoir ». Le silence se fait dans la salle de bal. Je dis alors que je vais ajouter deux couverts mais Edgardo demande à Piotor d'aller l'attendre dehors, il ne tardera pas à le retrouver. Puis il se tourne vers moi :

« Non, merci beaucoup, ma chère, mais on m'attend pour dîner. Je suis juste venu jeter un coup d'œil et vous souhaiter une bonne première soirée chez vous. Et prenez garde, je vais bientôt vous demander d'installer d'aussi belles tentures dans mon propre salon. Vous avez très bon goût, ce que je vois ici est délicieusement rococo. »

Miranda est déjà repartie dans la cuisine et il me semble bien entendre un fracas de couvercles sur des casseroles — et « délicieusement rococo » répété sur un ton irrité. On sonne à nouveau à la porte.

Tilde fait son entrée à son tour, pendants de diamant aux oreilles et manteau de lynx jusqu'aux chevilles. Je me souviens alors de ce que Katherine, l'Anglaise qui n'aimait pas Orvieto, m'avait dit à propos d'une femme croisée sur le marché, « en fourrure de la tête aux pieds qui réclamait quelque chose de gratuit ». Si seulement elle avait su à quel point Tilde peut se montrer généreuse avec ses voisins... Je l'attire contre moi pour l'embrasser. Elle me tend une bouteille de champagne dans un sac en velours. Et je m'empresse de la présenter à Barlozzo avec qui elle entame aussitôt le plus charmant des flirts :

« Cela fait au moins cent ans que j'attends de faire votre connaissance. Marlena a raison, vous êtes le portrait de Gary Cooper. Venez vous asseoir à côté de moi que je vous examine de plus près. »

Elle a fait mine de complètement ignorer la présence d'Edgardo qui, blessé, s'approche pour lui prendre son manteau. Dès qu'elle est entrée, elle a senti que quelque chose n'allait pas et qu'il fallait arranger cela. Donc avant de choisir un siège, elle va dans la cuisine pour embrasser Miranda — qui a tout compris et se met à rire à gorge déployée. C'est contagieux et bientôt je ris aussi. Tilde nous imite, puis allume une Gauloise sur le gaz, après en avoir coupé le bout filtre.

« Vous êtes une coquine, lui dit Miranda.

— Bien sûr. Depuis toujours. »

Il est évident que Barlozzo n'a jamais de sa vie rencontré personne comme elle. La plupart d'entre nous non plus, d'ailleurs. Voilà qu'il redevient un gamin intimidé, qui vérifie furtivement si sa chemise est bien boutonnée. Maintenant, les trois hommes rient à leur tour. Et on sonne encore à la porte. Fernando va ouvrir, voici Neddo, les bras chargés de bûches.

Là, on ne rit plus. Depuis plus de soixante ans, Edgardo et lui sont toujours restés à au moins un kilomètre l'un de l'autre. Depuis l'histoire de la pêche volée.

Miranda me lance un regard de reproche, comme si j'étais responsable de cette rencontre inattendue — ce qui n'est peut-être pas entièrement faux puisque je les considère tous les deux comme des amis. Elle a l'air d'être sur le point de bondir au secours de Neddo et de l'entraîner dans l'escalier pour le mettre à l'abri de son vieil ennemi, mais Tilde ne lâche pas le devant de la scène : « *Neddo, amore mio* », dit-elle, en étreignant le petit homme, ses bûches toujours dans les bras. Il ne s'y attendait évidemment pas du tout car jusque-là, ils n'ont jamais guère fait que se serrer la main. Enchanté, il arbore aussitôt un large sourire et s'empresse d'aller garnir la cheminée. Mais Tilde ne lâche rien : « *Vieni, Neddo, vieni a vedere chi cé,* viens voir qui est là. »

Il avait bien sûr parfaitement vu. Il se laisse conduire par elle jusqu'à Edgardo et Barlozzo, devant qui il semble tout petit. Le duc connaît l'histoire, mais il sait que ce n'est pas à lui de briser la glace. C'est Neddo qui attaque, s'arrête, se reprend, puis déclare :

« Si je devais vous voir encore une fois, je remercie la Madone que cela ait lieu ici. Vous avez vieilli, signor Edgardo, énormément vieilli. Alors que chaque fois que j'ai pensé à vous, depuis tant d'années, je revoyais le petit salaud de seize ans que vous étiez autrefois. »

Edgardo aspire un bon coup. Neddo poursuit :

« Je suppose que dès le début si je vous avais connu tel que vous êtes maintenant, vous m'auriez fait pitié. Enfin, une pitié assortie de beaucoup de mépris. Comprenez bien que ce que je savais de vous, à l'époque, sans pouvoir deviner à quel point vous seriez décrépit un jour, c'était que votre cœur ne changerait jamais. Des misérables comme vous ne changent pas, signor Edgardo. Et je trouve que c'est triste de vivre avec un cœur aussi noir que le vôtre.

— Neddo, ce n'est ni le moment ni l'endroit pour une discussion. J'aurais pu mourir très content de ne jamais vous avoir revu, mais puisque le destin m'a refusé ce plaisir, j'aimerais quand même que nous nous parlions. En privé, bien sûr. Si nous descendions fumer une cigarette et fixer un rendez-vous pour plus tard ? »

Edgardo a dit tout cela d'une voix très calme.

« Comment puis-je être sûr que vous n'allez pas essayer de me brûler, signor Edgardo ? »

Neddo tient maintenant le devant de la scène. Miranda est blême de peur. Elle reste immobile dans l'embrasure de la porte de la cuisine, Tilde à côté d'elle, silencieuse pour une fois. Barlozzo et Fernando s'affairent devant la cheminée. Je me rapproche d'eux, hésite, puis m'écroule sur une chaise.

Neddo et le *marchese* se dirigent vers le hall d'entrée, Edgardo se retourne et nous regarde, avant de déclarer :

« En l'honneur de l'installation de Marlena et de Fernando dans ce merveilleux palazzo, en l'honneur aussi de ma réconciliation inattendue avec mon vieil ami Neddo, je vais, si vous le voulez bien, aller réserver une table au restaurant de Franco pour que nous puissions célébrer ces deux événements. Je suis sûr que Piotor se joindra à nous.

— *Noblesse oblige* », dit Barlozzo à mi-voix tandis que la porte se referme sur les deux hommes.

Personne ne parle. Tilde se charge de mettre au réfrigérateur les plats apportés par Miranda, ainsi que la bouteille de Piper Heidsieck sortie de son sac en velours — boucles d'oreilles en diamant virevoltant au passage. Miranda la regarde s'affairer. Puis elle s'approche de moi et me suggère d'aller me changer. Fernando et Barlozzo sont sortis fumer sur la terrasse.

Je monte dans ma chambre, choisis une jolie jupe et de belles chaussures. Je me brosse les cheveux, la tête en bas. « Finalement, tout s'est bien passé... » Je me le répète à moi-même comme s'il fallait que je présente ma défense. Mais à qui ? Et pourquoi ? Je n'ai pas volé de pêche, ni brûlé un verger entier. En outre, je n'ai rien manigancé pour que ces deux-là se rencontrent... Bon, un rouge à lèvres bien vif, une bouffée de mon parfum préféré, *Opium*.

Je crie en direction du salon : « J'arrive », mais découvre que seul Fernando m'a attendue. Il a ouvert la bouteille de champagne et servi deux très grands verres en cristal de Bohême, que nous sortons dans les grandes occasions. Nous nous installons à une petite table près d'une fenêtre.

« Je voulais que nous puissions avoir un moment juste pour nous deux, avant d'aller retrouver les autres. Rien ne presse, me dit-il. Ils vont s'asseoir, consulter le menu. Tilde et Miranda sont allées faire un tour, elles viendront plus tard. Barlozzo reste à proximité des deux autres, au cas où il faudrait les séparer.

— Ai-je quelque chose à me reprocher dans cette histoire ?

— Non, non, bien sûr que non. Le problème, c'est que, Barlozzo mis à part, tous ces gens se connaissent depuis très longtemps. Et je crois que ce qui s'est passé ici ce soir est quelque chose de très privé, n'appartenant qu'à eux. Et qui n'aurait pas dû nécessairement se produire devant des étrangers, c'est-à-dire nous. Je ne sais pas s'il en sortira une vraie réconciliation ou non. Barlozzo a eu raison de dire "*noblesse oblige*". Edgardo a essayé vaillamment et est encore en train d'essayer de sauver la soirée et peut-être davantage, mais je pense qu'aucun d'eux n'était à son aise. Sauf peut-être Tilde. Elle est capable d'affronter les situations les plus dramatiques. Mais même elle s'inquiétait pour ses amis. Écoute, ce que je voudrais te demander, avant que nous allions les rejoindre, c'est de ne pas parler ce soir, et peut-être jamais plus, de ce dîner dont tu rêves. Auquel tu aimerais tous les inviter, plus quelques autres. Miranda m'a dit que tu lui avais parlé d'Orfeo et Luca, les deux bergers. Chérie, aide-moi à comprendre pourquoi tu fais semblant d'ignorer des règles culturelles très anciennes, presque sacrées. Comment peux-tu envisager de faire asseoir à la même table des gens aussi différents ? Comment oses-tu ? Crois-tu qu'ils seraient à l'aise ensemble ? Miranda a dû te dire que c'était leur manquer de respect. Une forme d'impertinence. Je suis d'accord avec elle.

— Tu es sûr de ne pas me trouver d'autres défauts ?

— Il y a peut-être de la vanité chez toi. De l'égoïsme aussi. Quand tu veux absolument quelque chose... Oh, bien sûr, de la générosité aussi. Mais enfin pourquoi insistes-tu autant pour réunir des gens qui ont en commun une histoire, des moments de grande souffrance et assez peu de joies — en ajoutant deux bergers pour pimenter le tout — afin de quoi ? Réparer quelque chose, guérir quelqu'un ? Est-ce un terme qui te convient ?

— Mais je n'insiste absolument pas ! D'ailleurs je n'ai encore lancé aucune invitation. Et si je le fais, personne n'est obligé d'accepter. Chacun est libre de me dire non. Je ne parle que d'un dîner, Fernando, pas d'un édit royal vous priant d'assister à une exécution publique. Je ne vois aucune de ces barrières culturelles qui vous déplaisent tant à toi et à Miranda. Pour moi, cela n'existe pas. C'est l'avantage d'être une étrangère, avec ses codes à elle. Dans mon pays, on invite ses voisins et ses amis tous ensemble. Je n'ai jamais pensé faire autre chose.

— Marlena, tu veux bien oublier ce projet de dîner ? »

Si je n'avais pas encore compris, je sais maintenant que je ne suis rien d'autre qu'une adolescente mal élevée qui trébuche au milieu de ces impérieux Latins. Mon mari prend mon silence pour une reddition. Il veut me serrer dans ses bras, je le repousse. Il m'embrasse, mais je ne lui rends pas son baiser.

21

Smokings et robes du soir

La vie via del Duomo n'a finalement rien de très nouveau pour nous étant donné que nous habitons Orvieto depuis plus de deux ans. Et comme nous avons suivi de près les travaux au palazzo Ubaldini, nous sommes là aussi en terrain familier. Toutefois y être installé désormais est quelque chose de très différent.

Avant, nous étions toujours en train d'aller et venir, de repartir ailleurs. Maintenant nous y sommes pour de bon. C'est là que nous nous réveillons le matin. Il va falloir prendre certains rythmes, des habitudes, trouver, en somme, notre vraie place.

La première personne que nous saluons le matin, c'est Giovanni, l'épicier en bas de chez nous. Quand nous descendons, juste après huit heures, il est là, en train d'ôter du porte-bagages de sa moto un carton rempli de pains tout juste sortis du four qu'il est allé chercher chez le boulanger de la piazza Scalza. Il nous tend la main et je sens sa paume encore chaude du contact avec les grosses miches. Quelle belle façon de commencer la journée !

Ensuite, voici Franco qui balaye devant son restaurant, tout en dirigeant l'arrivée et le départ de camionnettes de livraison avec le savoir-faire d'un bobby londonien. Il s'agit d'approvisionner son établissement mais aussi la boutique de Giovanni, en saucisses de sanglier, fromages artisanaux et bidons de la célébrissime huile d'olive d'Ombrie. Raffaello, le marchand de tabac, balaye, lui aussi, et tend au passage à Fernando un paquet de ses cigarettes préférées en lui disant de payer plus tard. Voici qu'apparaît Alessandro, le bijoutier, les cheveux noués en queue-de-cheval, casquette vissée sur la tête, qui nous souhaite une bonne journée avant d'ouvrir sa minuscule boutique. Ça y est, tous les acteurs ont pris place. À huit heures trente, un premier car de touristes allemands, ou espagnols, ou américains, a déversé sa cargaison devant un magasin de souvenirs. Des enfants courent vers l'école en criant, leur blouse bleue dépassant de leur manteau. Et bien qu'on soit déjà en décembre, toute une troupe de vieillards apparaît, on s'embrasse, on se serre la main et on va s'asseoir le visage tourné vers le soleil sur les bancs prévus pour eux contre le mur de la chapelle du treizième siècle de l'autre côté de la rue. Giovanni vient saluer tout le monde en s'exclamant : « *Ringraziamo Dio per un altro giorno, ragazzi !* Remercions Dieu pour cette nouvelle journée, les enfants ! »

La réalité c'est que Franco, Giovanni, Raffaello et quelques autres, à moins de quinze mètres les uns des autres, via del Duomo, sont tous ou presque nés la même année, ont grandi là, fréquenté la même école, se sont mariés plus ou moins en même temps, ont eu des enfants, ont perdu leurs parents — toujours dans une atmosphère de fraternité amicale, ce qui n'empêche pas certaines querelles au passage. Ils ont aujourd'hui la soixantaine bien sonnée.

Nous allons prendre un cappuccino, puis rentrons chez nous. Nous allumons le feu dans la cheminée du salon et ouvrons grand les fenêtres quand sonnent à la volée les cloches à neuf heures pile. On entend un peu plus loin les élèves d'un cours de chant qui commencent à s'échauffer la voix. Sans nous l'avouer, Fernando et moi essayons de trouver une bonne raison de rester près de la terrasse car nous ne voulons pas manquer le spectacle des paniers.

Des sonnettes de bicyclettes annoncent aux habitants des derniers étages des palazzi bordant la via del Duomo que les livraisons attendues arrivent. Il peut s'agir de souliers qu'on vient de faire ressemeler empaquetés dans du papier kraft, ou d'une sélection de fromages, d'une douzaine de côtelettes... Les volets s'ouvrent et voilà les paniers qui descendent au bout d'une corde, dans un grincement de poulies, puis remontent, dûment chargés. Quand ils sont arrivés à bon port, sous les cris d'encouragement des petits livreurs, les fenêtres se referment.

J'aime tellement la vie telle que je la vois Via del Duomo que je commence au bout de quelques jours à avoir peur. Peur que tout cela ne dure pas. Je veux que Franco, Giovanni et Raffaello soient là pour toujours. Que rien ne change...

*

Nous travaillons dur à finir notre installation, après avoir décidé que peu importe s'il y a des détails qui ne nous plaisent qu'à moitié : des portes en bois creux, de la boiserie mal faite, des carreaux de salle de bains de médiocre qualité. Tant pis : nous rajoutons une belle lampe près d'un confortable fauteuil, disposons de délicates assiettes japonaises le long d'une étagère... Ce sera toujours assez bien pour nous. En milieu de matinée, nous redescendons boire un café et manger un gâteau. Ou deux... Plus peut-être une belle part de pizza blanche. À l'heure du déjeuner, Giovanni nous apporte des grosses tranches de mortadelle ou de salami, du pain frais et une bouteille de rubesco, coiffée de deux gobelets en carton. Pour l'instant, nous nous contentons de pique-niquer. Nous avons attendu si longtemps qu'il nous faut une période intermédiaire de quelques jours avant de pouvoir nous dire qu'enfin, nous *habitons* dans notre salle de bal.

*

Personne n'a reparlé de la rencontre de Neddo et d'Edgardo le premier soir, ni Fernando, ni le *marchese* qui passe nous voir en fin de journée et sort des poches de son vaste manteau des boîtes de thé russe ou des chocolats qu'il a commandés chez Gilli à Florence. Je bats des œufs avec de la crème, du cognac et du sucre, verse le mélange dans des verres et nous le dégustons au coin du feu. Il dit qu'il adore ça et je comprends ce que cela signifie : qu'il est content d'être au calme avec nous et qu'il sait que nous sommes contents aussi.

Barlozzo non plus n'a plus abordé le sujet. Il surgit chez nous vers huit heures et, nous trouvant encore au milieu de caisses et de cartons, nous demande si oui ou non, nous ne voyons pas qu'il est l'heure d'aller dîner. Il est bien plus soigné que d'habitude, cheveux peignés, la raie au milieu, chemise repassée rentrée dans un pantalon en lainage bleu foncé que je n'avais jamais vu auparavant. Le nouveau rituel, c'est qu'il nous emmène en voiture dîner chez Miranda où Tilde nous attend et nous nous attablons tous les quatre. Miranda se joint à nous dès qu'elle a une minute. Si Orfeo et Luca sont là, ils rapprochent leurs chaises, nous offrent du fromage et nous buvons plus que si nous n'étions que tous les deux, Fernando et moi.

Toujours en manteau de lynx, Tilde la séductrice sait parfaitement qu'elle a charmé notre vieux duc. Mais elle le tient délicatement à distance, comme pour lui signifier : « Hé, vous me plaisez aussi, mais ce n'est qu'un jeu. » Naturellement il a tout compris, il ne demande rien de plus. Il est content de plaire, cela lui suffit et c'est bon pour son moral.

*

Je n'ai pour l'instant que des envies de cuisine simple. Je sors tôt le matin et vais au marché encore noyé dans le brouillard. Les paysannes équipées d'écharpes, de châles et de gants allument des réchauds avant de disposer leurs légumes sur les étals. Il y a des cardons couleur ivoire, des citrouilles d'un orange ardent, des pyramides de navets et de panais, des céleris. Ma chère Tomassina remplit mon sac de poivrons verts et jaunes. Elle me conseille de les cuire au four avec du fenouil sauvage et quelques belles pommes de terre — si j'en trouve, me dit-elle. Eh oui, j'en trouve.

Un sapin a été dressé sur la petite place derrière la banque. Mais ce n'est pas un arbre de Noël tout à fait comme les autres. Une centaine de messages sont accrochés à ses branches par un bout de ficelle ou un ruban. Je m'arrête pour en lire quelques-uns :

« Lisabetta, tu m'aimes encore ? S'il te plaît, pardonne-moi. Federico. »

« Tu sais que je ne peux pas vivre sans toi. Alors reviens, reviens à la maison, Giovannino, je t'en prie. À toi pour toujours. Nicoletta. »

« Gioachino, rapporte-moi du savon, sinon je ne pourrai pas laver tes chemises. Et aussi du pain, deux cents grammes de jambon, un demi-litre de lait et quelque chose pour le dessert. Je t'aime. Rosanna. »

« Salut, Romeo. En rentrant un soir, s'il te plaît, regarde la vitrine de la boutique d'Anna. Il y a un pull vert qui n'est pas très cher. Tu veux bien me l'acheter pour Noël ? Sara. »

Une fois chez moi, je huile un plat à gratin, le garnis de poivrons coupés en morceaux et de pommes de terre, plus des fleurs de fenouil séchées, encore de l'huile, du sel et tout va dans le four. À feu vif pendant trente minutes, puis beaucoup plus bas ensuite, de façon à ce que les arômes se mélangent bien. Je mets à lever de la pâte pour deux pains de maïs. J'ouvre une bouteille d'un rouge capiteux.

Enfin j'ai un fourneau à moi, une cuisine à moi — qui restent, bien entendu, aussi ceux des Ubaldini. Au bout de sept ou huit heures, je sors le plat et le mets à refroidir sur la terrasse. Je fais cuire les pains.

Il est maintenant l'heure des *aperitivi.* Nous

sortons et achetons au passage un bon morceau de castelmagno, un fromage aux laits de vache, chèvre et brebis parfumés aux herbes de la montagne. Emilio se le procure chez un éleveur quelque part dans le nord. « J'ai pensé, dit-il à Fernando, que vous auriez peut-être la nostalgie de ce qu'on mange du côté de chez vous. » Nous l'accompagnons d'un délicieux sangiovese. « Cela veut dire : sang de Jupiter, nous explique Giovanni en nous tendant la bouteille. C'est à boire uniquement au lit.

— Bonne idée », répond Fernando qui, aussitôt rentré à la maison, met dans un panier napperon, assiettes, couverts, verres et monte dans notre chambre. Je le suis avec le plat de poivrons et pommes de terre, le pain et le fromage. Je trouve le couvert mis sur l'édredon, des bougies déjà allumées. Mon Vénitien de mari verse le « sang de Jupiter »... Ça y est, nous sommes vraiment chez nous, au 34 via del Duomo.

*

On est le 10 décembre et la ville se prépare pour Noël. Nous, nous attendons six Américains de Miami Beach pour les accompagner pendant une semaine. Quand deux d'entre eux, un couple très enthousiaste qui avait déjà voyagé avec nous, nous ont proposé de revenir à cette date, nous avions d'abord dit non. Mais ils ont insisté et nous nous sommes entendus pour une semaine en Toscane et en Ombrie. Ils veulent s'initier à la cuisine locale pour servir un repas de Noël italien à leurs amis à leur retour. Quand nous avons préparé leur itinéraire, nous ne savions pas encore que nous serions alors installés dans notre salle de bal et j'avais prévu que les cours auraient lieu à La Badia, un très bel hôtel installé dans un ancien couvent du douzième siècle aux portes d'Orvieto. C'est d'ailleurs là que nous avions décidé de loger tout le monde. Je ne souhaite rien changer mais il y aura aussi une démonstration au restaurant de Miranda, où elle sera au fourneau. Au fur et à mesure que la date se rapproche, elle devient aussi excitée qu'une jeune mariée à la veille de ses noces.

Elle s'est fait teindre les cheveux en châtain foncé. A acheté au marché des souliers compensés en cuir. Plus un tablier fleuri. Elle répète indéfiniment une phrase d'accueil en anglais et récite du matin au soir la recette des cardons gratinés. Comme c'est moi qui ferai office d'interprète, je commence à prendre les cardons en horreur. Elle s'applique aussi à imiter les cuisiniers qu'elle a vus à la télévision, tête penchée sur le côté, casserole ou marmite à bout de bras.

Comme nous le faisons d'habitude avec nos clients, nous avons pris soin d'établir d'avance une liste de ce que chacun et chacune souhaite ou n'aime pas. Cette fois, ils ont tous largement la soixantaine, sont, nous disent-ils, « en bonne santé mais un peu paresseux », adorent bien manger et bien boire, ont envie de repas rustiques et délicieux dans des petites auberges. Le dernier soir, par contre, ils veulent une surprise, quelque chose en smoking et robe du soir. Et, nous précise l'un d'entre eux, « cette fois, Marlena, pas de visites de musées ».

Ils nous ont dit vouloir tout savoir sur l'huile d'olive et les fromages. J'ai donc mis au programme les cours de cuisine et les dégustations soit en début de matinée, soit en fin d'après-midi. Cela laissera du temps pour les repas, ainsi que les visites de villages pittoresques. Nous irons écouter des chants grégoriens au monastère Santo Norbert, dégusterons de merveilleux brunello à Montalcino. Un jour, nous irons déjeuner à Pienza de cochon de lait rôti et de champignons sauvages dans un imposant château médiéval. Nous rencontrerons un maître fromager clandestin qui fait le meilleur pecorino de Toscane. Nous nous régalerons des huiles au goût délicat d'artichaut et de noisette. Sa femme nous servira d'épaisses tranches de son pain maison, du saucisson de sanglier, du salami au fenouil et un bon vin rouge. Nous chercherons des truffes avec Barlozzo et son copain Virgilio et le lendemain, sur le coup de dix heures du matin, découvrirons les prestigieux vins blancs d'Antinori, à Castello della Sala.

Le programme est parfaitement au point, je ne veux rien y changer, sauf le fameux dernier soir, « en smokings et robes du soir ». Initialement, j'avais engagé un bon chef pour faire le dîner qui devait être servi dans l'imposante salle à manger d'un château du seizième siècle près de Todi, parfois louée pour des réceptions. Mais je commence à me dire que ce serait peut-être une plus belle surprise pour nos voyageurs si la fête avait lieu chez nous, dans la salle de bal. J'inviterai Miranda et Barlozzo. Avec Fernando et moi, nos six Américains, cela fera dix convives. Parfait pour inaugurer notre table aux pieds sculptés d'ananas. Je pourrai préparer certains plats à l'avance, d'autres en fin de soirée, quand les Américains seront rentrés à l'hôtel, et veiller aux derniers détails le jour même, où ils auront quartier libre pour faire du shopping à Orvieto.

Je me dépêche de parler de mon projet à Fernando, sans trop lui laisser le temps de réfléchir. Mais il reste très calme et se contente de dire :

« Je crois que Mary Grace et Will aimeront beaucoup cette idée. On devrait quand même peut-être leur en parler avant. »

Will est un sénateur à la retraite et Mary Grace l'héritière d'une grosse fortune, dont l'arrière-grand-mère a été dame d'honneur à la cour impériale de Russie. Fernando ne doute pas qu'ils apprécieront de dîner avec un vieux chasseur de truffes qui ressemble à Gary Cooper et une cuisinière ex-femme de ménage. Pourquoi ? Simplement parce qu'ils sont américains.

Et moi je remercie le ciel que des Will et Mary Grace existent, même si certains Américains parlent trop fort, se baladent en bottes et chapeau de cow-boy, lisent des résultats de matchs de base-ball à l'entrée d'un monastère du douzième siècle et me disent : « Marlena, ma chérie, j'ai assez vu d'églises pour cette fois. » Et tant pis si on me prévient : « Je ne mange ni pâtes, ni riz, ni rien de sucré. D'ailleurs rien de blanc. Pas de lapin, pas d'agneau non plus. Ce que je veux, c'est un steak avec de la salade deux fois par jour, deux œufs durs au petit déjeuner et un bol de céréales All Bran, sans lait, avant de me coucher. Vous pouvez vous en occuper, Marlena ? »

Ce n'est pas grave. Moi aussi, je suis une Américaine et je peux être l'amie d'un berger, d'un marquis et d'une paysanne. Je peux les inviter à ma table et m'asseoir à la leur, pour tremper du pain dans du vin rouge.

Bon, il reste pour l'instant deux chaises vides dans ma salle à manger. Je ne veux pas y penser. On verra bien ce qui peut encore arriver.

22

Madame aimerait-elle que je lui joue une valse ?

Nos touristes américains arrivent dans quelques jours. Je sais trop bien que cela va être la course pour avoir à temps tout ce dont j'ai besoin pour le fameux dîner. Assise près de la cheminée, un verre de *vin santo* à portée de main, je fais la liste de mes fournisseurs préférés dont j'ai noté les noms et les adresses au fil du temps dans un gros carnet relié en cuir rouge. Je sais où commander du fromage, par exemple, et qui concocte les meilleures saucisses. Il faut maintenant établir le menu.

Le hors-d'œuvre sera ce que mangeaient déjà les bergers à l'âge de pierre. Ils savaient chauffer tous les jours un peu de lait, le laisser refroidir, en rajouter, etc., jusqu'à ce que le mélange prenne. Après quoi, avec une poire sauvage et un peu de miel, ils avaient un souper assez sophistiqué, où les saveurs se mélangeaient parfaitement.

Ensuite, je confectionnerai moi-même les *umbrichelli*, ces grosses pâtes typiquement ombriennes, et je les accompagnerai d'une sauce aux olives noires — celles, tombées des arbres, et qu'on faisait ramasser par les enfants pour qu'aucun de ces précieux fruits ne se perde.

Le plat principal sera du porc braisé aux pruneaux. Il faut masser la viande avec des épices et des herbes, puis la laisser reposer deux jours, avant de la cuire longtemps à feu doux.

Les desserts, il y en aura en réalité trois, à déguster en même temps : une glace à la cassonade et à l'huile d'olive, des oranges sanguines caramélisées et des beignets aux mûres sauvages. Donc :

Antipasto

Poires sautées au pecorino, avec de la *focaccia* aux noisettes.

Primo

Umbrichelli con olivada.

Secondo

Porc braisé au vin rouge et aux prunes.

Polenta de châtaigne.

Desserts

Glace à la cassonade, oranges sanguines caramélisées.

Beignets aux mûres.

Un repas à la fois rustique, raffiné, inventif et traditionnel. Je recopie le menu et vais le porter à Miranda, en l'invitant par la même occasion. Je m'attendais qu'elle manifeste le même enthousiasme que pour son cours de cuisine, mais pas du tout, elle refuse.

« Non, je ne pourrais pas passer un repas entier avec ces étrangers. Je ne parle pas leur langue, ils ne parlent pas la mienne. Cela me rendrait trop nerveuse. Non, Marlena, c'est impossible.

— Voyons, il y a des moyens de communiquer plus efficaces que le langage. En outre, au moins deux de nos invités savent l'italien. Et puis nous serons là pour traduire.

— Il faudrait que j'achète une nouvelle robe.

— On peut faire les magasins ensemble.

— Je vais réfléchir...

— J'invite aussi Barlozzo. Le fait qu'il soit là peut vous aider à accepter ?

— Pas du tout. Il va se planquer derrière une bouteille de vin et marmonner des bêtises sur Miami Beach. Ou cela me fera rire, ou cela m'énervera. »

*

« Pourquoi, bon sang, voulez-vous m'obliger à goûter à tous vos plats bizarres et par-dessus le marché en compagnie d'une bande de vieux arrivés tout droit de Miami Beach ?

— Ils sont tous plus jeunes que vous.

— Je trouve que j'en fais déjà assez en les baladant dans les bois. Je ne devais pas être dans mon état normal, trop saoul, sans doute, quand je vous ai promis ça. Et je le regrette, à peu près autant que si je m'étais engagé à sortir avec le diable. Si la chienne de mon copain Virgilio n'aime pas vos pèlerins, elle ne cherchera pas des truffes, mais se concentrera sur leurs fesses.

— Vous pourriez porter votre pantalon de cuir florentin. »

*

On nous a livré à peu près tout ce dont j'ai besoin pour le repas — jusqu'aux oranges sanguines arrivées de Sicile. Il faut maintenant que je pense à la décoration de la salle de bal. J'ai demandé à Neddo de m'apporter des branches d'olivier — la cueillette des olives vient de se terminer — et de nous emmener, Fernando et moi, chercher des branches de sapin dans les bois du côté de La Svolta. J'en avais parlé aussi à Barlozzo et voilà qu'il m'apporte de quoi remplir la cathédrale. Je préviens Neddo que nous avons finalement ce qu'il nous faut, mais il est déjà en route, avec un chargement impressionnant. Une fois que tout a été déchargé et monté chez nous, nous sirotons de la grappa devant la cheminée. Neddo ne dit rien. C'est moi qui lui précise que nous avons des clients américains qui arrivent bientôt et je veux donner pour eux une petite fête avec un avant-goût de Noël.

Il me demande si j'aurai assez de bois ?

« Oui, plus qu'il n'en faut.

— Si vous voulez, je peux venir vous aider pour le service ou la vaisselle. J'ai déjà fait ça. Autrefois, il y avait de très belles fêtes à Orvieto, avec orchestre et soupers fins. Je suis prêt à vous donner un coup de main.

— Eh bien, si vous êtes libre ce soir-là, pourquoi ne viendriez-vous pas vous joindre à nous ? »

Voilà, je l'ai dit, sans même réfléchir, sans en avoir discuté au préalable avec mon Vénitien de mari. J'ai parlé avec mon cœur, c'est tout. Pour moi, c'était aussi naturel d'inviter Neddo que Miranda.

« Oui, bien sûr, ajoute Fernando tout sourire. Venez donc dîner avec nous. »

Et il explique qui sont Will et Mary Grace, que nous connaissons depuis longtemps. Après quoi, il donne les détails du menu. Neddo a un peu l'air d'entrer en lévitation. Il demande au Vénitien :

« Vous serez en smoking ?

— Oui, mais ce n'est pas obligatoire...

— Je veux en mettre un, moi aussi. Mon fils en portait un pour son mariage, il y a dix-neuf ans, qui appartenait autrefois à un oncle de sa femme — il est mort à la guerre, le pauvre. Il est très beau, si je me souviens bien et je peux le faire retoucher par Sibilla, la couturière qui habite un peu plus loin, via del Duomo. Oui, elle va m'arranger ça. Une question quand même : est-ce que je peux mettre des chaussures marron avec un smoking ? »

L'expression du visage de Neddo à cet instant est tellement touchante que cela aurait suffi pour que je l'invite au dîner. Je me hâte de lui répondre :

« Bien sûr. J'ai toujours aimé le marron et le noir ensemble. »

Là-dessus, il se met à rire, ravi, et nous rions aussi, Fernando et moi. Dès qu'il est parti, je me remets à calculer que nous serons au moins neuf, plus peut-être Miranda et peut-être Barlozzo. Donc peut-être onze. Il reste un siège à pourvoir, plus, au cas où, deux chaises pliantes.

Nous entassons les branches de sapin et d'olivier sur la terrasse et dans la petite pièce où Carmine et Eleanora ont mis en route leur bébé...

*

Je vais voir la patronne de la boutique de céramiques en face de la cathédrale. Je la connais à peine, mais nous sommes des clients potentiels et j'ose lui demander si elle voudrait bien nous louer six de ses plus grandes *anfore*, en lui expliquant que je veux y mettre des branchages pour décorer la salle de bal. Elle accepte et son mari, son fils, plus Fernando font deux voyages jusque chez nous pour transporter ces splendeurs — sous les applaudissements des commerçants de la rue.

J'achète toutes les bougies blanches que je peux trouver et cela arrive aux oreilles de Tilde.

« On parle beaucoup de vous dans toute la ville, me dit-elle. Les grands vases, les bouquets, les livraisons d'un peu partout. Les oranges de Sicile en particulier. Le chauffeur du camion qui les a transportées est le frère de Luigina, la teinturière. Il lui a raconté qu'en plus des fruits, il y avait des fleurs d'oranger pour "cette Américaine de la via del Duomo". Et elle m'a dit qu'il était malade de curiosité parce que n'importe quel individu normal serait allé acheter des oranges à l'épicerie du coin. Elle m'a donc demandé si je savais quelque chose et j'ai dit que oui, c'était sûrement un cadeau d'anniversaire d'un amoureux sicilien.

— Cela va faire du bien à ma réputation ! Je pensais que Miranda vous aurait parlé du dîner. Je l'ai invitée à se joindre à nous, mais elle a refusé.

— Invitez-moi et elle viendra.

— Vous êtes la bienvenue, naturellement. Et peut-être que cela convaincra Barlozzo. »

Donc nous serons dix.

Pour des raisons pratiques, j'ai décidé de mettre le couvert avant l'arrivée de nos Américains. D'une malle je sors un rouleau de velours de soie couleur safran, bordé d'un galon de la même teinte. J'en recouvre la table et les plis retombent jusqu'au sol. Par-dessus, je dispose deux patchworks « *early american* », héritage familial reçu d'une amie de Saint Louis qui me les avait envoyés après nous avoir rendu visite à Venise. Je mets des branches couvertes de baies rouges au centre et tout autour trente timbales d'argent dans lesquelles je plante une bougie. Je déballe ensuite un service d'assiettes reproduisant d'anciens motifs typiquement ombriens que nous nous étions offert pour Noël l'année dernière, Fernando et moi — en signe d'espoir que nous aurions un jour une maison et une table... Je les lave, les essuie et admire leurs couleurs, rouge et or, superbes sur les patchworks. Je sors aussi l'argenterie, dépareillée mais très belle, achetée ici et là au fil des années. Je dispose des serviettes en damas rouge à chaque place en les pliant artistiquement. Comme nous boirons uniquement du vin rouge — mais de deux origines très différentes — je place deux verres en cristal devant les assiettes et attache au pied un petit rameau d'olivier. Je recule pour voir l'effet général et je suis contente : ici, en Ombrie médiévale, j'ai mélangé une touche de Budapest au dix-huitième siècle avec un reflet de Nouvelle-Angleterre au dix-neuvième. C'est superbe, opulent et surtout très gai. Il ne reste plus qu'à allumer les bougies et verser le vin. Mais il va nous falloir aussi de la musique.

Je téléphone au conservatoire d'Orvieto et demande si on peut nous envoyer un violoniste. Je pense, bien sûr, à celui qui joue en fin de journée de l'autre côté du vicolo. Sans que je le précise, voilà qu'on me répond : « Oui, signora de Blasi. Et si je ne me trompe, vous aimez Brahms, n'est-ce pas ? Eh bien, nous avons deux jeunes gens qui se produisent dans des soirées comme la vôtre. Ce sont des étudiants en fin d'études, très doués tous les deux. Puis-je vous les envoyer ce soir, pour que vous fassiez connaissance ?

— Oh, un seul devrait suffire, si vous voulez le choisir pour moi. À sept heures, 34 via del Duomo, cela convient-il ? »

Après quoi, je demande au Vénitien ce qu'il pense de ma table :

« Si tu avais ajouté quelques queues de zibeline ici et là et peut-être une nappe supplémentaire par-dessus les autres, cela aurait été parfait. Mais disons que ce n'est pas mal du tout. »

*

« J'espère que je ne vous dérange pas », croasse une voix mal assurée dans le parlophone. Il est sept heures trente du matin, nos Américains vont arriver. Fernando est parti les chercher en minibus à l'aéroport de Fiumicino. Je dois être à neuf heures à l'hôtel La Badia pour les attendre, après avoir disposé dans leurs chambres des fruits, des fleurs et des chocolats et vérifié que tout est en ordre pour le déjeuner. Je suis en train de m'habiller quand on sonne :

« Je voulais vous voir une minute avant que vous sortiez, Marlena. Je peux monter ? »

C'est Edgardo.

« Je vous ouvre tout de suite. »

Je mets mes bottes, boutonne ma veste et descends l'escalier en courant. Le *marchese* est là, l'air misérable.

« Entrez, entrez, voyons.

— Non, non, je ne reste pas. Je sais que c'est un grand jour pour vous, mais je voulais juste vous laisser cette lettre, qui vous expliquera tout.

— Voyons, puisque vous êtes là, dites-moi ce qui se passe.

— Bon, voilà... Tilde m'a dit que vous alliez donner un grand dîner pour vos Américains et voilà... Ce serait un honneur pour moi si vous veniez tous un soir au palazzo d'Onofrio. Pour un souper russe. Piotor fera la cuisine. »

Je trouve cette invitation plutôt bizarre...

« Écoutez, Edgardo, je ne sais trop quoi vous répondre. Le programme pour les sept jours à venir est complètement bouclé. On nous attend quelque part tous les soirs et je ne peux pas décevoir ceux et celles qui ont déjà tout prévu pour nous. Je suis très touchée par votre proposition, mais ce sera pour une autre fois. En outre, nos amis s'attendent à goûter à la cuisine locale, plutôt que russe... Donc...

— Mais pourrai-je au moins les rencontrer ? »

Là, d'un seul coup, je comprends. Edgardo savait très bien que je n'accepterais pas son invitation. Il s'attend tout simplement — ruse ombrienne s'il en est — que je l'invite, lui.

« Écoutez, j'ai une idée. Pourquoi ne vous joignez-vous pas à nous le dernier soir ?

— Vraiment ? Il vous resterait une place pour moi ? Je ne veux surtout pas m'imposer.

— Je vous préviens que Neddo sera là.

— Je sais. C'est lui qui m'a parlé de ce dîner. Maintenant qu'il ne souhaite plus m'expédier au douzième cercle de l'enfer, il est même venu voir mon régisseur pour lui acheter du matériel agricole. Et on a bu une grappa ensemble. Bien sûr, on ne va pas devenir amis intimes, il ne nous reste pas assez de temps à vivre pour ça. Il y a encore trop d'ombres entre nous. Je ne parle pas de différence de caste ou de milieu. C'est simplement comme ça. Mais quand je repense à ce qui s'est passé chez vous dernièrement, je me dis que c'est un chic type, qui a eu une belle vie. Plus belle que la mienne, qui semble vide, en comparaison. Pendant que nous buvions pour nous réchauffer, il m'a demandé si on pouvait porter des chaussures marron avec un smoking. Je n'ai d'abord rien compris, lui ai fait répéter et il a alors réalisé qu'il avait gaffé. Il a essayé de se rattraper en prétendant qu'il vous avait soutiré une invitation, pour que je ne me sente pas laissé de côté.

« Donc voilà, oui, je suis venu vous demander si je peux dîner chez vous ce soir-là. Et le fait que Neddo soit présent sera pour moi un plaisir. On a tous droit à une deuxième chance, vous ne croyez pas, Marlena ? Une deuxième chance avec soi-même, pour essayer d'effacer le mal qu'on a fait. Je ne parle pas de regrets, non, mais d'une tentative de s'améliorer, de devenir meilleur. Je crois que Neddo pourrait m'aider à aller dans cette direction. Vous voulez que j'apporte du caviar ?

— Non, pas de caviar. Veillez simplement à porter des chaussures marron pour qu'il ne se sente pas différent des autres. »

Bon, cela fait onze, sans Miranda ni Barlozzo. Mais s'ils viennent, nous serions treize. Or on ne sera jamais treize à table chez moi. Il faut que je trouve un quatorzième... Pour l'instant, en route vers l'hôtel La Badia.

*

C'est merveilleux de revoir Will et Mary Grace. Leurs amis sont absolument charmants. Personne ne me prévient qu'il ou elle a une intolérance au lactose et personne ne me demande comment je peux marcher « perchée sur des talons pareils ». Ils sont tous enchantés par les cours de cuisine, adorent les repas rustiques, guettent les couchers de soleil au sommet des collines couronnées de très anciens villages perdus.

Nous ne leur donnons pas de détails sur le dîner via del Duomo mais leur parlons quand même un peu des autres invités qui seront là. Cela les excite beaucoup de pouvoir rencontrer des habitants d'Orvieto et ils écoutent attentivement ce que nous leur racontons sur chacun. Celui qui les intéresse le plus, c'est Neddo.

Nous les quittons tous les soirs vers minuit et là, du travail nous attend : la polenta à préparer, la viande de porc à frotter avec des aromates, les oranges sanguines à tremper dans le sucre, etc. Il nous arrive d'avoir tout juste la force de nous mettre au lit...

*

Le soir du dîner, Neddo arrive le premier, très en avance, pour s'occuper du feu dans la cheminée. Il est superbe. On dirait George Raft dans un film des années trente. Les fameuses chaussures marron ont été soigneusement cirées. Nous nous parlons du salon à la cuisine, où je surveille le pain en train de cuire. J'ai mis des sandales en satin noir, mais pas de bas, il fait trop chaud devant le fourneau. Ma robe n'est pas vraiment une tenue de cuisinière : en velours noir, épaules nues, avec des volants derrière. Après tout, Will avait parlé d'une soirée élégante...

Miranda a fini par accepter de venir parce que Tilde lui a acheté un ensemble en soie bleu marine et promis de lui prêter des bijoux

— qu'elle garde en otages chez elle pour être sûre qu'à la dernière minute, Miranda n'aura pas l'idée d'aller faire cuire quelques côtelettes dans son restaurant. Elle a promis d'être chez Tilde à six heures et demie. En attendant, elle est chez moi.

Elle a tout inspecté, examiné, reniflé et propose maintenant de me coiffer. Elle tresse mes cheveux — toujours d'un roux ardent — en quatre grosses nattes qu'elle noue sur ma nuque et agrémente d'un nœud « à la Chanel ».

« Vous ne devriez pas y aller, Miranda ? Tilde va vous attendre.

— Coupez-moi un bout de fromage, Marlena, pour la route. »

Elle m'a apporté un cadeau, un tablier en cotonnade blanche si large que je peux m'enrouler complètement dedans. Neddo qui me regarde se plaint que je me brûlerai sûrement les épaules quand j'irai frire les beignets aux mûres. Mais que fait donc Fernando ? Pourquoi ne descend-il pas ?

Et le voilà qui surgit, splendide, en smoking (celui de notre mariage) et chaussures marron. Je le serre contre moi et je crois me retrouver devant la petite église en briques rouges du Lido, où nous nous sommes mariés... Pour ne pas trop montrer mon émotion, je cours surveiller le pain dans le four.

Mon Vénitien de mari entreprend d'allumer les bougies — il y en a près de cinquante

— fichées dans tous les bougeoirs que j'ai pu trouver. Il débouche huit bouteilles de sagrantino 1985 de chez Arnaldo Caprai et huit autres de brunello 1990 de chez Altesino, puis les aligne sur le buffet, à proximité de ce qui sera sa place à table.

Les *anfore* sont garnies d'immenses bouquets de branches de sapin et d'olivier et nous les avons disposées tout autour de la salle de bal pour créer un vrai décor de Noël. Et voilà qu'arrivent deux neveux de Miranda, venus en stop depuis son restaurant. Elle a insisté pour qu'ils fassent office de maîtres d'hôtel. Ils portent des chemises blanches empesées, taillées dans le même tissu que mon tablier et nous formons un bien joli trio. Je leur ai préparé des dessins indiquant comment chaque plat doit être disposé et présenté. Ils les regardent attentivement, discutent entre eux, regardent encore, puis déclarent d'une seule voix :

« *Fatto !* C'est comme si c'était fait ! »

Dès qu'une fournée est cuite, j'emporte mes pains sur la terrasse et les mets à refroidir sur des grilles recouvertes de branches de romarin dont ils vont prendre l'odeur. Les invités arrivent bientôt. Mais Barlozzo me manque déjà. Toutefois, je comprends pourquoi il n'a pas voulu venir : un mélange de timidité et de misanthropie. Mais plus que tout, Floriana, notre amie de San Casciano, lui manque trop. Elle a été et reste le grand amour de notre vieux duc. Même Tilde ne pourra jamais rien y changer.

Il me reste un geste à faire, que je veux exécuter seule, sans l'aide de Fernando ou de Neddo, que cela exciterait pourtant beaucoup : j'ai acheté il y a quelques jours un bel ananas que ce soir, je plante d'un bon coup de couteau dans la porte d'entrée, comme le faisaient les capitaines rentrant au port de Nantucket après un long périple dans les mers du Sud. Voilà : signor et signora de Blasi sont enfin chez eux...

Sur la terrasse, il fait doux en ce soir de décembre. Un mince croisant de lune apparaît et disparaît entre les nuages. En bas, je vois la porte du palazzo donnant sur la rue s'ouvrir. C'est le musicien, *mon* violoniste qui arrive. Il lève la tête :

« *Buona sera, signora,* bonsoir, madame. »

C'est bien lui que j'apercevais à la fenêtre en face de la salle de bal, en réalité, le directeur du Conservatoire d'Orvieto. Quand je lui ai donné l'adresse, au téléphone, il a tout de suite compris. Fernando va lui ouvrir. Il se présente à la ronde.

« *Giacomo Serafini, molto lieto.* »

Non, merci, il ne veut rien boire. Il ouvre son étui à violon, sort son instrument et l'accorde :

« Saviez-vous que cette pièce était autrefois une salle de bal ?

— Oui, oui, bien sûr.

— *La signora gradirebbe un valzer?* Madame aimerait-elle que je lui joue une valse ? »

Fernando qui était en train de fumer, appuyé contre un mur, jette sa cigarette dans la cheminée où Neddo a allumé une superbe flambée et d'un signe de tête me signifie d'approcher :

« Veux-tu danser avec moi ? » demande-t-il.

Nous allons jusqu'au centre de la pièce, nous inclinons cérémonieusement l'un vers l'autre. Serafini attaque la *Valse de l'Empereur* et nous qui ne sommes pas de très bons danseurs, nous élançons avec fougue. J'espère que les fantômes des Ubaldini nous regardent... Neddo, lui, nous dévore des yeux, de même que les neveux de Miranda — tout en allant guetter par la fenêtre ce qui se passe dehors.

« Les voilà ! s'écrient-ils ensemble. Ils arrivent ! »

Serafini continue à jouer. Et effectivement, ils arrivent, Tilde en tête, emmitouflée dans son manteau de lynx, pendants de diamants aux oreilles, suivie de Miranda et de nos trois amies américaines. Elles rient, elles sont belles, elles sont prêtes à passer une superbe soirée. Edgardo reste un peu en arrière, attendant les hommes qui suivent — tous en souliers marron, le message est passé...

Personne ne semble avoir remarqué deux silhouettes qui apparaissent ensuite, l'une drapée dans une immense cape, l'autre en pantalon et veste de velours. Tout ce que j'espère, c'est qu'ils n'auront pas apporté de fromage... Les voilà tous dans la cour et je leur crie :

« *Benvenuti, benvenuti, belli miei !* Bienvenue, bienvenue, mes jolis ! »

Ce n'est pas ce qui est sur la table qui compte, mais ceux qui sont assis autour. Nous sommes quatorze, si différents, mais tous réunis pour faire un bon dîner ensemble.

Une valse ? Oui. La signora est très contente qu'on lui joue une valse. Après quoi, Serafini reviendra à Brahms. Je sors sur le palier et scrute l'escalier. Mais je sais bien que vous n'êtes pas là.

La fête

Non, vous n'étiez pas là, mais tous les autres sont entrés dans la salle de bal, remplis de l'*allegria* que je voulais ce soir-là.

Serafini n'a pas arrêté de jouer. Tilde a valsé avec Will, et moi avec les deux neveux de Miranda. Mary Grace et Neddo ont esquissé ce qui ressemblait à un menuet. Giovanni, l'épicier en bas de chez nous, n'a pas arrêté de monter pour vérifier s'il y avait assez d'*aperitivi.*

« Vous en faut-il davantage ? » demandait-il en riant, ravi de nous apporter quelques bouteilles de plus. Après avoir jaugé la taille de notre réfrigérateur, il nous avait proposé de stocker chez lui suffisamment de vin blanc pétillant. Finalement, nous l'avons présenté à nos amis et fait asseoir à table. Il a accepté en disant qu'il ne resterait que cinq minutes. Quatre heures après, il était encore là. Serafini aussi a bien voulu se joindre à nous, après avoir joué non-stop pendant le repas. Et voilà, nous étions seize

— smokings, robes du soir, souliers marron et pantalon de velours. Il a fallu remplacer deux fois les bougies, brûler une pyramide de bûches. Nous avons mangé, ri, bu. Emmagasiné des souvenirs. Cette soirée, au palazzo Ubaldini, est devenue légendaire, à Orvieto. Nous ne pouvons pas nous empêcher de rire quand nous entendons ici ou là des gens raconter qu'ils y étaient. Qu'ils ont dansé avec une princesse américaine et goûté à tous les plats. Peu importe combien d'autres dîners nous organiserons et qui y sera invité, je crois que cette fois-là, il s'est passé quelque chose de spécial, cela a été la quintessence de ce que je voulais. Bien sûr, c'était dû à ceux et celles qui sont venus, si différents et si merveilleux. Et je sais que si vous aviez pu, vous auriez été là aussi.

Voici maintenant les recettes de ce qui a été servi. Mais n'oubliez jamais que ce qui compte le plus, dans un dîner de fête, c'est avec qui vous le partagez.

RECETTES

POIRES SAUTÉES AU PECORINO

Pour 6 :

6 poires mûres mais encore fermes
50 grammes de beurre
1 cuiller à soupe d'huile d'olive
100 grammes de farine de maïs très fine
sel
poivre au moulin
25 centilitres d'orvieto classico
150 grammes de miel de châtaignier
environ 250 grammes de pecorino

Pelez les poires, coupez-les en deux, ôtez le cœur et les pépins. Chauffez l'huile et le beurre dans une grande sauteuse à feu doux. Passez les moitiés de poires dans la farine et faites-les dorer jusqu'à ce qu'une légère croûte les entoure. Sel et poivre. Réservez dans un plat à part. Remettez la sauteuse sur le feu, versez le vin blanc et laissez réduire. Garnir chaque assiette de deux moitiés de poires, quatre ou cinq tranches de pecorino, arrosez de la réduction de vin blanc et d'un filet de miel préalablement chauffé.

FOCACCIA AUX NOISETTES

La focaccia est sans doute l'ancêtre du pain et ressemble beaucoup à la fougasse française.

Pour trois focaccias :

Un demi-litre d'eau tiède
environ 20 grammes de levure de boulanger
6 cuillers à soupe d'huile d'olive
1 cuiller à soupe 1/2 de sel fin
1 kilo de farine de blé
250 grammes de farine de maïs
500 grammes de noisettes légèrement grillées et écrasées
sel

Dissoudre la levure dans un peu d'eau. Mélangez l'huile d'olive, deux tiers de litre d'eau et le sel. Ajoutez la levure dissoute, les deux farines et mélangez le tout. Ensuite, vous allez pétrir cette pâte, sur une planche farinée. Au besoin, rajoutez un peu d'eau. Quand la pâte est bien élastique, incorporez les noisettes, puis laissez lever dans un plat creux à température moyenne. Quand elle a doublé de volume, ce qui peut prendre deux heures, partagez-la en trois morceaux que vous aplatirez bien. Laissez lever encore trente minutes. Puis avec le bout des doigts, faites des petits trous que vous aspergerez d'huile d'olive et de sel. Laissez lever encore une heure. Encore un peu d'huile et de sel ! Et maintenant au four pendant vingt ou vingt-cinq minutes jusqu'à obtenir une belle croûte dorée. Délicieux avec les poires au pecorino. Et la focaccia se réchauffe très bien le lendemain.

UMBRICHELLI

Les umbrichellis sont des grosses pâtes faites uniquement d'eau, de farine et de sel, qu'on pétrit, puis découpe à la main.

Pour 12 :

500 grammes de farine de blé
2 cuillers à café de sel
eau

Dans un grand plat creux, mélangez bien eau, farine et sel jusqu'à obtenir une pâte souple. Étalez-la en plusieurs fois sur un plan de travail fariné et découpez des minces bandes de quelques centimètres de long que vous laisserez reposer sur un linge propre. Un enfant peut le faire à partir de quatre ans ! Laissez au frais, mais surtout pas au réfrigérateur, quelques heures ou toute une nuit. Pour les cuire : une grande casserole d'eau bouillante salée. Quand les umbrichellis remontent à la surface, c'est cuit. Servir avec l'olivada — et surtout, cette fois, pas de parmesan.

OLIVADA

Pour environ 500 grammes de sauce :

1 livre 1/2 de grosses olives noires, dénoyautées
3 grosses gousses d'ail
3 cuillers à soupe de grappa — ou de cognac
3 cuillers à soupe de rhum
2 cuillers à soupe de vinaigre de vin
2 cuillers à soupe de raisins secs mis à gonfler dans du vin rouge chaud
environ 10 centilitres d'huile d'olive

Bien écraser au mortier les olives et l'ail dans un plat creux. Cela ne doit pas prendre plus de deux minutes. Ajoutez la grappa ou le cognac, le rhum, le vinaigre et les raisins secs, sans arrêter de bien mélanger. Ajoutez un peu d'huile. Surtout ne mettez pas cette sauce au réfrigérateur. Juste avant de servir, passez au mixer plongeant.

Délicieux avec les umbrichellis servis très chauds.

PORC AUX ÉPICES, AUX PRUNEAUX ET AU VIN ROUGE

Il s'agit d'un très ancien plat de fête en Toscane et en Ombrie, qu'on cuisine généralement en décembre, au moment de la cueillette des olives. La délicieuse odeur qui se répand pendant la cuisson, mélange de viande caramélisée, d'épices et de vin chaud attire toujours les curieux. Si je suis sur ma terrasse en train de mettre le pain à refroidir ou si je regarde le coucher de soleil avec Fernando, en buvant de la grappa pour nous réchauffer, je vois les passants dans la rue en contrebas lever la tête et humer l'air.

N'oubliez pas ce détail : même si vous mettez beaucoup de pruneaux autour du porc, il n'y en aura jamais assez. Vos convives vont en reprendre, en reprendre encore et encore.

Pour 12 :

1 cuiller à soupe de sel
2 cuillers à café de poivre fraîchement moulu
1 cuiller à soupe de cannelle en poudre
1 cuiller à soupe de 4 épices
2 cuillers à café de clous de girofle
1 cuissot de porc de six à sept kilos, dégraissé mais non désossé
6 cuillers à soupe d'huile d'olive
2 gros oignons
3 grosses gousses d'ail
2 feuilles de laurier

1 bâtonnet de cannelle
1 bon litre de vin rouge
750 grammes de pruneaux dénoyautés

Mélangez bien le sel, le poivre et les épices et frottez longtemps la viande de porc que vous mettrez ensuite au réfrigérateur pendant deux jours dans un plat creux recouvert de film alimentaire.

Chauffez les oignons et l'ail dans un peu d'huile jusqu'à ce qu'ils soient transparents. Massez la viande avec l'huile d'olive restante, disposez ail et oignons autour et faites dorer à feu très chaud dans un grand plat assez creux pendant vingt minutes. Baissez ensuite la température, ajoutez le laurier, le bâtonnet de cannelle et un demi-litre de vin rouge. Arrosez régulièrement tous les quarts d'heure en rajoutant du vin. Faites gonfler les pruneaux dans du vin chaud. Au bout de trois heures trente, disposez-les autour de la viande et laissez cuire encore un peu moins d'une heure. Éteignez le feu, il faut que le cuissot repose. Au moment de servir, coupez des tranches très minces et servez-les arrosées de sauce et accompagnées de pruneaux.

POLENTA À LA CHÂTAIGNE

Pour 12 :

1 demi-litre de lait
1 litre d'eau

25 centilitres d'orvieto classico
1 cuiller à soupe de sel
1 cuiller à café de cassonade
3 cuillers à soupe d'huile
50 grammes de beurre
350 grammes de farine de maïs
125 grammes de farine de châtaigne
un peu de noix de muscade râpée

Dans une grande casserole, mélangez à feu vif le lait, l'eau, le vin blanc, le sel, le sucre, l'huile et la moitié du beurre. Y verser lentement les deux farines sans cesser de remuer. Au bout d'environ vingt minutes, le mélange a épaissi et une cuiller doit y tenir debout. Ajoutez le reste du beurre et la muscade. Versez le tout dans un plat creux huilé et laissez refroidir. Ensuite découpez des petits carrés que vous passerez sous le gril. À servir avec le porc aux pruneaux.

GLACE À LA CASSONADE

C'est au neuvième siècle, quand les Sarrasins régnaient sur la Sicile, que les glaces arrivèrent en Italie. Mais c'est relativement nouveau qu'on en confectionne avec de l'huile d'olive, ce qui en rend la texture plus légère que lorsqu'on utilise uniquement de la crème.

Pour 12 :

10 jaunes d'œuf
150 grammes de cassonade
8 clous de girofle
500 grammes de crème épaisse
un demi-litre de lait entier
10 centilitres d'huile d'olive

Battez bien ensemble les jaunes et le sucre. Faites chauffer le lait, la crème et les clous de girofle. Arrêtez juste avant l'ébullition. Versez sur le mélange jaunes-sucre sans cesser de remuer. Remettez sur feu doux, tournez toujours, jusqu'à ce que cela épaississe — pendant environ huit minutes. Laissez refroidir et gardez au frais plusieurs heures. Ajoutez l'huile d'olive. Mettez au freezer. Tous les quarts d'heure, pendant une heure, remuez bien le tout pour éviter la formation de cristaux.

ORANGES SANGUINES CARAMÉLISÉES

Pour 12 :

12 oranges sanguines
50 grammes de beurre
125 grammes de sucre

Avec un couteau pointu, pelez les oranges en ôtant bien le blanc. Coupez-les horizontalement en trois ou quatre tranches plutôt épaisses.

Dans une sauteuse suffisamment large, faites fondre le beurre à petit feu, ajoutez le sucre en tournant sans cesse jusqu'à obtenir une couleur brun foncé. Ajoutez avec précaution les tranches d'oranges et recouvrez-les bien de caramel. Après quoi, disposez-les dans un plat et gardez-les au frais — mais pas au réfrigérateur. Elles peuvent être préparées ainsi jusqu'à vingt-quatre heures avant le repas.

Le jour J, dix minutes avant de servir le dessert, passez-les sous le gril jusqu'à ce qu'elles dorent. Inutile de les retourner. Disposez-les aussitôt dans des assiettes chaudes et mettez dessus des boules de glace à la cassonade. Persuadez vos invités de goûter en même temps les oranges brûlantes et la glace très froide.

BEIGNETS AUX MÛRES

En Ombrie, les mûres poussent au bord de pratiquement tous les chemins. Si vous n'en avez pas près de chez vous, vous pouvez utiliser pour cette recette des myrtilles ou des framboises, ou des prunes ou des abricots coupés en deux. Difficile de donner les proportions exactes pour la pâte, dont il vous faudra une plus petite ou plus grande quantité suivant les fruits utilisés.

Disons :

225 grammes de farine de blé
225 grammes de farine de maïs
2 grosses pincées de sel

75 grammes de sucre
de la bière

Mélangez les farines, le sel et le sucre, puis ajoutez lentement de la bière sans cesser de tourner jusqu'à obtenir une consistance de crème épaisse. Couvrez et laissez reposer une heure. Tournez encore. Cela aura un peu épaissi.

Dans une grande sauteuse, versez une bonne quantité d'huile d'arachide. Elle est assez chaude si vous versez un tout petit peu de pâte qui roussit aussitôt. Mélangez très délicatement les mûres à la pâte et, cuillerée par cuillerée, versez-les dans l'huile. Il vous faudra un assistant pour retirer les beignets à l'écumoire et les saupoudrer de sucre. Le mieux, c'est que vos invités se rassemblent autour du fourneau et assistent au spectacle avant de déguster ces délices.

REMERCIEMENTS

Aux amours de ma vie : Lisa Elaine Knox et Erich Brandon Knox, mes enfants.

À Annette Barlow, toujours aussi calme et aussi brillante.

À ma splendide tribu de héros, de chevaliers et de muses : Miranda Lopane, Matilde Zatti, Neddo Terrosi, Gilberto Barlozzo, Franca Magi, Rosanna Giombini, Mario de Simone, Maria Rosaria Leonori, Federica Spaccini, Simona Rocchi, Anna Romagnoli, Sharona Gury et Mimi Baram.

Pour préserver leur intimité, les noms de certains amis ou voisins ont été changés.

Première partie

LA MAISON D'APRÈS

Deuxième partie

EN ATTENDANT NOTRE SALLE DE BAL

DU MÊME AUTEUR

MILLE JOURS À VENISE, Mercure de France, 2009 (Folio n° 5257)

MILLE JOURS EN TOSCANE, Mercure de France, 2011 (Folio n° 5575)

UN PALAIS À ORVIETO, 2013 (Folio n° 5781)

COLLECTION FOLIO

Dernières parutions

5956. Lao-tseu	*Tao-tö king*
5957. Marc Aurèle	*Pensées. Livres I-VI*
5958. Montaigne	*Sur l'oisiveté et autres essais en français moderne*
5959. Léonard de Vinci	*Prophéties* précédé de *Philosophie* et *Aphorismes*
5960. Alessandro Baricco	*Mr Gwyn*
5961. Jonathan Coe	*Expo 58*
5962. Catherine Cusset	*La blouse roumaine*
5963. Alain Jaubert	*Au bord de la mer violette*
5964. Karl Ove Knausgaard	*La mort d'un père*
5965. Marie-Renée Lavoie	*La petite et le vieux*
5966. Rosa Liksom	*Compartiment n° 6*
5967. Héléna Marienské	*Fantaisie-sarabande*
5968. Astrid Rosenfeld	*Le legs d'Adam*
5969. Sempé	*Un peu de Paris*
5970. Zadie Smith	*Ceux du Nord-Ouest*
5971. Michel Winock	*Flaubert*
5972. Jonathan Coe	*Les enfants de Longsbridge*
5973. Anonyme	*Pourquoi l'eau de mer est salée et autres contes de Corée*
5974. Honoré de Balzac	*Voyage de Paris à Java*
5975. Collectif	*Des mots et des lettres*
5976. Joseph Kessel	*Le paradis du Kilimandjaro et autres reportages*
5977. Jack London	*Une odyssée du Grand Nord*
5978. Thérèse d'Avila	*Livre de la vie*
5979. Iegor Gran	*L'ambition*
5980. Sarah Quigley	*La symphonie de Leningrad*
5981. Jean-Paul Didierlaurent	*Le liseur du 6h27*

5982. Pascale Gautier	*Mercredi*
5983. Valentine Goby	*Sept jours*
5984. Hubert Haddad	*Palestine*
5985. Jean Hatzfeld	*Englebert des collines*
5986. Philipp Meyer	*Un arrière-goût de rouille*
5987. Scholastique Mukasonga	*L'Iguifou*
5988. Pef	*Ma guerre de cent ans*
5989. Pierre Péju	*L'état du ciel*
5990. Pierre Raufast	*La fractale des raviolis*
5991. Yasmina Reza	*Dans la luge d'Arthur Schopenhauer*
5992. Pef	*Petit éloge de la lecture*
5993. Philippe Sollers	*Médium*
5994. Thierry Bourcy	*Petit éloge du petit déjeuner*
5995. Italo Calvino	*L'oncle aquatique*
5996. Gérard de Nerval	*Le harem*
5997. Georges Simenon	*L'Étoile du Nord*
5998. William Styron	*Marriott le marine*
5999. Anton Tchékhov	*Les groseilliers*
6000. Yasmina Reza	*Adam Haberberg*
6001. P'ou Song-ling	*La femme à la veste verte*
6002. H. G. Wells	*Le cambriolage d'Hammerpond Park*
6003. Dumas	*Le Château d'Eppstein*
6004. Maupassant	*Les Prostituées*
6005. Sophocle	*Œdipe roi*
6006. Laura Alcoba	*Le bleu des abeilles*
6007. Pierre Assouline	*Sigmaringen*
6008. Yves Bichet	*L'homme qui marche*
6009. Christian Bobin	*La grande vie*
6010. Olivier Frébourg	*La grande nageuse*
6011. Romain Gary	*Le sens de ma vie* (à paraître)
6012. Perrine Leblanc	*Malabourg*
6013. Ian McEwan	*Opération Sweet Tooth*
6014. Jean d'Ormesson	*Comme un chant d'espérance*
6015. Orhan Pamuk	*Cevdet Bey et ses fils*

6016. Ferdinand von Schirach — *L'affaire Collini*
6017. Israël Joshua Singer — *La famille Karnovski*
6018. Arto Paasilinna — *Hors-la-loi*
6019. Jean-Christophe Rufin — *Les enquêtes de Providence*
6020. Maître Eckart — *L'amour est fort comme la mort* et autres textes
6021. Gandhi — *La voie de la non-violence*
6022. François de La Rochefoucauld — *Maximes*
6023. Collectif — *Pieds nus sur la terre sacrée*
6024. Saâdi — *Le Jardin des Fruits*
6025. Ambroise Paré — *Des monstres et prodiges*
6026. Antoine Bello — *Roman américain*
6027. Italo Calvino — *Marcovaldo* (à paraître)
6028. Erri De Luca — *Le tort du soldat*
6029. Slobodan Despot — *Le miel*
6030. Arthur Dreyfus — *Histoire de ma sexualité*
6031. Claude Gutman — *La loi du retour*
6032. Milan Kundera — *La fête de l'insignifiance*
6033. J.M.G. Le Clezio — *Tempête* (à paraître)
6034. Philippe Labro — *« On a tiré sur le Président »*
6035. Jean-Noël Pancrazi — *Indétectable*
6036. Frédéric Roux — *La classe et les vertus*
6037. Jean-Jacques Schuhl — *Obsessions*
6038. Didier Daeninckx – Tignous — *Corvée de bois*
6039. Reza Aslan — *Le Zélote*
6040. Jane Austen — *Emma*
6041. Diderot — *Articles de l'Encyclopédie*
6042. Collectif — *Joyeux Noël*
6043. Tignous — *Tas de riches*
6044. Tignous — *Tas de pauvres*
6045. Posy Simmonds — *Literary Life*
6046. William Burroughs — *Le festin nu*
6047. Jacques Prévert — *Cinéma* (à paraître)
6048. Michèle Audin — *Une vie brève*

6049. Aurélien Bellanger	*L'aménagement du territoire*
6050. Ingrid Betancourt	*La ligne bleue*
6051. Paule Constant	*C'est fort la France !*
6052. Elena Ferrante	*L'amie prodigieuse*
6053. Éric Fottorino	*Chevrotine*
6054. Christine Jordis	*Une vie pour l'impossible*
6055. Karl Ove Knausgaard	*Un homme amoureux, Mon combat II*
6056. Mathias Menegoz	*Karpathia*
6057. Maria Pourchet	*Rome en un jour*
6058. Pascal Quignard	*Mourir de penser*
6059. Éric Reinhardt	*L'amour et les forêts*
6060. Jean-Marie Rouart	*Ne pars pas avant moi*
6061. Boualem Sansal	*Gouverner au nom d'Allah* (à paraître)
6062. Leïla Slimani	*Dans le jardin de l'ogre*
6063. Henry James	*Carnets*
6064. Voltaire	*L'Affaire Sirven*
6065. Voltaire	*La Princesse de Babylone*
6066. William Shakespeare	*Roméo et Juliette*
6067. William Shakespeare	*Macbeth*
6068. William Shakespeare	*Hamlet*
6069. William Shakespeare	*Le Roi Lear*
6070. Alain Borer	*De quel amour blessée* (à paraître)
6071. Daniel Cordier	*Les feux de Saint-Elme*
6072. Catherine Cusset	*Une éducation catholique*
6073. Eugène Ébodé	*La Rose dans le bus jaune*
6074. Fabienne Jacob	*Mon âge*
6075. Hedwige Jeanmart	*Blanès*
6076. Marie-Hélène Lafon	*Joseph*
6077. Patrick Modiano	*Pour que tu ne te perdes pas dans le quartier*
6078. Olivia Rosenthal	*Mécanismes de survie en milieu hostile*
6079. Robert Seethaler	*Le tabac Tresniek*
6080. Taiye Selasi	*Le ravissement des innocents*

6081. Joy Sorman — *La peau de l'ours*
6082. Claude Gutman — *Un aller-retour*
6083. Anonyme — *Saga de Hávardr de l'Ísafjördr*
6084. René Barjavel — *Les enfants de l'ombre*
6085. Tonino Benacquista — *L'aboyeur*
6086. Karen Blixen — *Histoire du petit mousse*
6087. Truman Capote — *La guitare de diamants*
6088. Collectif — *L'art d'aimer*
6089. Jean-Philippe Jaworski — *Comment Blandin fut perdu*
6090. D.A.F. de Sade — *L'Heureuse Feinte*
6091. Voltaire — *Le taureau blanc*
6092. Charles Baudelaire — *Fusées – Mon cœur mis à nu*
6093. Régis Debray et Didier Lescri — *La laïcité au quotidien. Guide pratique*
6094. Salim Bachi — *Le consul* (à paraître)
6095. Julian Barnes — *Par la fenêtre*
6096. Sophie Chauveau — *Manet, le secret*
6097. Frédéric Ciriez — *Mélo*
6098. Philippe Djian — *Chéri-Chéri*
6099. Marc Dugain — *Quinquennat*
6100. Cédric Gras — *L'hiver aux trousses. Voyage en Russie d'Extrême-Orient*
6101. Célia Houdart — *Gil*
6102. Paulo Lins — *Depuis que la samba est samba*
6103. Francesca Melandri — *Plus haut que la mer*
6104. Claire Messud — *La Femme d'En Haut*
6105. Sylvain Tesson — *Berezina*
6106. Walter Scott — *Ivanhoé*
6107. Épictète — *De l'attitude à prendre envers les tyrans*
6108. Jean de La Bruyère — *De l'homme*
6109. Lie-tseu — *Sur le destin*
6110. Sénèque — *De la constance du sage*
6111. Mary Wollstonecraft — *Défense des droits des femmes*

6112. Chimamanda Ngozi Adichie	*Americanah*
6113. Chimamanda Ngozi Adichie	*L'hibiscus pourpre*
6114. Alessandro Baricco	*Trois fois dès l'aube*
6115. Jérôme Garcin	*Le voyant*
6116. Charles Haquet et Bernard Lalanne	*Procès du grille-pain et autres objets qui nous tapent sur les nerfs*
6117. Marie-Laure Hubert Nasser	*La carapace de la tortue*
6118. Kazuo Ishiguro	*Le géant enfoui*
6119. Jacques Lusseyran	*Et la lumière fut*
6120. Jacques Lusseyran	*Le monde commence aujourd'hui*
6121. Gilles Martin-Chauffier	*La femme qui dit non*
6122. Charles Pépin	*La joie*
6123. Jean Rolin	*Les événements*
6124. Patti Smith	*Glaneurs de rêves*
6125. Jules Michelet	*La Sorcière*
6126. Thérèse d'Avila	*Le Château intérieur*
6127. Nathalie Azoulai	*Les manifestations*
6128. Rick Bass	*Toute la terre qui nous possède*
6129. William Fiennes	*Les oies des neiges*
6130. Dan O'Brien	*Wild Idea*
6131. François Suchel	*Sous les ailes de l'hippocampe. Canton-Paris à vélo*
6132. Christelle Dabos	*Les fiancés de l'hiver. La Passe-miroir, Livre 1*
6133. Annie Ernaux	*Regarde les lumières mon amour*
6134. Isabelle Autissier et Erik Orsenna	*Passer par le Nord. La nouvelle route maritime*
6135. David Foenkinos	*Charlotte*

6136. Yasmina Reza — *Une désolation*
6137. Yasmina Reza — *Le dieu du carnage*
6138. Yasmina Reza — *Nulle part*
6139. Larry Tremblay — *L'orangeraie*
6140. Honoré de Balzac — *Eugénie Grandet*
6141. Dôgen — *La Voie du zen. Corps et esprit*
6142. Confucius — *Les Entretiens*
6143. Omar Khayyâm — *Vivre te soit bonheur ! Cent un quatrains de libre pensée*
6144. Marc Aurèle — *Pensées. Livres VII-XII*
6145. Blaise Pascal — *L'homme est un roseau pensant. Pensées (liasses I-XV)*
6146. Emmanuelle Bayamack-Tam — *Je viens*
6147. Alma Brami — *J'aurais dû apporter des fleurs*
6148. William Burroughs — *Junky* (à paraître)
6149. Marcel Conche — *Épicure en Corrèze*
6150. Hubert Haddad — *Théorie de la vilaine petite fille*
6151. Paula Jacques — *Au moins il ne pleut pas*
6152. László Krasznahorkai — *La mélancolie de la résistance*
6153. Étienne de Montety — *La route du salut*
6154. Christopher Moore — *Sacré Bleu*
6155. Pierre Péju — *Enfance obscure*
6156. Grégoire Polet — *Barcelona !*
6157. Herman Raucher — *Un été 42*
6158. Zeruya Shalev — *Ce qui reste de nos vies*
6159. Collectif — *Les mots pour le dire. Jeux littéraires*
6160. Théophile Gautier — *La Mille et Deuxième Nuit*
6161. Roald Dahl — *À moi la vengeance S.A.R.L.*
6162. Scholastique Mukasonga — *La vache du roi Musinga*
6163. Mark Twain — *À quoi rêvent les garçons*
6164. Anonyme — *Les Quinze Joies du mariage*
6165. Elena Ferrante — *Les jours de mon abandon*

Composition Cmb Graphic
Impression Maury Imprimeur
45330 Malesherbes
le 14 septembre 2016.
Dépôt légal : septembre 2016.
Numéro d'imprimeur : 211890.

ISBN 978-2-07-045707-6. / Imprimé en France.